जयशंकर

जन्म : 30 जनवरी, 1889, वाराणसी (उ.प्र.)।

स्कूली शिक्षा मात्र आठवीं कक्षा तक। तत्पश्चात् घर पर ही संस्कृत, अंग्रेजी, पालि और प्राकृत भाषाओं का अध्ययन। इसके बाद भारतीय इतिहास, संस्कृति, दर्शन, साहित्य और पुराण-कथाओं का एकनिष्ठ स्वाध्याय।

छायावादी कविता के चार प्रमुख उन्नायकों में से एक। विविध रचनाओं के माध्यम से मानवीय करुणा और भारतीय मनीषा के अनेकानेक गौरवपूर्ण पक्षों का उद्घाटन। 48 वर्षों के छोटे-से जीवन में कविता, कहानी, नाटक, उपन्यास और आलोचनात्मक निबन्ध आदि विभिन्न विधाओं में रचनाएँ।

प्रमुख रचनाएँ : झरना, आँसू, लहर, कामायनी (काव्य); स्कन्दगुप्त, अजातशत्रु, चन्द्रगुप्त, ध्रुवस्वामिनी, जनमेजय का नागयज्ञ, राज्यश्री (नाटक); छाया, प्रतिध्वनि, आकाशदीप, आँधी, इन्द्रजाल (कहानी-संग्रह); कंकाल, तितली, इरावती (उपन्यास)।

14 जनवरी, 1937 को वाराणसी में निधन।

प्रतिनिधि कहानियाँ

जयशंकर प्रसाद

राजकमल पेपरबैक्स

पहला पुस्तकालय संस्करण
राजकमल प्रकाशन प्राइवेट लिमिटेड द्वारा
1988 में प्रकाशित

राजकमल पेपरबैक्स में
पहला संस्करण : 1990
पन्द्रहवाँ संस्करण : 2025

राजकमल पेपरबैक्स : उत्कृष्ट साहित्य के जनसुलभ संस्करण

राजकमल प्रकाशन प्रा.लि.
1-बी, नेताजी सुभाष मार्ग, दरियागंज
नई दिल्ली-110 002
द्वारा प्रकाशित

शाखाएँ : अशोक राजपथ, साइंस कॉलेज के सामने, पटना-800 006
पहली मंजिल, दरबारी बिल्डिंग, महात्मा गांधी मार्ग, प्रयागराज-211 001
1, अनमोल सोराबजी सन्तुक लेन, धोबी तलाव, मरीन लाइंस, मुम्बई-400 002

वेबसाइट : www.rajkamalprakashan.com
ई-मेल : info@rajkamalprakashan.com

बी.के. ऑफसेट
नवीन शाहदरा, दिल्ली-110 002
द्वारा मुद्रित

मूल्य : ₹199

PRATINIDHI KAHANIYAN
Representative Stories of Jai Shankar Prasad

ISBN : 978-93-89577-46-4

क्रम

ग्राम

टन ! टन ! टन ! स्टेशन पर घंटी बोली ।

श्रावण-मास की संध्या भी कैसी मनोहारिणी होती है ! मेघ-माला-विभूषित गगन की छाया सघन रसाल-कानन में पड़ रही है ! अँधियारी धीरे-धीरे अपना अधिकार पूर्व-गगन में जमाती हुई, सुशासनकारिणी महाराणी के समान, विहंग प्रजागण को सुख-निकेतन में शयन करने की आज्ञा दे रही है। आकाशरूपी शासन-पत्र पर प्रकृति के हस्ताक्षर के समान बिजली की रेखा दिखाई पड़ती है⋯ ग्राम्य स्टेशन पर कहीं एक-दो दीपालोक दिखाई पड़ता है। पवन हरे-हरे निकुंजों में से भ्रमण करता हुआ झिल्ली के झनकार के साथ भरी हुई झीलों में लहरों के साथ खेल रहा है । बूँदियाँ धीरे-धीरे गिर रही हैं, जो जूही की कलियों को आर्द्र करके पवन को भी शीतल कर रही हैं ।

थोड़े समय में वर्षा बंद हो गई । अंधकार-रूपी अंजन के अग्रभाग-स्थित आलोक के समान चतुर्दशी की लालिमा को लिए हुए चंद्रदेव प्राची में हरे-हरे तरुवरों की आड़ में से अपनी किरण-प्रभा दिखाने लगे । पवन की सनसनाहट के साथ रेलगाड़ी का शब्द सुनाई पड़ने लगा । सिग्नलर ने अपना कार्य किया । घंटा का शब्द उस हरे-भरे मैदान में गूँजने लगा । यात्री लोग अपनी गठरी बाँधते हुए स्टेशन पर पहुँचे। महादैत्य के लाल-लाल नेत्रों के समान अंजन-गिरिनिभ इंजिन का अग्रस्थित रक्तआलोक दिखाई देने लगा । पागलों के समान बड़बड़ाती हुई अपनी धुन की पक्की रेलगाड़ी स्टेशन पर पहुँच गई । धड़ाधड़ यात्री लोग उतरने-चढ़ने लगे । एक स्त्री की ओर देखकर फाटक के बाहर खड़ी हुई दो औरतें—जो उसकी सहेली मालूम देती हैं—रो रही हैं, और वह स्त्री एक मनुष्य के साथ रेल में बैठने को उद्यत है । उनकी क्रंदन-ध्वनि से वह

स्त्री दीन-भाव से उनकी ओर देखती हुई, बिना समझे हुए, सेकंड क्लास की गाड़ी में चढ़ने लगी; पर उसमें बैठे हुए बाबू साहब—'यह दूसरा दर्जा है, इसमें मत चढ़ो' कहते हुए उतर पड़े, और अपना हंटर घुमाते हुए स्टेशन से बाहर होने का उद्योग करने लगे।

विलायती पिक का वृचिस पहने, बूट चढ़ाए, हंटिंग कोट, धानी रंग का साफा, अंग्रेजी हिंदुस्तानी का महासम्मेलन बाबू साहब के अंग पर दिखाई पड़ रहा है। गौर वर्ण, उन्नत ललाट—उसकी आभा को बढ़ा रहे हैं। स्टेशन मास्टर से सामना होते ही शेकहैंड करने के उपरांत बाबू साहब से बातचीत होने लगी।

स्टे. मा.—आप इस वक्त कहाँ से आ रहे हैं?

मोहन.—कारिंदों ने इलाके में बड़ा गड़बड़ मचा रक्खा है, इसलिए मैं कुसुमपुर—जोकि हमारा इलाका है—इंस्पेक्शन के लिए जा रहा हूँ।

स्टे. मा.—फिर कब पलटिएगा?

मोहन.—दो रोज में। अच्छा, गुड इवनिंग!

स्टेशन मास्टर, जो लाइन-क्लियर दे चुके थे, गुड इवनिंग करते हुए अपने आफिस में घुस गए।

बाबू मोहनलाल अंग्रेजी काठी से सजे हुए घोड़े पर, जो पूर्व ही स्टेशन पर खड़ा था, सवार होकर चलते हुए।

सरलस्वभावा ग्रामवासिनी कुलकामिनीगण का सुमधुर संगीत धीरे-धीरे आम्रकानन में से निकलकर चारों ओर गूँज रहा है। अंधकार गगन में जुगनू-तारे चमक-चमक कर चित्त को चंचल कर रहे हैं। ग्रामीण लोग अपना हल कंधे पर रक्खे, बिरहा गाते हुए, बैलों की जोड़ी के साथ, घर की ओर प्रत्यावर्त्तन कर रहे हैं।

एक विशाल तरुवर की शाखा में झूला पड़ा हुआ है, उस पर चार महिलाएँ बैठी हैं, और पचासों उसको घेरकर गाती हुई घूम रही हैं। झूले के पेंग के साथ 'अबकी सावन सइयाँ घर रहु रे' की सुरीली पचासों कोकिल-कंठ से निकली हुई तान पशुगणों को भी मोहित कर रही है। बालिकाएँ स्वच्छंद भाव से क्रीड़ा कर रही हैं। अकस्मात् अश्व के पद-शब्द ने उन सरला कामिनियों को चौंका दिया। वे सब देखती हैं, तो हमारे पूर्व-परिचित बाबू मोहनलाल घोड़े को

रोककर उस पर से उतर रहे हैं। वे सब उनका भेष देखकर घबड़ा गईं और आपस में कुछ इंगित करके चुप रह गईं।

बाबू मोहनलाल ने निस्तब्धता को भंग किया, और बोले—भद्रे! यहाँ से कुसुमपुर कितनी दूर है? और किधर से जाना होगा? एक प्रौढ़ा ने सोचा कि 'भद्रे' कोई परिहास-शब्द तो नहीं है, पर वह कुछ कह न सकी, केवल एक ओर दिखाकर बोली—इहाँ से डेढ़ कोस तो बाय, इहै पैंड़वा जाई।

बाबू मोहनलाल उसी पगडंडी से चले। चलते-चलते उन्हें भ्रम हो गया, और वह अपनी छावनी का पथ छोड़कर दूसरे मार्ग से जाने लगे। मेघ घिर आए, जल वेग से बरसने लगा, अंधकार और घना हो गया। भटकते-भटकते वह एक खेत के समीप पहुँचे; वहाँ उस हरे-भरे खेत में एक ऊँचा और बड़ा मचान था, जो कि फूस से छाया हुआ था, और समीप ही में एक छोटा-सा कच्चा मकान था।

उस मचान पर बालक और बालिकाएँ बैठी हुई कोलाहल मचा रही थी। जल में भीगते हुए भी मोहनलाल खेत के समीप खड़े होकर उनके आनंद-कलरव को श्रवण करने लगे।

भ्रांत होने से उन्हें बहुत समय व्यतीत हो गया। रात्रि अधिक बीत गई। कहाँ ठहरें? इसी विचार में वह खड़े रहे, बूँदें कम हो गईं। इतने में एक बालिका अपने मलिन वसन के अंचल की आड़ में दीप लिए हुए उसी मचान की ओर जाती हुई दिखाई पड़ी।

बालिका की अवस्था 15 वर्ष की है। आलोक से उसका अंग अंधकार-घन में विद्युल्लेखा की तरह चमक रहा था। यद्यपि दरिद्रता ने उसे मलिन कर रक्खा है, पर ईश्वरीय सुषमा उसके कोमल अंग पर अपना निवास किए हुए है। मोहनलाल ने घोड़ा बढ़ाकर उससे कुछ पूछना चाहा, पर संकुचित होकर ठिठक गए। परंतु पूछने के अतिरिक्त दूसरा उपाय ही नहीं था। अस्तु, रूखेपन के साथ पूछा—कुसुमपुर का रास्ता किधर है?

बालिका इस भव्य मूर्ति को देखकर डरी, पर साहस के साथ बोली—मैं नहीं जानती। ऐसे सरल नेत्र-संचालन से इंगित करके उसने ये शब्द कहे कि युवक को क्रोध के स्थान में हँसी आ गई और कहने लगा—तो जो जानता हो, मुझे

बतलाओ मैं उससे पूछ लूँगा।

बालिका—हमारी माता जानती होंगी।

मोहन.—इस समय तुम कहाँ जाती हो?

बालिका—(मचान की ओर दिखाकर) वहाँ जो कई लड़के हैं, उनमें से एक हमारा भाई है, उसी को खिलाने जाती हूँ।

मोहन.—बालक इतनी रात को खेत में क्यों बैठा है?

बालिका—वह रात-भर और लड़कों के साथ खेत ही में रहता है।

मोहन.—तुम्हारी माँ कहाँ है?

बालिका—चलिए, मैं लिवा चलती हूँ।

इतना कहकर बालिका अपने भाई के पास गई, और उसको खिलाकर तथा उसके पास बैठे हुए लड़कों को भी कुछ देकर उसी क्षुद्र-कुटीराभिमुख गमन करने लगी। मोहनलाल उस सरला बालिका के पीछे चले।

उस क्षुद्र कुटीर में पहुँचने पर एक स्त्री मोहनलाल को दिखाई पड़ी, जिसकी अंगप्रभा स्वर्ण-तुल्य थी, तेजोमय मुख-मंडल, तथा ईषत् उन्नत अधर अभिमान से भरे हुए थे, अवस्था उसकी 50 वर्ष से अधिक थी। मोहनलाल की आंतरिक अवस्था, जो ग्राम्य जीवन देखने से कुछ बदल चुकी थी, उस सरल गंभीर तेजोमय मूर्ति को देख और भी सरल विनययुक्त हो गई। उसने झुककर प्रणाम किया। स्त्री ने आशीर्वाद दिया और पूछा—बेटा! कहाँ से आते हो?

मोहन.—मैं कुसुमपुर जाता था, किंतु रास्ता भूल गया...।

'कुसुमपुर' का नाम सुनते ही स्त्री का मुखमंडल आरक्तिम हो गया और उसके नेत्र से दो बूँद आँसू निकल आए। वे अश्रु करुणा के नहीं, किंतु अभिमान के थे।

मोहनलाल आश्चर्यान्वित होकर देख रहे थे। उन्होंने पूछा—आपको कुसुमपुर के नाम से क्षोभ क्यों हुआ?

स्त्री—बेटा! उसकी बड़ी कथा है, तुम सुनकर क्या करोगे?

मोहन.—नहीं, मैं सुनना चाहता हूँ, यदि आप कृपा करके सुनावें।

स्त्री—अच्छा, कुछ जलपान कर लो, तब सुनाऊँगी।

पुनः बालिका की ओर देखकर स्त्री ने कहा—कुछ जल पीने को ले आओ।

आज्ञा पाते ही बालिका उस क्षुद्र गृह के एक मिट्टी के बर्तन में से कुछ वस्तु निकाल, उसे एक पात्र में घोलकर ले आई, और मोहनलाल के सामने रख दिया। मोहनलाल उस शर्बत को पान करके फूस की चटाई पर बैठकर स्त्री की कथा सुनने लगे।

स्त्री कहने लगी—हमारे पति इस प्रांत के गण्य भूस्वामी थे, और वंश भी हम लोगों का बहुत उच्च था। जिस गाँव का अभी आपने नाम लिया है, वही हमारे पति की प्रधान जमींदारी थी। कार्यवश कुंदनलाल नामक एक महाजन से कुछ ऋण लिया गया। कुछ भी विचार न करने से उनका बहुत रुपया बढ़ गया, और जब ऐसी अवस्था पहुँची तो अनेक उपाय करके हमारे पति धन जुटाकर उनके पास ले गए, तब उस धूर्त ने कहा—"क्या हर्ज है बाबू साहब ! आप आठ रोज में आना, हम रुपया ले लेंगे, और जो घाटा होगा, उसे छोड़ देंगे, आपका इलाका फिर जाएगा, इस समय रेहननामा भी नहीं मिल रहा है।" उसका विश्वास करके हमारे पति फिर बैठ रहे, और उसने कुछ भी न पूछा। उनकी उदारता के कारण वह संचित धन भी थोड़ा हो गया, और उधर उसने दावा करके इलाका—जो कि वह ले लेना चाहता था—बहुत थोड़े रुपए में नीलाम करा लिया। फिर हमारे पति के हृदय में, उस इलाके के इस भाँति निकल जाने के कारण, बहुत चोट पहुँची और इसी से उनकी मृत्यु हो गई। इस दशा के होने के उपरांत हम लोग इस दूसरे गाँव में आकर रहने लगीं। यहाँ के जमींदार बहुत धर्मात्मा हैं, उन्होंने कुछ सामान्य 'कर' पर यह भूमि दी है, इसी से अब हमारी जीविका है।...

इतना कहते-कहते स्त्री का गला अभिमान से भर आया और कुछ कह न सकी।

स्त्री की कथा को सुनकर मोहनलाल को बड़ा दुःख हुआ। रात विशेष बीत चुकी थी, अतः रात्रि-यापन करके, प्रभात में मलिन तथा पश्चिमगामी चंद्र का अनुसरण करके, बताए हुए पथ से वह चले गए।

पर उनके मुख पर विषाद तथा लज्जा ने अधिकार कर लिया था। कारण यह था कि स्त्री की जमींदारी हरण करनेवाले, तथा उसके प्राणप्रिय पति से उसे विच्छेद कराकर इस भाँति दुःख देनेवाले कुंदनलाल मोहनलाल के ही पिता थे।

शरणागत

प्रभात-कालीन सूर्य की किरणें अभी पूर्व के आकाश में नहीं दिखाई पड़ती हैं। ताराओं का क्षीण प्रकाश अभी अंबर में विद्यमान है। यमुना के तट पर दो-तीन रमणियाँ खड़ी हैं, और दो—यमुना की उन्हीं क्षीण लहरियों में, जो चंद्र के प्रकाश से रंजित हो रही हैं—स्नान कर रही हैं। अकस्मात् पवन बड़े वेग से चलने लगा। इसी समय एक सुंदरी, जो कि बहुत ही सुकुमारी थी, उन्हीं तरंगों में निमग्न हो गई। दूसरी, जो कि घबड़ाकर निकलना चाहती थी, किसी काठ का सहारा पाकर तट की ओर खड़ी हुई अपनी सखियों में जा मिली। पर वहाँ सुकुमारी नहीं थी। सब रोती हुई यमुना के तट पर घूमकर उसे खोजने लगीं।

अंधकार हट गया। अब सूर्य भी दिखाई देने लगे। कुछ ही देर में उन्हें, घबड़ाई हुई स्त्रियों को आश्वासन देती हुई, एक छोटी-सी नाव दिखाई दी। उन सखियों ने देखा कि वह सुकुमारी उसी नाव पर एक अंग्रेज और एक लेडी के साथ बैठी हुई है।

तट पर आने पर मालूम हुआ कि सिपाही-विद्रोह की गड़बड़ से भागे हुए एक संभ्रांत योरोपियन-दंपति उस नौका के आरोही हैं। उन्होंने सुकुमारी को डूबते हुए बचाया है और इसे पहुँचाने के लिए वे लोग यहाँ तक आए हैं।

सुकुमारी को देखते ही सब सखियों ने दौड़कर उसे घेर लिया और उससे लिपट-लिपटकर रोने लगीं। अंग्रेज और लेडी दोनों ने जाना चाहा, पर वे स्त्रियाँ कब माननेवाली थीं? लेडी साहिबा को रुकना पड़ा। थोड़ी देर में यह खबर फैल जाने से उस गाँव के जमींदार ठाकुर किशोर सिंह भी उस स्थान पर आ गए। अब, उनके अनुरोध करने से, विल्फर्ड और एलिस को उनका आतिथ्य स्वीकार करने के लिए विवश होना पड़ा क्योंकि सुकुमारी, किशोर सिंह की ही स्त्री थी, जिसे उन लोगों ने बचाया था।

चंदनपुर के जमींदार के घर में, जो यमुना-तट पर बना हुआ है, पाईंबाग के भीतर, एक रविश में चार कुर्सियाँ पड़ी हैं। एक पर किशोर सिंह और दो कुर्सियों पर विल्फर्ड और एलिस बैठे हैं, तथा चौथी कुर्सी के सहारे सुकुमारी खड़ी

है। किशोर सिंह मुस्करा रहे हैं, और एलिस आश्चर्य की दृष्टि से सुकुमारी को देख रही है। विल्फर्ड उदास हैं और सुकुमारी मुख नीचा किए हुए है। सुकुमारी ने कनखियों से किशोर सिंह की ओर देखकर सिर झुका लिया।

एलिस—(किशोर सिंह से) बाबू साहब, आप इन्हें बैठने की इजाजत दें।

किशोर सिंह—मैं क्या मना करता हूँ?

एलिस—(सुकुमारी को देखकर) फिर वह क्यों नहीं बैठतीं?

किशोर सिंह—आप कहिए, शायद बैठ जाएँ।

विल्फर्ड—हाँ, आप क्यों खड़ी हैं?

बेचारी सुकुमारी लज्जा से गड़ी जाती थी।

एलिस—(सुकुमारी की ओर देखकर) अगर आप न बैठेंगी, तो मुझे बहुत रंज होगा।

किशोर सिंह—यों न बैठेंगी, हाथ पकड़कर बिठाइए।

एलिस सचमुच उठी, पर सुकुमारी एक बार किशोर सिंह की ओर वक्र दृष्टि से देखकर हँसती हुई पास की बारहदरी में भागकर चली गई, किंतु एलिस ने पीछा न छोड़ा। वह भी वहाँ पहुँची, और उसे पकड़ा। सुकुमारी एलिस को देख गिड़गिड़ाकर बोली—क्षमा कीजिए, हम लोग पति के सामने कुर्सी पर नहीं बैठतीं, और न कुर्सी पर बैठने का अभ्यास ही है।

एलिस चुपचाप खड़ी रह गई, यह सोचने लगी कि—क्या सचमुच पति के सामने कुर्सी पर न बैठना चाहिए! फिर उसने सोचा—यह बेचारी जानती ही नहीं कि कुर्सी पर बैठने में क्या सुख है?

चंदनपुर के जमींदार के यहाँ आश्रय लिए हुए योरोपियन-दंपति सब प्रकार सुख से रहने पर भी सिपाहियों का अत्याचार सुनकर शंकित रहते थे। दयालु किशोर सिंह यद्यपि उन्हें बहुत आश्वासन देते, तो भी कोमल प्रकृति की सुंदरी एलिस सदा भयभीत रहती थी।

दोनों दंपति कमरे में बैठे हुए यमुना का सुंदर जल-प्रवाह देख रहे हैं। विचित्रता यह है कि 'सिगार' न मिल सकने के कारण विल्फर्ड साहब सटक के सड़ाके लगा रहे हैं। अभ्यास न होने के कारण सटक से उन्हें बड़ी अड़चन पड़ती थी, तिस पर सिपाहियों के अत्याचार का ध्यान उन्हें और भी उद्विग्न किए हुए

था; क्योंकि एलिस का भय से पीला मुख उनसे देखा न जाता था।

इतने में बाहर कोलाहल सुनाई पड़ा। एलिस के मुख से 'ओ माई गाड' (Oh my god) निकल पड़ा और भय से वह मूर्च्छित हो गई। विल्फर्ड और किशोर सिंह ने एलिस को पलँग पर लिटाया, और आप 'बाहर क्या है' सो देखने के लिए चले।

विल्फर्ड ने अपनी राइफल हाथ में ली और साथ में जाना चाहा, पर किशोर सिंह ने उन्हें समझाकर बैठाला और आप खूँटी पर लटकती तलवार लेकर बाहर निकल गए।

किशोर सिंह बाहर आ गए, देखा तो पाँच कोस पर जो उनका सुंदरपुर ग्राम है, उसे सिपाहियों ने लूट लिया और प्रजा दुखी होकर अपने ज़मींदार से अपनी दुख-गाथा सुनाने आई है। किशोर सिंह ने सबको आश्वासन दिया, और उनके खाने-पीने का प्रबंध करने के लिए कर्मचारियों को आज्ञा देकर आप विल्फर्ड और एलिस को देखने के लिए भीतर चले आए।

किशोर सिंह स्वाभाविक दयालु थे और उनकी प्रजा उन्हें पिता के समान मानती थी, और उनका उस प्रांत में भी बड़ा सम्मान था। वह बहुत बड़े इलाकेदार होने के कारण छोटे-से राजा समझे जाते थे। उनका प्रेम सब पर बराबर था। किंतु विल्फर्ड और सरला एलिस को भी वह बहुत चाहने लगे, क्योंकि प्रियतमा सुकुमारी की उन लोगों ने प्राण-रक्षा की थी।

किशोर सिंह भीतर आए। एलिस को देखकर कहा—डरने की कोई बात नहीं है। यह मेरी प्रजा थी, समीप के सुंदरपुर गाँव में वे सब रहते हैं। उन्हें सिपाहियों ने लूट लिया है। उनका बंदोबस्त कर दिया गया है। अब उन्हें कोई तकलीफ नहीं।

एलिस ने लंबी साँस लेकर आँख खोल दी, और कहा—क्या वे सब गए?

सुकुमारी—घबराओ मत, हम लोगों के रहते तुम्हारा कोई अनिष्ट नहीं हो सकता।

विल्फर्ड—क्या सिपाही रियासतों को लूट रहे हैं?

किशोर सिंह—हाँ, पर अब कोई डर नहीं है, वे लूटते हुए इधर से निकल गए।

विल्फर्ड—अब हमको कुछ डर नहीं है ।

किशोर सिंह—आपने क्या सोचा ?

विल्फर्ड—अब ये सब अपने भाइयों को लूटते हैं, तो शीघ्र ही अपने अत्याचार का फल पावेंगे और इनका किया कुछ न होगा ।

किशोर सिंह ने गंभीर होकर कहा—ठीक है ।

एलिस ने कहा—मैं आज आप लोगों के संग भोजन करूँगी ।

किशोर सिंह और सुकुमारी एक दूसरे का मुख देखने लगे । फिर किशोर सिंह ने कहा—बहुत अच्छा ।

साफ दालान में दो कंबल अलग-अलग दूरी पर बिछा दिए गए हैं । एक पर किशोर सिंह बैठे थे और दूसरे पर विल्फर्ड और एलिस; पर एलिस की दृष्टि बार-बार सुकुमारी को खोज रही थी और वह बार-बार यही सोच रही थी कि किशोर सिंह के साथ सुकुमारी अभी नहीं बैठी ।

थोड़ी देर में भोजन आया, पर खानसामा नहीं । स्वयं सुकुमारी एक थाल लिए हैं और तीन-चार औरतों के हाथ में भी खाद्य और पेय वस्तुएँ हैं । किशोर सिंह के इशारा करने पर सुकुमारी ने वह थाल एलिस के सामने रखा, और इसी तरह विल्फर्ड और किशोर सिंह को परस दिया गया । पर किसी ने भोजन करना नहीं आरंभ किया ।

एलिस ने सुकुमारी से कहा—आप क्या यहाँ भी न बैठेंगी ? क्या यहाँ भी कुर्सी है ?

सुकुमारी—परसेगा कौन ?

एलिस—खानसामा ।

सुकुमारी—क्यों, क्या मैं नहीं हूँ ?

किशोर सिंह—जिद न कीजिए, यह हमारे भोजन कर लेने पर भोजन करती हैं ।

एलिस ने आश्चर्य और उदासी-भरी एक दृष्टि सुकुमारी पर डाली । एलिस को भोजन कैसा लगा, सो नहीं कहा जा सकता ।

भारत में शांति स्थापित हो गई है। अब विल्फर्ड और एलिस अपनी नील की कोठी पर वापस जाने वाले हैं। चंदनपुर में उन्हें बहुत दिन रहना पड़ा। नील कोठी वहाँ से दूर है।

दो घोड़े सजे-सजाए खड़े हैं और किशोर सिंह के आठ सशस्त्र सिपाही उनको पहुँचाने के लिए उपस्थित हैं। विल्फर्ड साहब किशोर सिंह से बातचीत करके छुट्टी पा चुके हैं। केवल एलिस अभी तक भीतर से नहीं आई। उन्हीं के आने की देर है।

विल्फर्ड और किशोर सिंह पाईंबाग में टहल रहे थे। इतने में सात-आठ स्त्रियों का झुंड मकान से बाहर निकला। हैं ! यह क्या ? एलिस ने अपना गाउन नहीं पहना, उसके बदले फीरोजी रंग के रेशमी कपड़े का कामदानी लहँगा और मखमल की कंचुकी, जिसके सितारे रेशमी ओढ़नी के ऊपर से चमक रहे हैं। हैं ! यह क्या ? स्वाभाविक अरुण अधरों में पान की लाली भी है, आँखों में क़ाजल की रेखा भी है, चोटी भी फूलों से गूँथी जा चुकी है, और मस्तक में सुंदर-सा बाल-अरुण का बिंदु भी तो है !

देखते ही किशोर सिंह खिलखिलाकर हँस पड़े, और विल्फर्ड तो भौंचक्के-से रह गए।

किशोर सिंह ने एलिस से कहा—आपके लिए भी घोड़ा तैयार है—पर सुकुमारी ने कहा—नहीं, इनके लिए पालकी मँगा दो।

पत्थर की पुकार

नवल और विमल दोनों बात करते हुए टहल रहे थे। विमल ने कहा—

"साहित्य-सेवा भी एक व्यसन है।"

"नहीं मित्र ! यह तो विश्व भर की एक मौनं सेवा-समिति का सदस्य होना है।"

"अच्छा तो फिर बताओ, तुमको क्या भला लगता है? कैसा साहित्य रुचता है?"

"अतीत और करुणा का जो अंश साहित्य में हो, वह मेरे हृदय को आकर्षित करता है।"

नवल की गंभीर हँसी कुछ तरल हो गई। उन्होंने कहा—"इससे विशेष और हम भारतीयों के पास धरा क्या है! स्तुत्य अतीत की घोषणा और वर्तमान की करुणा, इसी का गान हमें आता है। बस, यह भी एक भाँग-गाँजे की तरह नशा है।" विमल का हृदय स्तब्ध हो गया। चिर प्रसन्न-वदन मित्र को अपनी भावना पर इतना कठोर आघात करते हुए कभी भी उसने नहीं देखा था। वह कुछ विरक्त हो गया। मित्र ने कहा—"कहाँ चलोगे?" उसने कहा—"चलो, मैं थोड़ा घूमकर गंगा-तट पर मिलूँगा।" नवल भी एक ओर चला गया।

चिंता में मग्न विमल एक ओर चला। नगर के एक सूने मुहल्ले की ओर जा निकला। एक टूटी चारपाई अपने फूटे झिलँगे में लिपटी पड़ी है। उसी के बगल में दीन कुटी फूस से ढँकी हुई, अपना दरिद्र मुख भिक्षा के लिए खोले हुए बैठी है। दो-एक ढाँकी और हथौड़े, पानी की प्याली, कूची, दो काले शिलाखंड परिचारक की तरह उस दीन कुटी को घेरे पड़े हैं। किसी को न देखकर एक शिलाखंड पर न जाने किसके कहने से विमल बैठ गया। यह चुपचाप था। विदित हुआ कि दूसरा पत्थर कुछ धीरे-धीरे कह रहा है। वह सुनने लगा—

"मैं अपने सुखद शैल में संलग्न था। शिल्पी! तूने मुझे क्यों ला पटका? यहाँ तो मानव की हिंसा का गर्जन मेरे कठोर वक्षःस्थल का भेदन कर रहा है। मैं तेरे प्रलोभन में पड़कर यहाँ चला आया था, कुछ तेरे बाहुबल से नहीं, क्योंकि मेरी प्रबल कामना थी कि मैं एक सुंदर मूर्ति में परिणत हो जाऊँ। उसके लिए अपने वक्षःस्थल को क्षत-विक्षत कराने को प्रस्तुत था। तेरी टाँकी से हृदय चिराने में प्रसन्न था कि कभी मेरी इस सहनशीलता का पुरस्कार, सराहना के रूप में मिलेगा और मेरी मौन मूर्ति अनंतकाल तक उस सराहना को चुपचाप गर्व से स्वीकार करती रहेगी। किंतु निष्ठुर! तूने अपने द्वार पर मुझे फूटे हुए ठीकरे की तरह ला पटका। अब मैं यहीं पर पड़ा-पड़ा कब तक अपने भविष्य की गणना करूँगा?"

पत्थर की करुणाभयी पुकार से विमल को क्रोध का संचार हुआ। और वास्तव में इस पुकार में अतीत और करुणा दोनों का मिश्रण था, जोकि उसके चित्त का सरल विनोद था। विमल भावप्रवण होकर रोष से गर्जन करता हुआ पत्थर की ओर से अनुरोध करने को शिल्पी के दरिद्र कुटीर में घुस पड़ा।

"क्यों जी, तुमने इस पत्थर को कितने दिनों से यहाँ ला रक्खा है? भला वह भी अपने मन में क्या समझता होगा? सुस्त होकर पड़े हो, उसकी कोई सुंदर मूर्ति क्यों न बना डाली?" विमल ने रुक्ष स्वर से कहा।

पुरानी गुदड़ी में ढँकी हुई जीर्ण-शीर्ण मूर्ति खाँसी से कँपकर बोली—"बाबू जी! आपने तो मुझे कोई आज्ञा नहीं दी थी।"

"अजी तुम बना लिए होते, फिर कोई-न-कोई तो इसे ले लेता। भला देखो तो यह पत्थर कितने दिनों से पड़ा तुम्हारे नाम को रो रहा है।"—विमल ने कहा। शिल्पी ने कफ निकालकर गला साफ करते हुए कहा—"आप लोग अमीर आदमी हैं। अपने कोमल श्रवणेंद्रियों से पत्थर का रोना, लहरों का संगीत, पवन की हँसी इत्यादि कितनी सूक्ष्म बातें सुन लेते हैं, और उसकी पुकार में दत्तचित्त हो जाते हैं। करुणा से पुलकित होते हैं, किंतु क्या कभी दुखी हृदय के नीरव क्रंदन को भी अंतरात्मा की श्रवणेंद्रियों को सुनने देते हैं, जो करुणा का काल्पनिक नहीं, किंतु वास्तविक रूप है?"

विमल के अतीत और करुणा-संबंधी समस्त सद्भाव कठोर कर्मण्यता का आवाहन करने के लिए उसी से विद्रोह करने लगे। वह स्तब्ध होकर उसी मलिन भूमि पर बैठ गया।

दुखिया

पहाड़ी देहात, जंगल के किनारे के गाँव और बरसात का समय! वह भी उषाकाल! बड़ा ही मनोरम दृश्य था। रात की वर्षा से आम के वृक्ष तराबोर थे। अभी पत्तों से पानी ढुलक रहा था। प्रभात के स्पष्ट होने पर भी धुँधले प्रकाश में सड़क के किनारे आम्रवृक्ष के नीचे बालिका कुछ देख रही थी। 'टप' से शब्द हुआ, बालिका उछल पड़ी, गिरा हुआ आम उठाकर अंचल में रख लिया। (जो पाकेट की तरह खोंसकर बना हुआ था।)

दक्षिण पवन ने अनजान में फल से लदी हुई डालियों से अठखेलियाँ कीं। उसका संचित धन अस्त-व्यस्त हो गया। दो-चार गिर पड़े। बालिका उषा की किरणों के समान ही खिल पड़ी। उसका अंचल भर उठा। फिर भी आशा में खड़ी रही। व्यर्थ प्रयास जानकर लौटी, और अपनी झोंपड़ी की ओर चल पड़ी। फूस की झोंपड़ी में बैठा हुआ उसका अंधा बूढ़ा बाप अपनी फूटी हुई चिलम सुलगा रहा था। दुखिया ने आते ही आँचल से सात आमों में से पाँच निकालकर बाप के हाथ में रख दिए और स्वयं बरतन माँजने के लिए 'डबरे' की ओर चल पड़ी।

बरतनों का विवरण सुनिए, एक फूटी बटुली, एक लोंहदी और लोटा, यही उस दीन परिवार का उपकरण था। डबरे के किनारे छोटी-सी शिला पर अपने फटे हुए वस्त्र सँभाले हुए बैठकर दुखिया ने बरतन मलना आरंभ किया।

अपने पीसे हुए बाजरे के आटे की रोटी पकाकर दुखिया ने बूढ़े बाप को खिलाया और स्वयं बचा हुआ खा-पीकर पास ही के महुए के वृक्ष की फैली जड़ों पर सिर रखकर लेट रही। कुछ गुनगुनाने लगी। दुपहरी ढल गई। अब दुखिया उठी और खुरपी-जाला लेकर घास छोलने चली। जमींदार के घोड़े के लिए घास वह रोज दे आती थी, कठिन परिश्रम से उसने अपने काम भर घास कर लिया, फिर उसे डबरे में रखकर धोने लगी।

सूर्य की सुनहली किरणें बरसाती आकाश पर नवीन चित्रकार की तरह कई

प्रकार के रंग लगाना सीखने लगीं। अमराई और ताड़-वृक्षों की छाया उस शाद्वल जल में पड़कर प्राकृतिक चित्र का सृजन करने लगी। दुखिया को विलंब हुआ, किंतु अभी उसकी घास धो नहीं गई, उसे जैसे इसकी कुछ परवाह न थी। इसी समय घोड़े की टापों के शब्द ने उसकी एकाग्रता को भंग किया।

जमींदार कुमार संध्या को हवा खाने के लिए निकले थे। वेगवान 'बालोतरा' जाति का कुम्मेद पचकल्यान आज गरम हो गया था। मोहनसिंह से बेकाबू होकर वह बगटूट भाग रह. था। संयोग! जहाँ पर दुखिया बैठी थी, उसी के समीप ठोकर लेकर घोड़ा गिरा। मोहनसिंह भी बुरी तरह घायल होकर गिरे। दुखिया ने मोहनसिंह की सहायता की। डबरे से जल लाकर घावों को धोने लगी। मोहन ने पट्टी बाँधी, घोड़ा भी उठकर शांत खड़ा हुआ। दुखिया जो उसे टहलाने लगी थी। मोहन ने कृतज्ञता की दृष्टि से दुखिया को देखा, वह एक सुशिक्षित युवक था। उसने दरिद्र दुखिया को उसकी सहायता के बदले ही रुपया देना चाहा। दुखिया ने हाथ जोड़कर कहा–''बाबू जी, हम तो आप ही के गुलाम हैं। इसी घोड़े को घास देने से हमारी रोटी चलती है।''

अब मोहन ने दुखिया को पहिचाना। उसने पूछा–

''क्या तुम रामगुलाम की लड़की हो?''

''हाँ, बाबू जी।''

''वह बहुत दिनों से दिखता नहीं।'

''बाबू जी, उनकी आँखों से दिखाई नहीं पड़ता।''

''अहा, हमारे लड़कपन में वह हमारे घोड़े को, जब हम उस पर बैठते थे, पकड़कर टहलाता था। वह कहाँ है?''

''अपनी मड़ई में।''

''चलो, हम वहाँ तक चलेंगे।''

किशोरी दुखिया को कौन जाने क्यों संकोच हुआ, उसने कहा–

''बाबू जी, घास पहुँचाने में देर हुई है। सरकार बिगड़ेंगे।''

''कुछ चिंता नहीं; तुम चलो।''

लाचार होकर दुखिया घास का बोझा सिर पर रखे हुए झोंपड़ी की ओर चल पड़ी। घोड़े पर मोहन पीछे-पीछे था।

"रामगुलाम, तुम अच्छे तो हो ?"

"राज ! सरकार ! जुग-जुग जीओ बाबू !" बूढ़े ने बिना देखे अपनी टूटी चारपाई से उठते हुए दोनों हाथ अपने सिर तक ले जाकर कहा ।

"रामगुलाम, तुमने पहचान लिया ?"

"न कैसे पहचानें, सरकार ! यह देह पली है ।" उसने कहा ।

"तुमको कुछ पेंशन मिलती है कि नहीं ?"

"आप ही का दिया खाते हैं, बाबू जी ! अभी लड़की हमारी जगह पर घास देती है ।"

भावुक नवयुवक ने फिर प्रश्न किया, "क्यों रामगुलाम, जब इसका विवाह हो जाएगा, तब कौन घास देगा ?"

रामगुलाम के आनंदाश्रु दुख की नदी होकर बहने लगे । बड़े कष्ट से उसने कहा—"क्या हम सदा जीते रहेंगे ?"

अब मोहन से नहीं रहा गया, वहीं दो रुपए उस बुड्ढे को देकर चलते बने । जाते-जाते कहा—"फिर कभी ।"

दुखिया को भी घास लेकर वहीं जाना था । वह पीछे चली ।

जमींदार की पशुशाला थी । हाथी, ऊँट, घोड़ा, बुलबुल, भैंसा, गाय, बकरे, बैल, लाल, किसी की कमी नहीं थी । एक दुष्ट नजीब खाँ इन सबों का निरीक्षक था । दुखिया को देर से आते देखकर उसे अवसर मिला । बड़ी नीचता से उसने कहा—"मारे जवानी के तेरा मिजाज ही नहीं मिलता ! कल से तेरी नौकरी बंद कर दी जाएगी । इतनी देर ?"

दुखिया कुछ नहीं बोलती, किंतु उसको अपने बूढ़े बाप की याद आ गई । उसने सोचा, किसी तरह नौकरी बचानी चाहिए, तुरंत कह बैठी—

"छोटे सरकार घोड़े पर से गिर पड़े रहे । उन्हें मड़ई तक पहुँचाने में देर... ।"

"चुप हरामजादी ! तभी तो तेरा मिजाज और बिगड़ा है । अभी बड़े सरकार के पास चलते हैं ।"

वह उठा और चला । दुखिया ने घास का बोझा पटका और रोती हुई झोंपड़ी की ओर चलती हुई । राह चलते-चलते उसे डबरे का सायंकालीन दृश्य स्मरण होने लगा । वह उसी में भूलकर अपने घर पहुँच गई ।

आकाशदीप

''बंदी !''

''क्या है ? सोने दो ।''

''मुक्त होना चाहते हो ?''

''अभी नहीं, निद्रा खुलने पर, चुप रहो ।''

''फिर अवसर न मिलेगा ।''

''बड़ा शीत है, कहीं से एक कंबल डालकर कोई शीत से मुक्त करता ।''

''आँधी की संभावना है । यही अवसर है । आज मेरे बंधन शिथिल हैं ।''

''तो क्या तुम भी बंदी हो ?''

''हाँ, धीरे बोलो, इस नाव पर केवल दस नाविक और प्रहरी हैं ।''

''शस्त्र मिलेगा ?''

''मिल जाएगा । पोत से संबद्ध रज्जु काट सकोगे ?''

''हाँ ।''

समुद्र में हिलोरें उठने लगीं । दोनों बंदी आपस में टकराने लगे । पहले बंदी न अपने को स्वतंत्र कर लिया । दूसरे का बंधन खोलने का प्रयत्न करने लगा । लहरों के धक्के एक-दूसरे को स्पर्श से पुलकित कर रहे थे । मुक्ति की आशा–स्नेह का असंभावित आलिंगन । दोनों ही अंधकार में मुक्त हो गए । दूसरे बंदी ने हर्षातिरेक से उसको गले से लगा लिया । सहसा उस बंदी ने कहा--''यह क्या ? तुम स्त्री हो ?''

''क्या स्त्री होना कोई पाप है ?''–अपने को अलग करते हुए स्त्री ने कहा ।

''शस्त्र कहाँ है–तुम्हारा नाम ?''

''चंपा ।''

तारक-खचित नील अंबर और समुद्र के अवकाश में पवन ऊधम मचा रहा था । अंधकार से मिलकर पवन दुष्ट हो रहा था । समुद्र में आंदोलन था । नौका लहरों में विकल थी । स्त्री सतर्कता से लुढ़कने लगी । एक मतवाले नाविक के शरीर से टकराती हुई सावधानी से उसका कृपाण निकालकर, फिर लुढ़कते हुए, बंदी के समीप पहुँच गई । सहसा पोत से पथ-प्रदर्शक ने चिल्लाकर

कहा—"आँधी!"

आपत्ति-सूचक तूर्य बजने लगा। सब सावधान होने लगे। बंदी युवक उसी तरह पड़ा रहा। किसी ने रस्सी पकड़ी, कोई पाल खोल रहा था। पर युवक बंदी ढुलककर उस रज्जु के पास पहुँचा, जो पोत से संलग्न थी। तारे ढँक गए। तरंगें उद्वेलित हुईं, समुद्र गरजने लगा। भीषण आँधी, पिशाचिनी के समान नाव को अपने हाथों में लेकर कंदुक-क्रीड़ा और अट्टहास करने लगी।

एक झटके के साथ ही नाव स्वतंत्र थी। उस संकट में भी दोनों बंदी खिलखिलाकर हँस पड़े। आँधी के हाहाकार में उसे कोई न सुन सका।

अनंत जलनिधि में उषा का मधुर आलोक फूट उठा। सुनहली किरणों और लहरों की कोमल सृष्टि मुस्कराने लगी। सागर शांत था। नाविकों ने देखा, पोत का पता नहीं। बंदी मुक्त हैं।

नायक ने कहा—"बुधगुप्त! तुमको मुक्त किसने किया?"

कृपाण दिखाकर बुधगुप्त ने कहा—"इसने।"

नायक ने कहा—"तो तुम्हें फिर बंदी बनाऊँगा।"

"किसके लिए? पोताध्यक्ष मणिभद्र अतल जल में होगा—नायक! अब इस नौका का स्वामी मैं हूँ।"

"तुम? जलदस्यु बुधगुप्त? कदापि नहीं।"—चौंककर नायक ने कहा और अपना कृपाण टटोलने लगा! चंपा ने इसके पहले उस पर अधिकार कर लिया था। वह क्रोध से उछल पड़ा।

"तो तुम द्वंद्वयुद्ध के लिए प्रस्तुत हो जाओ; जो विजयी होगा, वह स्वामी होगा।"—इतना कहकर बुधगुप्त ने कृपाण देने का संकेत किया। चंपा ने कृपाण नायक के हाथ में दे दिया।

भीषण घात-प्रतिघात आरंभ हुआ। दोनों कुशल, दोनों त्वरित गतिवाले थे। बड़ी निपुणता से बुधगुप्त ने अपना कृपाण दाँतों से पकड़कर अपने दोनों हाथ स्वतंत्र कर लिए। चंपा भय और विस्मय से देखने लगी। नाविक प्रसन्न हो गए। परंतु बुधगुप्त ने लाघव से नायक का कृपाणवाला हाथ पकड़ लिया और विकट हुंकार से दूसरा हाथ कटि में डाल, उसे गिरा दिया। दूसरे ही क्षण प्रभात की किरणों में बुधगुप्त का विजयी कृपाण उसके हाथों में चमक उठा। नायक

की कातर आँखें प्राण-भिक्षा माँगने लगीं।

बुधगुप्त ने कहा—"बोलो, अब स्वीकार है कि नहीं ?"

"मैं अनुचर हूँ, वरुणदेव की शपथ। मैं विश्वासघात नहीं करूँगा।" बुधगुप्त ने उसे छोड़ दिया।

चंपा ने युवक जलदस्यु के समीप आकर उसके क्षतों को अपनी स्निग्ध दृष्टि और कोमल करों से वेदना-विहीन कर दिया। बुधगुप्त के सुगठित शरीर पर रक्त-बिंदु विजय-तिलक कर रहे थे।

विश्राम लेकर बुधगुप्त ने पूछा, "हम लोग कहाँ होंगे ?"

"बालीद्वीप से बहुत दूर, संभवतः एक नवीन द्वीप के पास, जिसमें अभी हम लोगों का बहुत कम आना-जाना होता है। सिंहल के वणिकों का वहाँ प्राधान्य है।"

"कितने दिनों में हम लोग वहाँ पहुँचेंगे ?"

"अनुकूल पवन मिलने पर दो दिन में। तब तक के लिए खाद्य का अभाव न होगा।"

सहसा नायक ने नाविकों को डाँड़ लगाने की आज्ञा दी, और स्वयं पतवार पकड़कर बैठ गया। बुधगुप्त के पूछने पर उसने कहा—"यहाँ एक जलमग्न शैलखंड है। सावधान न रहने से नाव टकराने का भय है।"

"तुम्हें इन लोगों ने बंदी क्यों बनाया ?"

"वणिक् मणिभद्र की पाप-वासना ने।"

"तुम्हारा घर कहाँ है ?"

"जाह्नवी के तट पर। चंपा-नगरी की एक क्षत्रिय बालिका हूँ। पिता इसी मणिभद्र के यहाँ प्रहरी का काम करते थे। माता का देहावसान हो जाने पर मैं भी पिता के साथ नाव पर ही रहने लगी। आठ बरस से समुद्र ही मेरा घर है। तुम्हारे आक्रमण के समय मेरे पिता ने ही सात दस्युओं को मारकर जल-समाधि ली। एक मास हुआ, मैं इस नील नभ के नीचे, नील जलनिधि के ऊपर, एक भयानक अनंतता में निस्सहाय हूँ—अनाथ हूँ। मणिभद्र ने मुझसे एक दिन घृणित प्रस्ताव किया। मैंने उसे गालियाँ सुनाईं। उसी दिन से बंदी बना दी गई।"—चंपा रोष से जल रही थी।

"मैं भी ताम्रलिप्ति का एक क्षत्रिय हूँ, चंपा! परंतु दुर्भाग्य से जलदस्यु बनकर जीवन बिताता हूँ। अब तुम क्या करोगी?"

"मैं अपने अदृष्ट को अनिर्दिष्ट ही रहने दूँगी। वह जहाँ ले जाए।"—चंपा की आँखें निस्सीम प्रदेश में निरुद्देश्य थीं। किसी आकांक्षा के लाल डोरे न थे। धवल अपांगों में बालकों के सदृश विश्वास था। हत्या-व्यवसायी दस्यु भी उसे देखकर काँप गया। उसके मन में एक संभ्रमपूर्ण श्रद्धा यौवन की पहली लहरों को जगाने लगी। समुद्र-वृक्ष पर विलंबमयी राग-रंजित संध्या थिरकने लगी। चंपा के असंयत कुंतल उसकी पीठ पर बिखरे थे। दुर्दांत दस्यु ने देखा, अपनी महिमा में अलौकिक एक तरुण बालिका! वह विस्मय से अपने हृदय को टटोलने लगा। उसे एक नई वस्तु का पता चला। वह थी—कोमलता!

उसी समय नायक ने कहा—"हम लोग द्वीप के पास पहुँच गए।"

बेला से नाव टकराई। चंपा निर्भीकता से कूद पड़ी। माँझी भी उतरे। बुधगुप्त ने कहा—"जब इसका कोई नाम नहीं है, तो हम लोग इसे चंपा-द्वीप कहेंगे।"

चंपा हँस पड़ी।

पाँच बरस बाद—

शरद के धवल नक्षत्र नील गगन में झलमला रहे थे। चंद्र की उज्ज्वल विजय पर अंतरिक्ष में शरदलक्ष्मी ने आशीर्वाद के फूलों और खीलों को बिखेर दिया।

चंपा के एक उच्चसौध पर बैठी हुई तरुणी चंपा दीपक जला रही थी। बड़े यत्न से अभ्रक की मंजूषा में दीप धर कर उसने अपनी सुकुमार उँगलियों से डोरी खींची। वह दीपाधार ऊपर चढ़ने लगा। भोली-भोली आँखें उसे ऊपर चढ़ते बड़े हर्ष से देख रही थीं। डोरी धीरे-धीरे खींची गई। चंपा की कामना थी कि उसका आकाशदीप नक्षत्रों से हिलमिल जाए; किंतु वैसा होना असंभव था। उसने आशाभरी आँखें फिरा लीं।

सामने जल-राशि का रजत श्रृंगार था। वरुण बालिकाओं के लिए लहरों से हीरे और नीलम की क्रीड़ा शैल-मालाएँ बन रही थीं—और वे मायाविनी छलनाएँ—अपनी हँसी का कलनाद छोड़कर छिप जाती थीं। दूर-दूर से धीवरों

का वंशी-झनकार उनके संगीत-सा मुखरित होता था। चंपा ने देखा कि तरल संकुल जलराशि में उसके कंडील का प्रतिबिंब अस्तव्यस्त था! वह अपनी पूर्णता के लिए सैकड़ों चक्कर काटता था। वह अनमनी होकर उठ खड़ी हुई। किसी को पास न देखकर पुकारा—"जया!"

एक श्यामा युवती सामने आकर खड़ी हुई। वह जंगली थी। नील नभोमंडल-से मुख में शुद्ध नक्षत्रों की पंक्ति के समान उसके दाँत हँसते ही रहते। वह चंपा को रानी कहती; बुधगुप्त की आज्ञा थी।

"महानाविक कब तक आवेंगे, बाहर पूछो तो।" चंपा ने कहा। जया चली गई।

दूरागत पवन चंपा के अंचल में विश्राम लेना चाहता था। उसके हृदय में गुदगुदी हो रही थी। आज न जाने क्यों वह बेसुध थी। एक दीर्घकाय दृढ़ पुरुष ने उसकी पीठ पर हाथ रख चमत्कृत कर दिया। उसने फिर कर कहा—"बुधगुप्त!"

"बावली हो क्या? यहाँ बैठी हुई अभी तक दीप जला रही हो, तुम्हें यह काम करना है?"

"क्षीरनिधिशायी अनंत की प्रसन्नता के लिए क्या दासियों से आकाशदीप जलवाऊँ?"

"हँसी आती है। तुम किसको दीप जलाकर पथ दिखलाना चाहती हो? उसको, जिसको तुमने भगवान् मान लिया है?"

"हाँ, वह भी कभी भटकते हैं, भूलते हैं; नहीं तो, बुधगुप्त को इतना ऐश्वर्य क्यों देते?"

"तो बुरा क्या हुआ, इस द्वीप की अधीश्वरी चंपारानी!"

"मुझे इस बंदीगृह से मुक्त करो। अब तो बाली, जावा और सुमात्रा का वाणिज्य केवल तुम्हारे ही अधिकार में है महानाविक! परंतु मुझे उन दिनों की स्मृति सुहावनी लगती है, जब तुम्हारे पास एक ही नाव थी और चंपा के उपकूल में पण्य लाद कर हम लोग सुखी जीवन बिताते थे—इस जल में अगणित बार हम लोगों की तरी आलोकमय प्रभात में तारिकाओं की मधुर ज्योति में—थिरकती थी। बुधगुप्त! उस विजन अनंत में जब माँझी सो जाते थे, दीपक बुझ जाते थे, हम-तुम परिश्रम से थककर पालों में शरीर लपेटकर एक-दूसरे का मुँह क्यों देखते थे? वह नक्षत्रों की मधुर छाया…"

"तो चंपा ! अब उससे भी अच्छे ढंग से हम लोग विचर सकते हैं । तुम मेरी प्राणदात्री हो, मेरी सर्वस्व हो ।"

"नहीं-नहीं, तुमने दस्युवृत्ति छोड़ दी परंतु हृदय वैसा ही अकरुण, सतृष्ण और ज्वलनशील है। तुम भगवान् के नाम पर हँसी उड़ाते हो। मेरे आकाशदीप पर व्यंग कर रहे हो । नाविक ! उस प्रचंड आँधी में प्रकाश की एक-एक किरण के लिए हम लोग कितने व्याकुल थे । मुझे स्मरण है, जब मैं छोटी थी, मेरे पिता नौकरी पर समुद्र में जाते थे–मेरी माता, मिट्टी का दीपक बाँस की पिटारी में भागीरथी के तट पर बाँस के साथ ऊँचे टाँग देती थी । उस समय वह प्रार्थना करती–'भगवान् ! मेरे पथ-भ्रष्ट नाविक को अंधकार में ठीक पथ पर ले चलना ।' और जब मेरे पिता बरसों पर लौटते तो कहते–'साध्वी ! तेरी प्रार्थना से भगवान् ने संकटों में मेरी रक्षा की है ।' वह गद्‌गद हो जाती । मेरी माँ ? आह नाविक ! यह उसी की पुण्य-स्मृति है । मेरे पिता, वीर पिता की मृत्यु के निष्ठुर कारण, जल-दस्यु ! हट जाओ ।"–सहसा चंपा का मुख क्रोध से भीषण होकर रंग बदलने लगा । महानाविक ने कभी यह रूप न देखा था । वह ठठाकर हँस पड़ा ।

"यह क्या, चंपा ? तुम अस्वस्थ हो जाओगी, सो रहो ।"–कहता हुआ चला गया । चंपा मुट्ठी बाँधे उन्मादिनी-सी घूमती रही ।

निर्जन समुद्र के उपकूल में वेला से टकरा कर लहरें बिखर जाती थीं । पश्चिम का पथिक थक गया था । उसका मुख पीला पड़ गया । अपनी शांत गंभीर हलचल में जलनिधि विचार में निमग्न था। वह जैसे प्रकाश की उन्मलिन किरणों से विरक्त था ।

चंपा और जया धीरे-धीरे उस तट पर आकर खड़ी हो गईं । तरंग से उठते हुए पवन ने उनके वसन को अस्त-व्यस्त कर दिया । जया के संकेत से एक छोटी-सी नौका आई । दोनों के उस पर बैठते ही नाविक उतर गया । जया नाव खेने लगी । चंपा मुग्ध-सी समुद्र के उदास वातावरण में अपने को मिश्रित कर देना चाहती थी ।

"इतना जल ! इतनी शीतलता ! हृदय की प्यास न बुझी । पी सकूँगी ? नहीं ! तो जैसे वेला में चोट खाकर सिंधु चिल्ला उठता है, उसी के समान रोदन

करूँ? या जलते हुए स्वर्ण-गोलक सदृश अनंत जल में डूबकर बुझ जाऊँ?"—चंपा के देखते-देखते पीड़ा और ज्वलन से आरक्त बिंब धीरे-धीरे सिंधु में चौथाई—आधा, फिर संपूर्ण विलीन हो गया। एक दीर्घ निश्वास लेकर चंपा ने मुँह फेर लिया। देखा, तो महानाविक का बजरा उसके पास है। बुधगुप्त ने झुककर हाथ बढ़ाया। चंपा उसके सहारे बजरे पर चढ़ गई। दोनों पास-पास बैठ गए।

"इतनी छोटी नाव पर इधर घूमना ठीक नहीं। पास ही वह जलमग्न शैलखंड है। कहीं नाव टकरा जाती या ऊपर चढ़ जाती, चंपा तो?"

"अच्छा होता, बुधगुप्त! जल में बंदी होना कठोर प्राचीरों से तो अच्छा है।"

"आह चंपा, तुम कितनी निर्दय हो! बुधगुप्त को आज्ञा देकर देखो तो, वह क्या नहीं कर सकता। जो तुम्हारे लिए नए द्वीप की सृष्टि कर सकता है, नई प्रजा खोज सकता है, नए राज्य बना सकता है, उसकी परीक्षा लेकर देखो तो... कहो, चंपा! वह कृपाण से अपना हृदय-पिंड निकाल अपने हाथों अतल जल में विसर्जन कर दे।"—महानाविक—जिसके नाम से बाली, जावा और चंपा का आकाश गूँजता था, पवन थर्राता था—घुटनों के बल चंपा के सामने छलछलाई आँखों से बैठा था।

सामने शैलमाला की चोटी पर हरियाली में विस्तृत जल-देश में, नील पिंगल संध्या, प्रकृति की सहृदय कल्पना, विश्राम की शीतल छाया, स्वप्नलोक का सृजन करने लगी। उस मोहिनी के रहस्यपूर्ण नीलजाल का कुहक स्फुट हो उठा। जैसे मदिरा से सारा अंतरिक्ष सिक्त हो गया। सृष्टि नील कमलों में भर उठी। उस सौरभ से पागल चंपा ने बुधगुप्त के दोनों हाथ पकड़ लिए। वहाँ एक आलिंगन हुआ, जैसे क्षितिज में आकाश और सिंधु का। किंतु उस परिरंभ में सहसा चैतन्य होकर चंपा ने अपनी कंचुकी से एक कृपाण निकाल लिया।

"बुधगुप्त! आज मैं अपने प्रतिशोध का कृपाण अतल जल में डुबा देती हूँ। हृदय ने छल किया, बार-बार धोखा दिया!"—चमककर वह कृपाण समुद्र का हृदय बेधता हुआ विलीन हो गया।

"तो आज से मैं विश्वास करूँ, क्षमा कर दिया गया?"—आश्चर्य-कंपित कंठ से महानाविक ने पूछा।

"विश्वास ? कदापि नहीं, बुधगुप्त ! जब मैं अपने हृदय पर विश्वास नहीं कर सकी, उसी ने धोखा दिया, तब मैं कैसे कहूँ ? मैं तुम्हें घृणा करती हूँ, फिर भी तुम्हारे लिए मर सकती हूँ। अंधेर है जलदस्यु। तुम्हें प्यार करती हूँ।"—चंपा रो पड़ी।

वह स्वप्नों की रंगीन संध्या, तम से अपनी आँखें बंद करने लगी थी। दीर्घ निश्वास लेकर महानाविक ने कहा—"इस जीवन की पुण्यतम घड़ी की स्मृति में एक प्रकाश-गृह बनाऊँगा, चंपा ! यहीं उस पहाड़ी पर। संभव है कि मेरे जीवन की धुँधली संध्या उससे आलोकपूर्ण हो जाए !"

चंपा के दूसरे भाग में एक मनोरम शैलमाला थी। वह बहुत दूर तक सिंधु-जल में निमग्न थी। सागर का चंचल जल उस पर उछलता हुआ उसे छिपाए था। आज उसी शैलमाला पर चंपा के आदि-निवासियों का समारोह था। उन सबों ने चंपा को वनदेवी-सा सजाया था। ताम्रलिप्ति के बहुत-से सैनिक नाविकों की श्रेणी में वन-कुसुम-विभूषिता चंपा शिविकारूढ़ होकर जा रही थी।

शैल के एक ऊँचे शिखर पर चंपा के नाविकों को सावधान करने के लिए सुदृढ़ दीप-स्तंभ बनवाया गया था। आज उसी का महोत्सव है। बुधगुप्त स्तंभ के द्वार पर खड़ा था। शिविका से सहायता देकर चंपा को उसने उतारा। दोनों ने भीतर पदार्पण किया था कि बाँसुरी और ढोल बजने लगे। पंक्तियों में कुसुम-भूषण से सजी वन-बालाएँ फूल उछालती हुई नाचने लगीं।

दीप-स्तंभ की ऊपरी खिड़की से यह देखती हुई चंपा ने जया से पूछा—"यह क्या है जया ? इतनी बालिकाएँ कहाँ से बटोर लाईं ?"

"आज रानी का ब्याह है न ?"—कहकर जया ने हँस दिया।

बुधगुप्त विस्तृत जलनिधि की ओर देख रहा था। उसे झकझोरकर चंपा ने पूछा—"क्या यह सच है ?"

"यदि तुम्हारी इच्छा हो, तो यह सच भी हो सकता है, चंपा ! कितने वर्षों से मैं ज्वालामुखी को अपनी छाती में दबाए हूँ।"

"चुप रहो, महानाविक ! क्या मुझे निस्सहाय और कंगाल जानकर तुमने आज सब प्रतिशोध लेना चाहा ?"

"मैं तुम्हारे पिता का घातक नहीं हूँ, चंपा ! वह एक दूसरे दस्यु के शस्त्र से

मरे !"

"यदि मैं इसका विश्वास कर सकती। बुधगुप्त, वह दिन कितना सुंदर होता, वह क्षण कितना स्पृहणीय ! आह ! तुम इस निष्ठुरता में भी कितने महान् होते !"

जया नीचे चली गई थी। स्तंभ के संकीर्ण प्रकोष्ठ में बुधगुप्त और चंपा एकांत में एक-दूसरे के सामने बैठे थे।

बुधगुप्त ने चंपा के पैर पकड़ लिए। उच्छ्वसित शब्दों में वह कहने लगा—चंपा, हम लोग जन्मभूमि—भारतवर्ष से कितनी दूर इन निरीह प्राणियों में इंद्र और शची के समान पूजित हैं। पर न जाने कौन अभिशाप हम लोगों को अभी तक अलग किए है। स्मरण होता है वह दार्शनिकों का देश ! वह महिमा की प्रतिमा ! मुझे वह स्मृति नित्य आकर्षित करती है; परंतु मैं क्यों नहीं जाता ? जानती हो, इतना महत्त्व प्राप्त करने पर भी मैं कंगाल हूँ ! मेरा पत्थर-सा हृदय एक दिन सहसा तुम्हारे स्पर्श से चंद्रकांतमणि की तरह द्रवित हुआ।

"चंपा ! मैं ईश्वर को नहीं मानता, मैं पाप को नहीं मानता, मैं दया को नहीं समझ सकता, मैं उस लोक में विश्वास नहीं करता। पर मुझे अपने हृदय के एक दुर्बल अंश पर श्रद्धा हो चली है। तुम न जाने कैसे एक बहकी हुई तारिका के समान मेरे शून्य में उदित हो गई हो। आलोक की एक कोमल रेखा इस निविड़तम में मुस्कराने लगी। पशु-बल और धन के उपासक के मन में किसी शांत और एकांत कामना की हँसी खिलखिलाने लगी; पर मैं न हँस सका !

"चलोगी चंपा ? पोतवाहिनी पर असंख्य धनराशि लादकर राजरानी-सी जन्मभूमि के अंक में ? आज हमारा परिणय हो, कल ही हम लोग भारत के लिए प्रस्थान करें। महानाविक बुधगुप्त की आज्ञा सिंधु की लहरें मानती हैं। वे स्वयं उस पोत-पुंज को दक्षिण पवन के समान भारत में पहुँचा देंगी। आह चंपा ! चलो।"

चंपा ने उसके हाथ पकड़ लिए। किसी आकस्मिक झटके ने एक पलभर के लिए दोनों के अधरों को मिला दिया। सहसा चैतन्य होकर चंपा ने कहा—"बुधगुप्त ! मेरे लिए सब भूमि मिट्टी है; सब जल तरल है; सब पवन शीतल है। कोई विशेष आकांक्षा हृदय में अग्नि के समान प्रज्वलित नहीं। सब मिलाकर मेरे लिए एक शून्य है। प्रिय नाविक ! तुम स्वदेश लौट जाओ, विभवों

का सुख भोगने के लिए, और मुझे, छोड़ दो इन निरीह भोले-भाले प्राणियों के दुख की सहानुभूति और सेवा के लिए।''

''तब मैं अवश्य चला जाऊँगा, चंपा! यहाँ रहकर मैं अपने हृदय पर अधिकार रख सकूँ—इसमें संदेह है। आह! उन लहरों में मेरा विनाश हो जाए।''—महानाविक के उच्छ्वास में विकलता थी। फिर उसने पूछा—''तुम अकेली यहाँ क्या करोगी?''

''पहले विचार था कि कभी-कभी इस दीप-स्तंभ पर से आलोक जलाकर अपने पिता की समाधि का इस जल से अन्वेषण करूँगी। किंतु देखती हूँ, मुझे भी इसी में जलना होगा, जैसे आकाशदीप।''

एक दिन स्वर्ण-रहस्य के प्रभात में चंपा ने अपने दीप-स्तंभ पर से देखा—सामुद्रिक नावों की एक श्रेणी का उपकूल छोड़कर पश्चिम-उत्तर की ओर महाजल-व्याल के समान संतरण कर रही है। उसकी आँखों से आँसू बहने लगे।

यह कितनी ही शताब्दियों पहले की कथा है। चंपा आजीवन उस दीप-स्तंभ में आलोक जलाती रही। किंतु उसके बाद भी बहुत दिन, दीपनिवासी, उस माया-ममता और स्नेह-सेवा की देवी की समाधि-सदृश पूजा करते थे।

एक दिन काल के कठोर हाथों ने उसे भी अपनी चंचलता से गिरा दिया।

ममता

रोहतास-दुर्ग के प्रकोष्ठ में बैठी हुई युवती ममता, शोण के तीक्ष्ण गंभीर प्रवाह को देख रही है। ममता विधवा थी। उसका यौवन शोण के समान ही उमड़ रहा था। मन में वेदना, मस्तक में आँधी, आँखों में पानी की बरसात लिए, वह सुख के कंटक-शयन में विकल थी। वह रोहतास-दुर्गपति के मंत्री चूड़ामणि की

अकेली दुहिता थी, फिर उसके लिए कुछ अभाव होना असंभव था, परंतु वह विधवा थी—हिंदू-विधवा संसार में सबसे तुच्छ निराश्रय प्राणी है—तब उसकी विडंबना का कहाँ अंत था ?

चूड़ामणि ने चुपचाप उसके प्रकोष्ठ में प्रवेश किया । शोषण के प्रवाह में, उसके कल-नाद में, अपना जीवन मिलाने में वह बेसुध थी । पिता का आना न जान सकी । चूड़ामणि व्यथित हो उठे । स्नेह-पालिता पुत्री के लिए क्या करें, यह स्थिर न कर सकते थे । लौटकर बाहर चले गए । ऐसा प्रायः होता, पर आज मंत्री के मन में बड़ी दुश्चिंता थी । पैर सीधे न पड़ते थे ।

एक पहर बीत जाने पर वे फिर ममता के पास आए । उस समय उनके पीछे दस सेवक चाँदी के बड़े थालों में कुछ लिए हुए खड़े थे; कितने ही मनुष्यों के पद-शब्द सुन ममता ने घूमकर देखा । मंत्री ने सब थालों को रखने का संकेत किया । अनुचर थाल रखकर चले गए ।

ममता ने पूछा—"यह क्या है, पिता जी ?"

"तेरे लिए बेटी ! उपहार है ।"—कहकर चूड़ामणि ने उसका आवरण उलट दिया । स्वर्ण का पीलापन उस सुनहली संध्या में विकीर्ण होने लगा ममता चौंक उठी—

"इतना स्वर्ण ! यह कहाँ से आया ?"

"चुप रहो ममता, यह तुम्हारे लिए है !"

"तो क्या आपने म्लेच्छ का उत्कोच स्वीकार कर लिया ? पिता जी यह अनर्थ है, अर्थ नहीं । लौटा दीजिए । पिता जी ! हम लोग ब्राह्मण हैं, इतना सोना लेकर क्या करेंगे ?"

"इस पतनोन्मुख प्राचीन सामंत-वंश का अंत समीप है, बेटी ? किसी भी दिन शेरशाह रोहिताश्व पर अधिकार कर सकता है; उस दिन मंत्रित्व न रहेगा, तब के लिए बेटी !"

"हे भगवान् ! तब के लिए ! विपद के लिए ! इतना आयोजन ! परम पिता की इच्छा के विरुद्ध इतना साहस ! पिता जी, क्या भीख न मिलेगी ? क्या कोई हिंदू भू-पृष्ठ पर न बचा रह जाएगा, जो ब्राह्मण को दो मुट्ठी अन्न दे सके ? यह असंभव है । फेर दीजिए पिता जी, मैं काँप रही हूँ—इसकी चमक आँखों को अंधा बना रही है ।"

"मूर्ख है"–कहकर चूड़ामणि चले गए।

दूसरे दिन जब डोलियों का ताँता भीतर आ रहा था, ब्राह्मण-मंत्री चूड़ामणि का हृदय धक्-धक् करने लगा। वह अपने को रोक न सका। उसने जाकर रोहिताश्व-दुर्ग के तोरण पर डोलियों का आवरण खुलवाना चाहा। पठानों ने कहा–

"यह महिलाओं का अपमान करना है।"

बात बढ़ गई। तलवारें खिचीं, ब्राह्मण वहीं मारा गया और राजा-रानी और कोष सब छली शेरशाह के हाथ पड़े; निकल गई ममता। डोली में भरे हुए पठान-सैनिक दुर्ग भर में फैल गए, पर ममता न मिली।

काशी के उत्तर धर्मचक्र विहार, मौर्य और गुप्त सम्राटों की कीर्ति का खँडहर था। भग्न चूड़ा, तृण-गुल्मों से ढके हुए प्राचीर, ईंटों की ढेर में बिखरी हुई भारतीय शिल्प की विभूति, ग्रीष्म की चंद्रिका में अपने को शीतल कर रही थी।

जहाँ पंचवर्गीय भिक्षु गौतम का उपदेश ग्रहण करने के लिए पहले मिले थे, उसी स्तूप के भग्नावशेष की मलिन छाया में एक झोपड़ी के दीपालोक में एक स्त्री पाठ कर रही थी–

"अनन्याश्चिंतयंतो मां ये जना: पर्युपासते..."

पाठ रुक गया। एक भीषण और हताश आकृति दीप के मंद प्रकाश में सामने खड़ी थी। स्त्री उठी, उसने कपाट बंद करना चाहा। परंतु उस व्यक्ति ने कहा–"माता! मुझे आश्रय चाहिए।"

"तुम कौन हो?"–स्त्री ने पूछा।

"मैं मुगल हूँ। चौसा-युद्ध में शेरशाह से विपन्न होकर रक्षा चाहता हूँ। इस रात अब आगे चलने में असमर्थ हूँ।"

"क्या शेरशाह से?"–स्त्री ने अपने ओंठ काट लिए।

"हाँ, माता!"

"परंतु तुम भी वैसे ही क्रूर हो, वही भीषण रक्त की प्यास, वही निष्ठुर प्रतिबिंब, तुम्हारे मुख पर भी है! सैनिक! मेरी कुटी में स्थान नहीं। जाओ, कहीं दूसरा आश्रय खोज लो!"

"गला सूख रहा है, साथी छूट गए हैं, अश्व गिर पड़ा है–इतना थका हुआ

हूँ—इतना!"—कहते-कहते वह व्यक्ति धम-से बैठ गया और उसके साम ब्रह्मांड घूमने लगा। स्त्री ने सोचा,यह विपत्ति कहाँ से आई! उसने जल दिया, मुगल के प्राणों की रक्षा हुई। वह सोचने लगी—"ये सब विधर्मी दया के पात्र नहीं—मेरे पिता का वध करनेवाले आततायी!" घृणा से उसका मन विरक्त हो गया।

स्वस्थ होकर मुगल ने कहा—"माता! तो फिर मैं चला जाऊँ?"

स्त्री विचार कर रही थी—"मैं ब्राहमणी हूँ, मुझे तो अपने धर्म—अतिथिदेव की उपासना—का पालन करना चाहिए। परंतु यहाँ...नहीं-नहीं, ये सब विधर्मी दया के पात्र नहीं। परंतु यह दया तो नहीं...कर्त्तव्य करना है। तब?"

मुगल अपनी तलवार टेककर उठ खड़ा हुआ। ममता ने कहा—"क्या आश्चर्य है कि तुम भी छल करो; ठहरो।"

"छल! नहीं, तब नहीं—स्त्री! जाता हूँ, तैमूर का वंशधर स्त्री से छल करेगा? जाता हूँ। भाग्य का खेल है।"

ममता ने मन में कहा—"यहाँ कौन दुर्ग है! यही झोंपड़ी न; जो चाहे ले-ले, मुझे तो अपना कर्त्तव्य करना पड़ेगा।" वह बाहर चली आई और मुगल से बोली—"जाओ भीतर, थके हुए भयभीत पथिक! तुम चाहे कोई हो, मैं तुम्हें आश्रय देती हूँ। मैं ब्राह्मण-कुमारी हूँ; सब अपना धर्म छोड़ दें, तो मैं भी क्यों छोड़ दूँ?" मुगल ने चंद्रमा के मंद प्रकाश में वह महिमामय मुखमंडल देखा, उसने मन-ही-मन नमस्कार किया। ममता पास की टूटी हुई दीवारों में चली गई। भीतर, थके पथिक ने झोंपड़ी में विश्राम किया।

प्रभात में खँडहर की संधि से ममता ने देखा, सैकड़ों अश्वारोही उस प्रांत में घूम रहे हैं। वह अपनी मूर्खता पर अपने को कोसने लगी।

अब उस झोंपड़ी से निकलकर उस पथिक ने कहा—"मिरजा! मैं यहाँ हूँ।"

शब्द सुनते ही प्रसन्नता की चीत्कार-ध्वनि से वह प्रांत गूँज उठा। ममता अधिक भयभीत हुई। पथिक ने कहा—"वह स्त्री कहाँ है? उसे खोज निकालो।" ममता छिपने के लिए अधिक सचेष्ट हुई। वह मृग-दाव में चली गई। दिन-भर उसमें से न निकली। संध्या में जब उन लोगों के जाने का उपक्रम हुआ, तो ममता ने सुना, पथिक घोड़े पर सवार होते हुए कह रहा है—"मिरजा! उस स्त्री को मैं कुछ दे न सका। उसका घर बनवा देना, क्योंकि

मैंने विपत्ति में यहाँ विश्राम पाया था। यह स्थान भूलना मत।"—इसके बाद वे चले गए।

चौसा के मुगल-पठान-युद्ध को बहुत दिन बीत गए। ममता अब सत्तर वर्ष की वृद्धा है। वह अपनी झोंपड़ी में एक दिन पड़ी थी। शीतकाल का प्रभात था। उसका जीर्ण-कंकाल खाँसी से गूँज रहा था। ममता की सेवा के लिए गाँव की दो-तीन स्त्रियाँ उसे घेरकर बैठी थीं; क्योंकि वह आजीवन सबके सुख-दुख की समभागिनी रही।

ममता ने जल पीना चाहा, एक स्त्री ने सीपी से जल पिलाया। सहसा एक अश्वारोही उसी झोंपड़ी के द्वार पर दिखाई पड़ा। वह अपनी धुन में कहने लगा— "मिरजा ने जो चित्र बनाकर दिया है, वह तो इसी जगह का होना चाहिए। वह बुढ़िया मर गई होगी, अब किससे पूछूँ कि एक दिन शाहंशाह हुमायूँ किस छप्पर के नीचे बैठे थे ? यह घटना भी तो सैंतालीस वर्ष से ऊपर की हुई!"

ममता ने अपने विकल कानों से सुना। उसने पास की स्त्री से कहा—"उसे बुलाओ।"

अश्वारोही पास आया। ममता ने रुक-रुककर कहा—"मैं नहीं जानती कि वह शाहंशाह था, या साधारण मुगल पर एक दिन इसी झोपड़ी के नीचे वह रहा। मैंने सुना था कि वह मेरा घर बनवाने की आज्ञा दे चुका था! भगवान् ने सुन लिया, मैं आज इसे छोड़े जाती हूँ। अब तुम इसका मकान बनाओ या महल, मैं अपने चिर-विश्राम-गृह में जाती हूँ!"

वह अश्वारोही अवाक खड़ा था। बुढ़िया के प्राण-पक्षी अनंत में उड़ गए।

वहाँ एक अष्टकोण मंदिर बना; और उस पर शिलालेख लगाया गया—

"सातों देश के नरेश हुमायूँ ने एक दिन यहाँ विश्राम किया था। उनके पुत्र अकबर ने उनकी स्मृति में यह गगनचुंबी मंदिर बनाया।"

पर उसमें ममता का कहीं नाम नहीं।

स्वर्ग के खँडहर में

वन्य कुसुमों की झालरें सुख शीतल पवन से विकंपित होकर चारों ओर झूल रही थीं। छोटे-छोटे झरनों की कुल्याएँ कतराती हुई बह रही थीं। लता-वितानों से ढँकी हुई प्राकृतिक गुफाएँ शिल्प-रचना-पूर्ण सुंदर प्रकोष्ठ बनातीं, जिनमें पागल कर देनेवाली सुगंध की लहरें नृत्य करती थीं। स्थान-स्थान पर कुंजों और पुष्प-शय्याओं का समारोह, छोटे-छोटे विश्राम-गृह, पान-पात्रों में सुगंधित मदिरा, भाँति-भाँति के सुस्वादु फल-फूलवाले वृक्षों के झुरमुट, दूध और मधु की नहरों के किनारे गुलाबी बादलों का क्षणिक विश्राम। चाँदनी का निभृत रंगमंच, पुलकित वृक्ष-फूलों पर मधुमक्खियों की भन्नाहट, रह-रहकर पक्षियों की हृदय में चुभनेवाली तान, मणिदीपों पर लटकती हुई मुकुलित मालाएँ। तिस पर सौंदर्य के छँटे हुए जोड़ों—रूपवान बालक और बालिकाओं का हृदयहारी हास-विलास! संगीत की अबाध गति में छोटी-छोटी नावों पर उनका जल-विलास! किसकी आँखें यह देखकर भी नशे में न हो जाएँगी—हृदय पागल, इंद्रियाँ विकल न हो रहेंगी! यही तो स्वर्ग है!

झरने के तट पर बैठे हुए एक बालक ने बालिका से कहा—"मैं भूल-भूला जाता हूँ मीना, हाँ मीना, मैं तुम्हें मीना नाम से कब तक पुकारूँ?"

"और मैं तुमको गुल कहकर क्यों बुलाऊँ!"

"क्यों मीना, यहाँ भी तो हम लोगों को सुख ही है। है न? अहा, क्या ही सुंदर स्थान है! हम लोग जैसे एक स्वप्न देख रहे हैं! कहीं दूसरी जगह न भेजे जाएँ, तो क्या ही अच्छा हो!"

"नहीं गुल, मुझे पूर्व-स्मृति विकल कर देती है। कई बरस बीत गए—वह माता के समान दुलार, उस उपासिका की स्नेहमयी करुणा-भरी दृष्टि आँखों में कभी-कभी चुटकी काट लेती है। मुझे तो अच्छा नहीं लगता; बंदी होकर रहना तो स्वर्ग में भी··· अच्छा, तुम्हें यहाँ रहना नहीं खलता?"

"नहीं मीना, सबके बाद जब मैं तुम्हें अपने पास ही पाता हूँ, तब और किसी आकांक्षा का स्मरण ही नहीं रह जाता। मैं समझता हूँ कि···"

"तुम गलत समझते हो···"

मीना अभी पूरा कहने न पाई थी कि तितलियों के झुंड के पीछे, उन्हीं के रंग के कौषेय वसन पहने हुए, बालक और बालिकाओं की दौड़ती हुई टोली ने आकर मीना और गुल को घेर लिया।

"जल-विहार के लिए रंगीली मछलियों का खेल खेला जाए।"

एक साथ ही तालियाँ बज उठीं। मीना और गुल को ढकेलते हुए सब उसी कलनादी स्रोत में कूद पड़े। पुलिन की हरी झाड़ियों में से वंशी बजने लगी। मीना और गुल की जोड़ी आगे-आगे और पीछे-पीछे सब बालक-बालिकाओं की टोली तैरने लगी। तीर पर की झुकी डालों के अंतराल में लुक-छिपकर निकलना, उन कोमल पाणि-पल्लवों से क्षुद्र वीचियों का कटना, सचमुच उसी स्वर्ग में प्राप्त था।

तैरते-तैरते मीना ने कहा–"गुल, यदि मैं बह जाऊँ और डूबने लगूँ ?"

"मैं नाव बन जाऊँगा, मीना !"

"और जो मैं यहाँ से सचमुच चली जाऊँ ?"

"ऐसा न कहो; फिर मैं क्या करूँगा ?"

"क्यों, क्या तुम मेरे साथ न चलोगे ?"

इतने में एक दूसरी सुंदरी, जो कुछ पास थी, बोली–"कहाँ चलोगे गुल ? मैं भी चलूँगी, उसी कुंज में। अरे देखो, वह कैसा हरा-भरा अंधकार है !" गुल उसी ओर लक्ष्य करके संतरण करने लगा। बहार उसके साथ तैरने लगी। वे दोनों त्वरित गति से तैर रहे थे, मीना उनका साथ न दे सकी, वह हताश होकर और भी पिछड़ने के लिए धीरे-धीरे तैरने लगी।

बहार और गुल जल से टकराती हुई डालों को पकड़कर विश्राम करने लगे। किसी को समीप में न देखकर बहार ने गुल से कहा–"चलो, हम लोग इसी कुंज में छिप जाएँ।"

वे दोनों उसी झुरमुट में विलीन हो गए।

मीना से एक दूसरी सुंदरी ने पूछा–"गुल किधर गया, तुमने देखा ?"

मीना जानकर भी अनजान बन गई। वह दूसरे किनारे की ओर लौटती हुई बोली–"मैं नहीं जानती।"

इतने में एक विशेष संकेत से बजती हुई सीटी सुनाई पड़ी। सब तैरना छोड़कर बाहर निकले। हरा वस्त्र पहने हुए, एक गंभीर मनुष्य के साथ, एक

युवक दिखाई पड़ा। युवक की आँखें नशे में रँगीली हो रही थीं; पैर लड़खड़ा रहे थे। सबने उस प्रौढ़ को देखते ही सिर झुका लिया। वे बोल उठे—"महापुरुष, क्या कोई हमारा अतिथि आया है?"

"हाँ, यह युवक स्वर्ग देखने की इच्छा रखता है"—हरे वस्त्रवाले प्रौढ़ ने कहा।

सबने सिर झुका लिया। फिर एक बार निर्निमेष दृष्टि से मीना की ओर देखा। वह पहाड़ी दुर्ग का भयानक शेख था। सचमुच उसे एक आत्म-विस्मृति हो चली। उसने देखा, उसकी कल्पना सत्य में परिणत हो रही है।

"मीना—आह! कितना सरल और निर्दोष सौंदर्य है। मेरे स्वर्ग की सारी माधुरी उसकी भीगी हुई एक लट के बल खाने में बँधी हुई छटपटा रही है।"—उसने पुकारा—"मीना!"

मीना पास आकर खड़ी हो गई, और सब उस युवक को घेरकर एक ओर चल पड़े। केवल मीना शेख के पास रह गई।

शेख ने कहा—"मीना, तुम मेरे स्वर्ग की रत्न हो।"

मीना काँप रही थी। शेख ने उसका ललाट चूम लिया, और कहा—"देखो, तुम किसी भी अतिथि की सेवा करने न जाना। तुम केवल उस द्राक्षा-मंडप में बैठकर कभी-कभी गा लिया करो। बैठो, मुझे भी वह अपना गीत सुना दो।"

मीना गाने लगी। उस गीत का तात्पर्य था—"मैं एक भटकी हुई बुलबुल हूँ। हे मेरे अपरिचित कुंज! क्षण-भर मुझे विश्राम करने दोगे? यह मेरा क्रंदन है—मैं सच कहती हूँ, यह मेरा रोना है, गाना नहीं। मुझे दम तो लेने दो। आने दो बसंत का वह प्रभात—जब संसार गुलाबी रंग में नहाकर अपने यौवन में थिरकने लगेगा और तब मैं तुम्हें अपनी एक तान सुनाकर केवल एक तान इस रजनी विश्राम का मूल्य चुकाकर चली जाऊँगी। तब तक अपनी किसी सूखी हुई टूटी डाल पर ही अंधकार बिता लेने दो। मैं एक पथ भूली हुई बुलबुल हूँ!"

शेख भूल गया कि मैं ईश्वरीय संदेश-वाहक हूँ, आचार्य हूँ, और महापुरुष हूँ। वह एक क्षण के लिए अपने को भी भूल गया। उसे विश्वास हो गया कि बुलबुल तो नहीं हूँ, पर कोई भूली हुई वस्तु हूँ। क्या हूँ, यह सोचते-सोचते पागल होकर एक ओर चला गया।

हरियाली से लदा हुआ ढालुवाँ तट था, बीच में बहता हुआ वही कलनादी

स्रोत यहाँ कुछ गंभीर हो गया था। उस रमणीय प्रदेश के छोटे-से आकाश में मदिरा से भरी हुई घटा छा रही थी। लड़खड़ाते, हाथ-से-हाथ मिलाए, बहार और गुल ऊपर चढ़ रहे थे। गुल अपने आपे में नहीं है, बहार फिर भी सावधान है; वह सहारा देकर उसे ऊपर ले आ रही है।

एक शिलाखंड पर बैठे हुए गुल ने कहा—प्यास लगी है।

बहार पास के विश्राम-गृह में गई, पान-पात्र भर लाई। गुल पीकर मस्त हो रहा था। बोला—"बहार, तुम बड़े वेग से मुझे खींच रही हो; सँभाल सकोगी? देखो, मैं गिरा।"

गुल बहार की गोद में सिर रखकर आँखें बंद किए पड़ा रहा। उसने बहार के यौवन की सुगंध से घबराकर आँखें खोल दीं। उसके गले में हाथ डालकर बोला—"ले चलो, मुझे कहाँ ले चलती हो?"

बहार उस स्वर्ग की अप्सरा थी। विलासिनी बहार एक तीव्र मदिरा प्याली थी, मकरंद-भरी वायु का झकोर आकर उसमें लहर उठा देता है। वह रूप का ऊर्मिल सरोवर गुल उन्मत्त था। बहार ने हँसकर पूछा— "यह स्वर्ग छोड़कर कहाँ चलोगे?"

"कहीं दूसरी जगह, जहाँ हम हों और तुम।"

"क्यों, यहाँ कोई बाधा है?"

सरल गुल ने कहा—"बाधा! यदि कोई हो? कौन जाने!"

"कौन? मीना?"

"जिसे समझ लो।"

"तो तुम सबकी उपेक्षा करके मुझे—केवल मुझे ही—नहीं…"

"ऐसा न कहो"—बहार के मुँह पर हाथ रखते हुए गुल ने कहा।

ठीक इसी समय नवागत युवक ने वहाँ आकर उन्हें सचेत कर दिया। बहार ने उठकर उसका स्वागत किया। गुल ने अपनी लाल-लाल आँखों से उसको देखा। वह उठ न सका, केवल मद-भरी अँगड़ाई ले रहा था। बहार ने युवक से आज्ञा लेकर प्रस्थान किया। युवक गुल के समीप आकर बैठ गया, और उसे गंभीर दृष्टि से देखने लगा।

गुल ने अभ्यास के अनुसार कहा—"स्वागत, अतिथि!"

"तुम देवकुमार! आह! तुमको कितना खोजा मैंने!"

"देवकुमार ? कौन देवकुमार ? हाँ, हाँ, स्मरण होता है, पर वह विषैली पृथ्वी की बात क्यों स्मरण दिलाते हो ? तुम मर्त्यलोक के प्राणी ! भूल जाओ उस निराशा और अभावों की सृष्टि को; देखो आनंद-निकेतन स्वर्ग का सौंदर्य !"

"देवकुमार ! तुमको भूल गया, तुम भीमपाल के वंशधर हो ? तुम यहाँ बंदी हो ! मूर्ख हो तुम; जिसे तुमने स्वर्ग समझ रक्खा है, वह तुम्हारे आत्मविस्तार की सीमा है। मैं केवल तुम्हारे ही लिए आया हूँ।"

"तो तुमने भूल की। मैं यहाँ बड़े सुख से हूँ। बहार को बुलाऊँ, कुछ खाओ-पीओ··· कंगाल ! स्वर्ग में भी आकर व्यर्थ समय नष्ट करना ! संगीत सुनोगे ?"

युवक हताश हो गया।

गुल ने मन में कहा—"मैं क्या करूँ ? सब मुझसे रूठ जाते हैं। कहीं सहृदयता नहीं, मुझसे सब अपने मन की कराना चाहते हैं, जैसे मेरे मन नहीं है, हृदय नहीं है ! प्रेम-आकर्षण ! यह स्वर्गीय प्रेम में भी जलन ! बहार तिनककर चली गई; मीना ? यह पहले ही हट रही थी; तो फिर क्या जलन ही स्वर्ग है ?"

गुल को उस युवक के हताश होने पर दया आ गई। यह भी स्मरण हुआ कि वह अतिथि है। उसने कहा—"कहिए, आपकी क्या सेवा करूँ ? मीना का गान सुनिएगा ? वह स्वर्ग की रानी है !"

युवक ने कहा—"चलो।"

द्राक्षा-मंडप में दोनों पहुँचे। मीना वहाँ बैठी हुई थी। गुल ने कहा—"अतिथि को अपना गाना सुनाओ।"

एक निःश्वास लेकर वही बुलबुल का संगीत सुनाने लगी। युवक की आँखें सजल हो गईं, उसने कहा—"सचमुच तुम स्वर्ग की देवी हो !"

"नहीं अतिथि, मैं उस पृथ्वी की प्राणी हूँ—जहाँ कष्टों की पाठशाला है, जहाँ का दुख इस स्वर्ग-सुख से भी मनोरम था, जिसका अब कोई समाचार नहीं मिलता"—मीना ने कहा।

"तुम उसकी एक करुण -कथा सुनना चाहो, तो मैं तुम्हें सुनाऊँ !"—मीना ने कहा।

"सुनाइए"—मीना ने कहा।

युवक कहने लगा–

''वाह्लीक, गांधार, कपिशा और उद्यान, मुसलमानों के भयानक आतंक में काँप रहे थे। गांधार के अंतिम आर्य-नरपति भीमपाल के साथ ही, शाहीवंश का सौभाग्य अस्त हो गया। फिर भी उनके बचे हुए वंशधर उद्यान के मंगली दुर्ग में, सुवास्तु की घाटियों में, पर्वत-माला, हिम और जंगलों के आवरण में अपने दिन काट रहे थे। वे स्वतंत्र थे।

''देवपाल एक साहसी राजकुमार था। वह कभी-कभी पूर्व गौरव का स्वप्न देखता हुआ, सिंधु-तट तक घूमा करता। एक दिन अभिसार-प्रदेश का सिंधु-तट वासना के फूलवाले प्रभात में सौरभ की लहरों में झोंके खा रहा था। कुमारी लज्जा स्नान कर रही थी। उसका कलसा तीर पर पड़ा था। देवपाल भी कई बार पहले की तरह आज फिर साहस भरे नेत्रों से उसे देख रहा था। उसकी चंचलता इतने से ही न रुकी, वह बोल उठा–

''उषा के इस शांत आलोक में किसी मधुर कामना से यह भिखारी हृदय हँस रहा था। और मानस-नंदिनी! तुम इठलाती हुई बह चली हो। वाह रे तुम्हारा इतराना! इसीलिए तो जब कोई स्नान करके तुम्हारी लहर की तरह तरल और आर्द्र वस्त्र ओढ़कर, तुम्हारे पथरीले पुलिन में फिसलता हुआ ऊपर चढ़ने लगता है, तब तुम्हारी लहरों में आँसुओं की झालरें लटकने लगती हैं। परंतु मुझ पर दया नहीं; यह भी कोई बात है!

''तो फिर मैं क्या करूँ? उस क्षण की, उस कण की, सिंधु से, बादलों से, अंतरिक्ष और हिमालय से टहलकर लौट आने की प्रतिज्ञा करूँ? और इतना भी न कहोगी कि कब तक? बलिहारी!''

''कुमारी लज्जा भीरु थी। वह हृदय के स्पंदनों से अभिभूत हो रही थी। क्षुद्र बीचियों के सदृश काँपने लगी। वह अपना कलसा भी न भर सकी और चल पड़ी। हृदय में गुदगुदी के धक्के लग रहे थे। उसके भी यौवन-काल के स्वर्गीय दिवस थे–फिसल पड़ी। धृष्ट युवक ने उसे सँभाल कर अंक में ले लिया।

''कुछ दिन स्वर्गीय स्वप्न चला। जलते हुए प्रभात के समान तारा देवी ने यह स्वप्न भंग कर दिया। तारा अधिक रूप-शालिनी, कश्मीर की रूप-माधुरी थी। देवपाल को कश्मीर से सहायता की भी आशा थी। हतभागिनी लज्जा ने कुमार सुदान की तपोभूमि में अशोक-निर्मित विहार में शरण ली। वह

उपासिका, भिक्षुणी, जो कहो, बन गई।

''गौतम की गंभीर प्रतिमा के चरण-तल में बैठकर उसने निश्चय किया, सब द्ख है, सब क्षणिक है, सब अनित्य है।''

''सुवास्तु का पुण्य-सलिल उस व्यथित हृदय की मलिनता को धोने लगा। वह एक प्रकार से रोग-मुक्त हो रही थी।''

''एक सुनसान रात्रि थी, स्थविर धर्म-भिक्षु थे नहीं। सहसा कपाट पर आघात होने लगा और 'खोलो ! खोलो !' का शब्द सुनाई पड़ा। विहार में अकेली लज्जा ही थी। साहस करके बोली–

''कौन है ?''

''पथिक हूँ, आश्रय चाहिए''–उत्तर मिला।

''तुषारावृत अँधेरा पथ था। हिम गिर रहा था। तारों का पता नहीं, भयानक शीत और निर्जन निशीथ। भला ऐसे समय में कौन पथ पर चलेगा ? वातायन का परदा हटाने पर भी उपासिका लज्जा झाँककर न देख सकी कि कौन है। उसने अपनी कुभावनाओं से डरकर पूछा–''आप लोग कौन हैं ?''

''आहा, तुम उपासिका हो ! तुम्हारे हृदय में तो अधिक दया होनी चाहिए। भगवान् की.प्रतिमा की छाया में दो अनाथों को आश्रय मिलने का पुण्य दें।''

लज्जा ने अर्गला खोल दी। उसने आश्चर्य से देखा, एक पुरुष अपने बड़े लबादे में आठ-नौ बरस के बालक और बालिका को लिए भीतर आकर गिर पड़ा। तीनों मुमूर्ष हो रहे थे। भूख और शीत से तीनों विकल थे। लज्जा ने कपाट बंद करते हुए अग्नि धधकाकर उसमें कुछ गंध-द्रव्य डाल दिया। एक बार द्वार खुलने पर जो शीतल पवन का झोंका घुस आया था, वह निर्बल हो चला।

''अतिथि-सत्कार हो जाने पर लज्जा ने उसका परिचय पूछा। आगंतुक ने कहा–'मंगली-दुर्ग के अधिपति देवपाल का मैं भृत्य हूँ। जगद्दाहक चंगेज़ खाँ ने समस्त गांधार प्रदेश को जलाकर, लूट-पाटकर उजाड़ दिया और कल ही इस उद्यान के मंगली-दुर्ग पर भी उन लोगों का अधिकार हो गया। देवपाल बंदी हुए, उनकी पत्नी तारादेवी ने आत्महत्या की। दुर्गपति ने पहले ही मुझसे कहा था कि इस बालक को अशोक-विहार में ले जाना, वहाँ की एक उपासिका लज्जा इसके प्राण बचा ले तो कोई आश्चर्य नहीं।

''यह सुनते ही लज्जा की धमनियों में रक्त का तीव्र संचार होने लगा। शीताधिक्य में भी उसे स्वेद आने लगा। उसने बात बदलने के लिए बालिका की ओर देखा। आगंतुक ने कहा—'यह मेरी बालिका है, इसकी माता नहीं है।' लज्जा ने देखा, बालिका का शुभ्र शरीर मलिन वस्त्र में दमक रहा था। नासिकामूल से कानों के समीप तक भ्रू-युगल की प्रभाव-शालिनी रेखा और उसकी छाया में दो उनींदे कमल संसार से अपने को छिपा लेना चाहते थे। उसका विरागी सौंदर्य, शरद के शुभ्र घन के आवरण में पूर्णिमा के चंद्र-सा आप ही लज्जित था। चेष्टा करके भी लज्जा अपनी मानसिक स्थिति को चंचल होने से न सँभाल सकी। वह—'अच्छा, आप लोग सो रहिए, थके होंगे'—कहती हुई दूसरे प्रकोष्ठ में चली गई।

''लज्जा ने वातायन खोलकर देखा, आकाश स्वच्छ हो रहा था, पार्वत्य प्रदेश के निस्तब्ध गगन में तारों की झिलमिलाहट थी। उन प्रकाश की लहरों में अशोक-निर्मित स्तूप की चूड़ा पर लगा हुआ स्वर्ण का धर्मचक्र जैसे हिल रहा था।

''दूसरे दिन जब धर्म-भिक्षु आए, तो उन्होंने इन आगंतुकों को आश्चर्य से देखा, और जब पूरे समाचार सुने, तो और भी उबल पड़े। उन्होंने कहा—'राज-कुटुंब को यहाँ रखकर क्या इस विहार और स्तूप को भी तुम ध्वस्त कराना चाहती हो? लज्जा, तुमने यह किस प्रलोभन से किया? चंगेज़ खाँ बौद्ध है, संघ उसका विरोध क्यों करे?' ''

''स्थविर! किसी को आश्रय देना क्या गौतम के धर्म के विरुद्ध है? मैं स्पष्ट कह देना चाहती हूँ कि देवपाल ने मेरे साथ बड़ा अन्याय किया, फिर भी मुझ पर उसका विश्वास था, क्यों था, मैं स्वयं नहीं जान सकी। इसे चाहे मेरी दुर्बलता ही समझ लें, परंतु मैं अपने प्रति विश्वास का किसी को भी दुरुपयोग नहीं करने देना चाहती। देवपाल को मैं अधिक-से-अधिक प्यार करती थी, और भी अब बिलकुल निश्शेष समझकर उस प्रणय का तिरस्कार कर सकूँगी, इसमें संदेह है।''—लज्जा ने कहा।

''तो तुम संघ के सिद्धांत से च्युत हो रही हो, इसलिए तुम्हें भी विहार का त्याग करना पड़ेगा!''—धर्म-भिक्षु ने कहा।

लज्जा व्यथित हो उठी थी। बालक के मुख पर देवपाल की स्पष्ट छाया उसे

बार-बार उत्तेजित करती, और वह बालिका तो उसे छोड़ना ही न चाहती थी।

"उसने साहस करके कहा—'तब यही अच्छा होगा कि मैं भिक्षुणी होने का ढोंग छोड़कर अनाथों के सुख-दुख में सम्मिलित होऊँ।'

"उसी रात को वह दोनों बालक-बालिका और विक्रमभृत्य को लेकर, निस्सहाय अवस्था में चल पड़ी। छद्मवेश में यह दल यात्रा कर रहा था। इसे भिक्षा का अवलंब था। वाह्लीक के गिरिव्रज नगर के भग्न पांथ-निवास के टूटे कोने में इन लोगों को आश्रय लेना पड़ा। उस दिन आहार नहीं जुट सका, दोनों बालकों के संतोष के लिए कुछ बचा था, उसी को खिलाकर वे सुला दिए गए। लज्जा और विक्रम, अनाहार से म्रियमाण, अचेत हो गए।

"दूसरे दिन आँखें खुलते ही उन्होंने देखा, तो वह राजकुमार और बालिका, दोनों ही नहीं! उन दोनों की खोज में ये लोग भी भिन्न-भिन्न दिशा को चल पड़े। एक दिन पता चला कि केकय के पहाड़ी दुर्ग के समीप कहीं स्वर्ग है, वहाँ रूपवान बालकों और बालिकाओं की अत्यंत आवश्यकता रहती है...

"और भी सुनोगी पृथ्वी की दुःख-गाथा? क्या करोगी सुनकर, तुम यह जानकर क्या करोगी कि उस उपासिका या विक्रम का फिर क्या हुआ?"

अब मीना से न रहा गया। उसने युवक के गले से लिपटकर कहा—"तो...तुम्हीं वह उपासिका हो? आहा, सच कह दो।"

गुल की आँखों में अभी नशे का उतार था। उसने अंगड़ाई लेकर एक जँभाई ली, और कहा—"बड़े आश्चर्य की बात है। क्यों मीना, अब क्या किया जाए?"

अकस्मात् स्वर्ग के भयानक रक्षियों ने आकर उस युवक को बंदी कर लिया। मीना रोने लगी, गुल चुपचाप खड़ा था, बहार खड़ी हँस रही थी।

सहसा पीछे से आते हुए प्रहरियों के प्रधान ने ललकारा—"मीना और गुल को भी।"

अब उस युवक ने घूमकर देखा; घनी दाढ़ी-मूँछोंवाले प्रधान की आँखों से आँखें मिलीं।

युवक चिल्ला उठा—"देवपाल!"

"कौन! लज्जा? अरे!"

"हाँ, तो देवपाल, इस अपने पुत्र गुल को भी बंदी करो, विधर्मी का कर्त्तव्य

यही आज्ञा देता है।"—लज्जा ने कहा।

"ओह!"—कहता हुआ प्रधान देवपाल सिर पकड़कर बैठ गया। क्षण भर में वह उन्मत्त हो उठा और दौड़कर गुल के गले से लिपट गया।

सावधान होने पर देवपाल ने लज्जा को बंदी करनेवाले प्रहरी से कहा—"उसे छोड़ दो।"

प्रहरी ने बहार की ओर देखा। उसका गूढ़ संकेत समझकर वह बोल उठा—"मुक्त करने का अधिकार केवल शेख को है।"

देवपाल का क्रोध सीमा का अतिक्रम कर चुका था, उसने खड्ग चला दिया। प्रहरी गिरा। उधर बहार 'हत्या! हत्या'! चिल्लाती हुई भागी।

संसार की विभूति जिस समय चरणों में लोटने लगती है, वही समय पहाड़ी दुर्ग के सिंहासन का था। शेख क्षमता की ऐश्वर्य-मंडित मूर्ति था। लज्जा, मीना, गुल और देवपाल बंदी-वेश में खड़े थे। भयानक प्रहरी दूर-दूर खड़े, पवन की भी गति जाँच रहे थे। जितना भीषण प्रभाव संभव है, वह शेख के उस सभागृह में था। शेख ने पूछा—"देवपाल, तुझे इस धर्म पर विश्वास है कि नहीं?"

"नहीं।"—देवपाल ने उत्तर दिया।

"तब तुमने हमको धोखा दिया?"

"नहीं, चंगेज़ के बंदी-गृह से छुड़ाने में जब समर-खंड में तुम्हारे अनुचरों ने मेरी सहायता की और मैं तुम्हारे उत्कोच या मूल्य से क्रीत हुआ, तब मुझे तुम्हारी आज्ञा पूरी करने की स्वभावतः इच्छा हुई। अपने शत्रु चंगेज़ का ईश्वरीय कोप, चंगेज़ का नाश करने की एक विकट लालसा मन में खेलने लगी, और मैंने उसकी हत्या की भी। मैं धर्म मानकर कुछ करने गया था, यह समझना भ्रम है।"

"यहाँ तक तो मेरी आज्ञा के अनुसार ही हुआ, परंतु उस अलाउद्दीन की हत्या क्यों की?"—दाँत पीसकर शेख ने कहा।

"यह मेरा उससे प्रतिशोध था!" अविचल भाव से देवपाल ने कहा।

'तुम जानते हो कि इस पहाड़ के शेख केवल स्वर्ग के ही अधिपति नहीं, प्रत्युत हत्या के दूत भी हैं!" क्रोध से शेख ने कहा।

"इसके जानने की मुझे उत्कंठा नहीं है, शेख! प्राणी-धर्म में मेरा अखंड

विश्वास है। अपनी रक्षा करने के लिए, अपने प्रतिशोध के लिए, जो स्वाभाविक जीवन-तत्व के सिद्धांत की अवहेलना करके चुप बैठता है, उसे मृतक, कायर, सजीवता-विहीन, हड्डी-मांस के टुकड़े के अतिरिक्त मैं कुछ नहीं समझता। मनुष्य परिस्थितियों का अंध-भक्त है, इसलिए मुझे जो करना था, वह मैंने किया, अब तुम अपना कर्त्तव्य कर सकते हो।"—देवपाल का स्वर दृढ़ था।

भयानक शेख अपनी पूर्ण उत्तेजना से चिल्ला उठा। उसने कहा—"और, तू कौन है स्त्री? तेरा इतना साहस! मुझे ठगना!"

लज्जा अपना बाह्य आवरण फेंकती हुई बोली—"हाँ शेख, अब आवश्यकता नहीं कि मैं छिपाऊँ, मैं देवपाल की प्रणयिनी हूँ।"

"तो तुम इन सबको ले जाने या बहकाने आई थी, क्यों?"

"आवश्यकता से प्रेरित होकर जैसे अत्यंत कुत्सित मनुष्य धर्माचार्य बनने का ढोंग कर रहा है, ठीक उसी प्रकार मैं स्त्री होकर भी पुरुष बनी। यह दूसरी बात है कि संसार की सबसे पवित्र वस्तु धर्म की आड़ में आकांक्षा खेलती है। तुम्हारे पास साधन हैं, मेरे पास नहीं, अन्यथा मेरी आवश्यकता किसी से कम न थी।"—लज्जा हाँफ रही थी।

शेख ने देखा, वह दृप्त सौंदर्य! यौवन के ढलने में भी एक तीव्र प्रवाह था—जैसे चाँदनी रात में पहाड़ से झरना गिर रहा हो! एक क्षण के लिए उसकी समस्त उत्तेजना पालतू पशु के समान सौम्य हो गई। उसने कहा—"तुम ठीक मेरे स्वर्ग की रानी होने के योग्य हो। यदि मेरे मत में तुम्हारा विश्वास हो, तो मैं तुम्हें मुक्त कर सकता हूँ। बोलो!"

"स्वर्ग! इस पृथ्वी को स्वर्ग की आवश्यकता क्या है, शेख? ना, ना, इस पृथ्वी को स्वर्ग के ठेकेदारों से बचाना होगा। पृथ्वी का गौरव स्वर्ग बन जाने से नष्ट हो जाएगा। इसकी स्वाभाविकता साधारण स्थिति में ही रह सकती है। पृथ्वी को केवल वसुंधरा होकर मानव-जाति के लिए जीने दो, अपनी आकांक्षा के कल्पित स्वर्ग के लिए, क्षुद्र स्वार्थ के लिए इस महती इस धरणी को नरक न बनाओ, जिसमें देवता बनने के लिए प्रलोभन में पड़कर मनुष्य राक्षस न बन जाए, शेख।"—लज्जा ने कहा

शेख पत्थर-भरे बादलों के समान कड़कड़ा उठा। उसने कहा—"ले जाओ, इन दोनों को बंदी करो। मैं फिर विचार करूँगा; और गुल, तुम लोगों का

यह पहला अपराध है, क्षमा करता हूँ, सुनती हो मीना, जाओ अपने कुंज में भागो। इन दोनों को भूल जाओ।"

बहार ने एक दिन गुल से कहा–"चलो, द्राक्षा-मंडप में संगीत का आनंद लिया जाए।" दोनों स्वर्गीय मदिरा में झूम रहे थे। मीना वहाँ अकेली बैठी उदासी में गा रही थी–

"वही स्वर्ग तो नरक है, जहाँ प्रियजन से विच्छेद है। वही रात प्रलय की है, जिसकी कालिमा में विरह का संयोग है। वह यौवन निष्फल है, जिसका हृदयवान् उपासक नहीं। वह मदिरा हलाहल है, पाप है, जो उन मधुर अधरों की उच्छिष्ट नहीं। वह प्रणय विषाक्त छुरी है, जिसमें कपट है। इसलिए हे जीवन, तू स्वप्न न देख, विस्मृति की निद्रा में सो जा! सुषुप्ति यदि आनंद नहीं, तो दुःखों का अभाव तो है। इस जागरण से–इस आकांक्षा और अभाव के जागरण से–वह निर्द्वंद्व सोना कहीं अच्छा है मेरे जीवन!"

बहार का साहस न हुआ कि वह मंडप में पैर धरे, पर गुल, वह तो जैसे मूक था! एक भूल, अपराध और मनोवेदना के निर्जन कानन में भटक रहा था, यद्यपि उसके चरण निश्चल थे। इतने में हलचल मच गई। चारों ओर दौड़-धूप होने लगी। मालूम हुआ, स्वर्ग पर तातार के खान की चढ़ाई है।

बरसों घिरे रहने से स्वर्ग की विभूति निश्शेष हो गई थी। स्वर्गीय जीव अनाहार से तड़प रहे थे। तब भी मीना को आहार मिलता। आज शेख सामने बैठा था। उसकी प्याली में मदिरा की कुछ अंतिम बूँदें थीं। जलन की तीव्र पीड़ा से व्याकुल और आहत बहार उधर तड़प रही थी। आज बंदी भी मुक्त कर दिए गए थे। स्वर्ग के विस्तृत प्रांगण में बंदियों के दम तोड़ने की कातर ध्वनि गूँज रही थी। शेख ने एक बार उन्हें हँसकर देखा, फिर मीना की ओर देखकर उसने कहा–"मीना! आज अंतिम दिन है! इस प्याली में अंतिम घूँटें हैं, मुझे अपने हाथ से पिला दोगी?"

"बंदी हूँ शेख! चाहे जो कहो।"

शेख एक दीर्घ निश्वास लेकर उठ खड़ा हुआ। उसने अपनी तलवार सँभाली। इतने में द्वार टूट पड़ा, तातारी घुसते हुए दिखलाई पड़े, शेख के पाप-दुर्बल हाथों से तलवार गिर पड़ी।

द्राक्षा के रूखे कुंज में देवपाल, लज्जा और गुल के शव के पास मीना

चुपचाप बैठी थी। उसकी आँखों में न आँसू थे, न ओठों पर क्रंदन। वह सजीव अनुकंपा, निष्ठुर हो रही थी।

तातारों के सेनापति ने आकर देखा, उस दावाग्नि के अंधड़ में तृण-कुसुम सुरक्षित है। वह अपनी प्रतिहिंसा से अंधा हो रहा था। कड़ककर उसने पूछा—"तू शेख की बेटी है?"

मीना ने जैसे मूर्च्छा से आँखें खोलीं। उसने विश्वास-भरी वाणी से कहा—"पिता, मैं तुम्हारी लीला हूँ!"

सेनापति विक्रम को उस प्रांत का शासन मिला; पर मीना उन्हीं स्वर्ग के खँडहरों में उन्मुक्त घूमा करती। जब सेनापति बहुत स्मरण दिलाता, तो वह कह देती—"मैं एक भटकी हुई बुलबुल हूँ। मुझे किसी टूटी डाल पर अंधकार बिता लेने दो! इस रजनी-विश्राम का मूल्य अंतिम तान सुनाकर जाऊँगी।"

मालूम नहीं, उसकी अंतिम तान किसी ने सुनी या नहीं।

सुनहला साँप

"यह तुम्हारा दुस्साहस है, चंद्रदेव!"

"मैं सत्य कहता हूँ, देवकुमार।"

"तुम्हारे सत्य की पहचान बहुत दुर्बल है, क्योंकि उसके प्रकट होने का साधन असत् है। समझता हूँ कि तुम प्रवचन देते समय बहुत ही भावात्मक हो जाते हो। किसी के जीवन का रहस्य, उसका विश्वास समझ लेना हमारी-तुम्हारी बुद्धिरूपी 'एक्सरेज' की पारदर्शिता के परे है।"—कहता हुआ देवकुमार हँस पड़ा; उसकी हँसी में विज्ञता की अवज्ञा थी।

चंद्रदेव ने बात बदलने के लिए कहा—"इस पर मैं फिर वाद-विवाद करूँगा। अभी तो वह देखो, झरना आ गया—हम लोग जिसे देखने के लिए आठ मील से आए हैं।"

"सत्य और झूठ का पुतला मनुष्य अपने ही सत्य की छाया नहीं छू सकता,

क्योंकि वह सदैव अंधकार में रहता है। चंद्रदेव, मेरा तो विश्वास है कि तुम अपने को भी नहीं समझ पाते।"—देवकुमार ने कहा।

चंद्रदेव बैठ गया। वह एकटक उस गिरते हुए प्रपात को देख रहा था। मसूरी पहाड़ का यह झरना बहुत प्रसिद्ध है। एक गहरे गड्ढे में गिरकर, यह नाला बनता हुआ, ठुकराए हुए जीवन के समान भागा जाता है।

चंद्रदेव एक ताल्लुकेदार का युवक पुत्र था। अपने मित्र देवकुमार के साथ मसूरी के ग्रीष्म-निवास में सुख और स्वास्थ्य की खोज में आया था। इस पहाड़ पर कब बादल छा जाएँगे, कब एक झोंका बरसाता हुआ निकल जाएगा, इसका कोई निश्चय नहीं। चंद्रदेव का नौकर पान-भोजन का सामान लेकर पहुँचा। दोनों मित्र एक अखरोट-वृक्ष के नीचे बैठकर खाने लगे। चंद्रदेव थोड़ी मदिरा भी पीता था, स्वास्थ्य के लिए।

देवकुमार ने कहा—"यदि हम लोगों को बीच ही में भीगना न हो, तो अब चल देना चाहिए।"

पीते हुए चंद्रदेव ने कहा—"तुम बड़े डरपोक हो। तनिक भी साहसिक जीवन का आनंद लेने का उत्साह तुममें नहीं। सावधान होकर चलना, समय से कमरे में जाकर बंद हो जाना और अत्यंत रोगी के समान सदैव पथ्य का अनुचर बने रहना हो, तो मनुष्य घर ही बैठा रहे!"

देवकुमार हँस पड़ा। कुछ समय बीतने पर दोनों उठ खड़े हुए। अनुचर भी पीछे चला। बूँदें पड़ने लगी थीं। सबने अपनी-अपनी बरसाती सँभाली।

परंतु उस वर्षा में कहीं विश्राम करना आवश्यक प्रतीत हुआ, क्योंकि उससे बचा लेना बरसाती के बूते का काम न था। तीनों छाया की खोज में चले। एक पहाड़ी चट्टान की गुफा मिली, छोटी-सी। ये तीनों उसमें घुस पड़े।

भवों पर से पानी पोंछते हुए चंद्रदेव ने देखा, एक श्याम किंतु उज्ज्वल मुख अपने यौवन की आभा में दमक रहा है। वह एक पहाड़ी स्त्री थी। चंद्रदेव कला-विज्ञ होने का ढोंग करके उस युवती की सुडौल गढ़न देखने लगा। वह कुछ लज्जित हुई। प्रगल्भ चंद्रदेव ने पूछा—"तुम यहाँ क्या करने आई हो?"

"बाबू जी, मैं दूसरे पहाड़ी गाँव की रहनेवाली हूँ अपनी जीविका के लिए आई हूँ।"

"तुम्हारी क्या जीविका है?"

"साँप पकड़ती हूँ।"

चद्रदेव चौंक उठा। उसने कहा–"तो क्या तुम यहाँ भी साँप पकड़ रही हो? इधर तो बहुत कम साँप होते हैं।"

"हाँ, कभी खोजने से मिल जाते हैं। यहाँ एक सुनहला साँप मैंने अभी देखा है। उसे…"–कहते-कहते युवती ने एक ढोंके की ओर संकेत किया।

चंद्रदेव ने देखा, दो तीव्र ज्योति!

पानी का झोंका निकल गया था। चंद्रदेव ने कहा–"चलो देवकुमार, हम चलें। रामू, तू भी तो साँप पकड़ता है न? देवकुमार! यह बड़ी सफाई से बिना किसी मंत्र-जड़ी के साँप पकड़ लेता है!" देवकुमार ने सिर हिला दिया।

रामू ने कहा– "हाँ सरकार, पकड़ूँ इसे?"

"नहीं-नहीं उसे पकड़ने दे! हाँ, उसे होटल में लिवा लाना, हम लोग देखेंगे। क्यों देव! अच्छा मनोरंजन रहेगा न?" कहते हुए चंद्रदेव और देवकुमार चल पड़े।

किसी क्षुद्र हृदय के पास, उसके दुर्भाग्य से दैवी संपत्ति या विद्या, बल, धन और सौंदर्य उसके सौभाग्य का अभिनय करते हुए प्रायः देखे जाते हैं, तब उन विभूतियों का दुरुपयोग अत्यंत अरुचिकर दृश्य उपस्थित कर देता है। चंद्रदेव का होटल-निवास भी वैसा ही था। राशि-राशि विडंबनाएँ उसके चारों ओर घिरकर उसकी हँसी उड़ातीं, पर उनमें चंद्रदेव को तो जीवन की सफलता ही दिखलाई देती।

उसके कमरे में कई मित्र एकत्र थे। 'नेरा' महुअर बजकर अपना खेल दिखला रही थी। सबके बाद उसने दिखलाया, अपना पकड़ा हुआ वही सुंदर सुनहला साँप।

रामू एकटक नेरा की ओर देख रहा था। चंद्रदेव ने कहा–"रामू, वह शीशे का बक्स तो ले आ!"

रामू ने तुरंत उसे उपस्थित किया।

चंद्रदेव ने हँसकर कहा–"नेरा! तुम्हारे सुंदर साँप के लिए यह बक्स है।"

नेरा प्रसन्न होकर अपने नवीन आश्रित को उसमें रखने लगी, परंतु वह उस सुंदर घर में जाना नहीं चाहता था। रामू ने उसे बाध्य किया। साँप बक्स में जा रहा। नेरा ने उसे आँखों से धन्यवाद दिया।

चंद्रदेव के मित्रों ने कहा–"तुम्हारा अनुचर भी तो कम खेलाड़ी नहीं है!"

चंद्रदेव ने गर्व से रामू की ओर देखा। परंतु, नेरा की मधुरिमा रामू की आँखों की राह उसके हृदय में भर रही थी। वह एकटक उसे देख रहा था।

देवकुमार हँस पड़ा। खेल समाप्त हुआ। नेरा को बहुत-सा पुरस्कार मिला।

तीन दिन बाद, होटल के पास ही, चीड़ वृक्ष के नीचे चंद्रदेव चुपचाप खड़ा था—वह बड़े गौर से देख रहा था—एक स्त्री और एक पुरुष को घुल-घुलकर बातें करते। उसे क्रोध आया; परंतु न जाने क्यों, कुछ बोल न सका। देवकुमार ने पीठ पर हाथ धरकर पूछा—"क्या है ?"

चंद्रदेव ने संकेत से उस ओर दिखा दिया। एक झुरमुट में नेरा खड़ी है और रामू कुछ अनुनय कर रहा है ! देवकुमार ने यह देखकर चंद्रदेव का हाथ पकड़कर खींचते हुए कहा—"चलो।"

दोनों आकर अपने कमरे में बैठे।

देवकुमार ने कहा—"अब कहो, इसी रामू के हृदय की परख तो तुम उस दिन बता रहे थे। इसी तरह संभव है, अपने को भी न पहचानते हो !"

चंद्रदेव ने कहा—"मैं उसे कोड़े से पीटकर ठीक करूँगा—बदमाश !"

चंद्रदेव 'बाल' देखकर आया था, अपने कमरे में सोने जा रहा था, रात अधिक हो चुकी थी। उसे कुछ फिस-फिस का शब्द सुनाई पड़ा। उसे नेरा का ध्यान आ गया। वह होंठ काटकर अपने पलँग पर जा पड़ा। मात्रा कुछ अधिक थी। आतिशदान के कार्निस पर धरे हुए शीशे का बक्स और बोतल चमक उठे। पर उसे क्रोध ही अधिक आया, बिजली बुझा दी।

कुछ अधिक समय बीतने पर किसी चिल्लाहट से चंद्रदेव की नींद खुली। रामू का-सा शब्द था। उसने स्विच दबाया, आलोक में चंद्रदेव ने आश्चर्य से देखा कि रामू के हाथ में वही सुनहला साँप हथकड़ी-सा जकड़ गया है ! चंद्रदेव ने कहा—"क्यों रे बदमाश ! तू यहाँ क्या करता था ? अरे, इसका तो प्राण संकट में है, नेरा होती तो !"

चंद्रदेव घबड़ा गया था। इतने में नेरा ने कमरे में प्रवेश किया। इतनी रात को यहाँ ? चंद्रदेव क्रोध से चुप रहा। नेरा ने साँप से रामू का हाथ छुड़ाया और फिर उसे बक्स में बंद किया। तब चंद्रदेव ने रामू से पूछा—"क्यों बे, यहाँ क्या कर रहा था ?" रामू काँपने लगा।

''बोल, जल्दी बोल ! नहीं तो तेरी खाल उधेड़ता हूँ ।''

रामू फिर भी चुप था ।

चंद्रदेव का चेहरा अत्यंत भीषण हो रहा था । वह कभी नेरा की ओर देखता और कभी रामू की ओर । उसने पिस्तौल उठाई, नेरा रामू के सामने आ गई । उसने कहा– ''बाबू जी, यह मेरे लिए शराब लेने आया था, जो उस बोतल में धरी है ।''

चंद्रदेव ने देखा, मदिरा उस बोतल में अपनी लाल हँसी में मग्न थी । चंद्रदेव ने पिस्तौल धर दिया । और बोतल और बक्स उठाकर देते हुए मुँह फेरकर कहा–''तुम दोनों इसे लेकर अभी चले जाओ, और रामू, अब तुम कभी मुझे अपना मुँह मत दिखाना ।''

दोनों धीरे-धीरे बाहर हो गए । रामू अपने मालिक का मन पहचानता था ।

दूसरे दिन देवकुमार और चंद्रदेव पहाड़ से उतरे । रामू उनके साथ न था ।

ठीक ग्यारह महीने पर फिर उसी होटल में चंद्रदेव पहुँचा था । तीसरा पहर था, रंगीन बादल थे, पहाड़ी संध्या अपना रंग जमा रही थी, पवन तीव्र था । चंद्रदेव ने शीशे का पल्ला बंद करना चाहा । उन्होंने देखा, रामू सिर पर पिटारा धरे चला जा रहा है और पीछे-पीछे अपनी मंद गति से नेरा । नेरा ने भी ऊपर की ओर देखा, वह मुस्कराकर सलाम करती हुई रामू के पीछे चली गई । चंद्रदेव ने धड़ से पल्ला बंद करते हुए सोचा–''सच तो, क्या मैं अपने को भी पहिचान सका ?''

चूड़ीवाली

''अभी तो पहना गई हो ।''

''बहू जी, बड़ी अच्छी चूड़ियाँ हैं । सीधे बंबई से पारसल मँगाया है सरकार का हुक्म है; इसलिए नई चूड़ियाँ आते ही चली आती हूँ ।''

''तो जाओ, सरकार को ही पहनाओ, मैं नहीं पहनती ।''

"बहू जी ! ज़रा देख तो लीजिए।" कहती मुस्कराती हुई ढीठ चूड़ीवाली अपना बक्स खोलने लगी। वह पच्चीस वर्ष की एक गोरी छरहरी स्त्री थी। उसकी कलाई सचमुच चूड़ी पहनाने के लिए ढली थी। पान से लाल पतले-पतले ओंठ दो-तीन वक्रताओं में अपना रहस्य छिपाए हुए थे। उन्हें देखने का मन करता, देखने पर उन सलोने अधरों से कुछ बोलवाने का जी चाहता है। बोलने पर हँसाने की इच्छा होती और उसी हँसी में शैशव का अल्हड़पन, यौवन की तरावट और प्रौढ़ की-सी गंभीरता बिजली के समान लड़ जाती।

बहू जी को उसकी हँसी बहुत बुरी लगती; पर जब पंजों में अच्छी चूड़ी चढ़ाकर, संकट में फँसाकर वह हँसते हुए कहती—"एक पान मिले बिना यह चूड़ी नहीं चढ़ती।" तब बहू जी को क्रोध के साथ हँसी आ जाती और उसकी तरल हँसी की तरी लेने में तन्मय हो जातीं।

कुछ ही दिनों से यह चूड़ीवाली आने लगी है। कभी-कभी बिना बुलाए ही चली आती और ऐसे ढंग फैलाती कि बिना सरकार के आए निबटारा न होता। यह बहू जी को असह्य हो जाता। आज उसको चूड़ी फँसाते देख बहू जी झल्लाकर बोलीं—"आजकल दुकान पर ग्राहक कम आते हैं क्या?"

"बहू जी, आजकल खरीदने की धुन में हूँ, बेचती हूँ कम।" इतना कहकर कई दर्जन चूड़ियाँ बाहर सजा दीं। स्लीपरों के शब्द सुनाई पड़े। बहू जी ने कपड़े सम्हाले, पर वह ढीठ चूड़ीवाली बालिकाओं के समान सिर टेढ़ा करके "यह जर्मनी की है, यह फराँसीसी है, यह जापानी है" कहती जाती थी। सरकार पीछे खड़े मुस्करा रहे थे।

"क्या रोज नई चूड़ियाँ पहनाने के लिए इन्हें हुक्म मिला है?" बहू जी ने गर्व से पूछा।

सरकार ने कहा—"पहनो, तो बुरा क्या है?"

"बुरा तो कुछ नहीं, चूड़ी चढ़ाते हुए कलाई दुखती होगी।" चूड़ीवाली ने सिर नीचा किए कनखियों से देखते हुए कहा। एक लहर-सी लाली आँखों की ओर से कपोलों को तर करती हुई दौड़ जाती थी। सरकार ने देखा, एक लालसा-भरी युवती व्यंग कर रही है। हृदय में हलचल मच गई, घबराकर बोले—"ऐसा है, तो न पहनें।"

"भगवान करें, रोज पहनें।" चूड़ीवाली आशीर्वाद देने के गंभीर स्वर में प्रौढ़ा के समान बोली।

"अच्छा, तुम अभी जाओ।" सरकार और चूड़ीवाली दोनों की ओर देखते हुए बहू जी ने झुंझलाकर कहा।

"तो क्या मैं लौट जाऊँ ? आप तो कहती थीं न, कि सरकार को ही पहनाओ, तो ज़रा उनसे पहनने के लिए कह दीजिए।"

"निकल मेरे यहाँ से।" कहते हुए बहू जी की आँखें तिलमिला उठीं। सरकार धीरे-से निकल गए। अपराधी के समान सिर नीचा किए चूड़ीवाली अपनी चूड़ियाँ बटोरकर उठी। हृदय की धड़कन में अपनी रहस्यपूर्ण निश्वास छोड़ती हुई चली गई।

चूड़ीवाली का नाम था विलासिनी। वह नगर की एक प्रसिद्ध नर्त्तकी की कन्या थी। उसके रूप और संगीत-कला की सुख्याति थी, वैभव भी कम न था! विलास और प्रमोद का पर्याप्त संभार मिलने पर भी उसे संतोष न था। हृदय में कोई अभाव खटकता था, वास्तव में उसकी मनोवृत्ति उसके व्यवसाय के प्रतिकूल थी।

कुलवधू बनने की अभिलाषा हृदय में और दांपत्य-सुख का स्वर्गीय स्वप्न उसकी आँखों में समाया था। स्वच्छंद प्रणय का व्यापार अरुचिकर हो गया। परंतु समाज उससे हिंस्र पशु के समान सशंक था। उससे आश्रय मिलना असंभव जानकर विलासिनी ने छल के द्वारा वही सुख लेना चाहा। यह उसकी सरल आवश्यकता थी, क्योंकि अपने व्यवसाय में उसका प्रेम क्रय करने के लिए बहुत-से लोग आते थे, पर विलासिनी अपना हृदय खोलकर किसी से प्रेम न कर सकती थी।

उन्हीं दिनों सरकार के रूप, यौवन और चारित्र्य ने उसे प्रलोभन दिया। नगर के समीप बाबू विजयकृष्ण की, अपनी जमींदारी में बड़ी सुंदर अट्टालिका थी। वहीं रहते थे। उनके अनुचर और प्रजा उन्हें सरकार कहकर पुकारती थी। विलासिनी की आँखें विजयकृष्ण पर गड़ गईं। अपना चिरसंचित मनोरथ पूर्ण करने के लिए वह कुछ दिनों के लिए चूड़ीवाली बन गई थी।

सरकार चूड़ीवाली को जानते हुए भी अनजान बने रहे। अमीरी का एक

कौतुक था, एक खिलवाड़ समझकर उसके आने-जाने में बाधा न देते। विलासिनी के कलापूर्ण सौंदर्य ने जो कुछ प्रभाव उनके मन पर डाला था, उसके लिए उनके सुरुचिपूर्ण मन ने अच्छा बहाना खोज लिया था, वे सोचते, 'बहू जी का कुलवधु-जनोचित सौंदर्य और वैभव की मर्यादा देखकर चूड़ीवाली स्वयं पराजय स्वीकार कर लेगी और अपना निष्फल प्रयत्न छोड़ देगी, तब तक यह एक अच्छा मनोविनोद चल रहा है!'

चूड़ीवाली अपने कौतूहलपूर्ण कौशल में सफल न हो सकी थी, परंतु बहू जी के आज के दुर्व्यवहार ने प्रतिक्रिया उत्पन्न कर दी और चोट खाकर उसने सरकार को घायल कर दिया।

अब सरकार प्रकाश्य रूप से उसके यहाँ जाने लगे। विलास-रजनी का प्रभात भी चूड़ीवाली के उपवन में कटता। कुल-मर्यादा, लोकलाज और जमींदारी सब एक ओर और चूड़ीवाली अकेले। दालान में कुर्सियों पर सरकार और चूड़ीवाली बैठकर रात्रि-जागरण का खेद मिटा रहे थे। पास ही अनार का वृक्ष था, उसमें फूल खिले थे। एक बहुत ही छोटी काली चिड़िया उन फूलों में चोंच डालकर मकरंद पान करती और कुछ केसर खाती, फिर हृदयविमोहक कल-नाद करती हुई उड़ जाती।

सरकार बड़ी देर से कौतुक देख रहे थे, बोले—"इसे पकड़कर पालतू बनाया जाए, तो कैसा?"

"उहूँ, यह फूलसुंघी है। पिंजरे में जी नहीं सकती। उसे फूलों का प्रदेश ही जिला सकता है, स्वर्ण-पिंजर नहीं, उसे खाने के लिए फूलों की केसर का चारा और पीने के लिए मकरंद-मदिरा कौन जुटावेगा?"

"पर इसकी सुंदर-बोली संगीत-कला की चरम सीमा है; वीणा में भी कोई-कोई मीड़ ऐसी निकलती होगी। इसे अवश्य पकड़ना चाहिए।"

"जिसमें बाधा नहीं, बंधन नहीं, जिसका सौंदर्य स्वच्छंद है, उस असाधारण प्राकृतिक कला का मूल्य क्या बंधन है? कुरुचि के द्वारा वह कलंकित भले ही हो जाए परंतु पुरस्कृत नहीं हो सकती। उसे आप पिंजरे में बंद करके पुरस्कार देंगे या दंड?" कहते हुए उसने विजय की एक व्यंग-भरी मुस्कान छोड़ी। सरकार की—उस वन-विहंगम को पकड़ने की लालसा

बलवती हो उठी। उन्होंने कहा—"जाने भी दो, वह अच्छी कला नहीं जानती।" प्रसंग बदल गया। नित्य का साधारण विनोदपूर्ण क्रम चला।

चूड़ीवाली अपने अभ्यास के अनुसार समझती कि यदि बहू जी की अपार प्रणयसंपत्ति में से कुछ अंश मैं भी लेती हूँ, तो हानि क्या, परंतु बहू जी को अपने प्रणय के एकाधिपत्य पर पूर्ण विश्वास था। वह निष्क्रिय प्रतिरोध करने लगीं। राजयक्ष्मा के भयानक आक्रमण से वह घुलने लगीं और सरकार वन-विहंगिनी विलासिनी को स्वायत्त करने में दत्तचित हुए। रोगी की शुश्रूषा और सेवा में कोई कमी न थी, परंतु एक बड़े मुकद्दमे में सरकार का उधर सर्वस्वांत हुआ, इधर बहू जी चल बसीं।

चूड़ीवाली ने समझा कि उसकी पूर्ण विजय हुई, पर बात कुछ दूसरी थी। विजयकृष्ण का वह एक विनोद था। जब सबकुछ चला गया, तब विनोद लेकर क्या होगा। एक दिन चूड़ीवाली से छुट्टी माँगी। उसने कहा—"कमी किस बात की है, मैं तुम्हारी ही हूँ और सब विभव भी तुम्हारा है।" विजयकृष्ण ने कहा—"मैं वेश्या की दी हुई जीविका से पेट पालने में असमर्थ हूँ।" चूड़ीवाली बिलखने लगी, विनय किया, रोई, गिड़गिड़ाई, पर विजयकृष्ण चले ही गए! वह सोचने लगी कि—"अपना व्यवसाय और विजय की गृहस्थी बिगाड़कर जो सुख खरीदा था, उसका कोई मूल्य नहीं। मैं कुलवधू होने के उपयुक्त नहीं। क्या समाज के पास इसका कोई प्रतिकार नहीं? इतनी तपस्या और इतना स्वार्थ-त्याग व्यर्थ है?"

परंतु विलासिनी यह न जानती थी कि स्त्री और पुरुष-संबंधी समस्त अंतिम निर्णय करने में समाज कितना ही उदार क्यों न हो; दोनों पक्षों को सर्वथा संतुष्ट नहीं कर सका और न कर सकने की आशा है। यह रहस्य सृष्टि को उलझा रखने की कुंजी है।

विलासिनी ने बहुत सोच-समझकर अपनी जीवनचर्या बदल डाली। सरकार से मिली हुई जो कुछ संपत्ति थी, उसे बेचकर पास ही के एक गाँव में खेती करने के लिए भूमि लेकर आदर्श हिंदू गृहस्थ की-सी तपस्या करने में अपना बिखरा हुआ मन उसने लगा दिया। उसके कच्चे मकान के पास एक विशाल वट-वृक्ष और निर्मल जल का सरोवर था। वहीं बैठकर चूड़ीवाली ने

पथिकों की सेवा करने का संकल्प किया । थोड़े ही दिनों में अच्छी खेती होने लगी और अन्न से उसका घर भरा रहने लगा । भिखारियों को अन्न देकर उन्हें खिला देने में उसे अकथनीय सुख मिलता । धीरे-धीरे दिन ढलने लगा, चूड़ीवाली को सहेली बनाने के लिए यौवन का तीसरा पहर करुणा और शांति को पकड़ लाया । उस पथ से चलनेवाले पथिकों को दूर से किसी कला-कुशल कंठ की तान सुनाई पड़ती–

अब लौं नसानी अब न नसैहौं ।

वट-वृक्ष के नीचे एक अनाथ बालक नंदू को चना और गुड़ की दुकान चूड़ीवाली ने करा दी है । जिन पथिकों के पास पैसे न होते, उनका मूल्य वह स्वयं देकर नंदू की दुकान में घाटा न होने देती, और पथिक भी विश्राम किए बिना उस तालाब से न जाता । कुछ ही दिनों में चूड़ीवाली का तालाब विख्यात हो गया ।

संध्या हो चली थी । पखेरुओं का बसेरे की ओर लौटने का कोलाहल मचा और वट-वृक्ष में चहल-पहल हो गई । चूड़ीवाली चरनी के पास खड़ी बैलों को देख रही थी । दालान में दीपक जल रहा था, अंधकार उसके घर और मन में बरजोरी घुस रहा था । कोलाहल-शून्य जीवन में भी चूड़ीवाली को शांति मिली, ऐसा विश्वास नहीं होता था । पास ही उसकी पिंडुलियों से सिर रगड़ता हुआ कलुआ दुम हिला रहा था । सुखिया उसके लिए घर में से कुछ खाने को ले आई थी; पर कलुआ उधर न देखकर अपनी स्वामिनी से स्नेह जता रहा था । चूड़ीवाली ने हँसते हुए कहा–"चल, तेरा दुलार हो चुका । जा, खा ले ।" चूड़ीवाली ने मन में सोचा, कंगाल मनुष्य स्नेह के लिए क्यों भीख माँगता है ? वह स्वयं नहीं करता, नहीं तो तृण-वीरुध तथा पशु-पक्षी भी तो स्नेह करने के लिए प्रस्तुत हैं । इतने में नंदू ने आकर कहा–"माँ, एक बटोही बहुत थका हुआ अभी आया है । भूख के मारे वह जैसे शिथिल हो गया है ।"

"तूने क्यों नहीं दे दिया ?"

"लेता भी नहीं, कहता है, तू बड़ा गरीब लड़का है, तुझसे न लूँगा ।"

चूड़ीवाली वट-वृक्ष की ओर चल पड़ी । अँधेरा हो गया था । पथिक जड़ का सहारा लेकर लेटा था । चूड़ीवाली ने हाथ जोड़कर कहा–"महाराज, आप कुछ भोजन कीजिए ।"

"तुम कौन हो ?"

"पहले की एक वेश्या।"

"छिः, मुझे पड़े रहने दो, मैं नहीं चाहता कि तुम मुझसे बोलो भी, क्योंकि तुम्हारा व्यवसाय कितने ही सुखी घरों को उजाड़कर श्मशान बना देता है।"

"महाराज, हम लोग तो कला के व्यवसायी हैं। यह अपराध कला का मूल्य लगानेवालों की कुरुचि और कुत्सित इच्छा का है। संसार में बहुत-से निर्लज्ज स्वार्थपूर्ण व्यवसाय चलते हैं। फिर इसी पर इतना क्रोध क्यों ?"

"क्योंकि वह उन सबों में अधम और निकृष्ट है।"

"परंतु वेश्या का व्यवसाय करके भी मैंने एक ही व्यक्ति से प्रेम किया था। मैं और धर्म नहीं जानती, पर अपने सरकार से जो कुछ मुझे मिला, उसे मैं लोक-सेवा में लगाती हूँ। मेरे तालाब पर कोई भूखा नहीं रहने पाता। मेरी जीविका चाहे जो रही हो, मेरे अतिथि-धर्म में बाधा न दीजिए।"

पथिक एक बार ही उठकर बैठ गया और आँख गड़ाकर अँधेरे में देखने लगा। सहसा बोल उठा—"चूड़ीवाली ?"

"कौन, सरकार ?"

"हाँ, तुमने शोक हर लिया। मेरे अपराधजनक तमाम त्याग में पुण्य का भी भाग था, यह मैं नहीं जानता।"

"सरकार! मैंने गृहस्थ-कुलवधू होने के लिए कठोर तपस्या की है। इन चार वर्षों में मुझे विश्वास हो गया है कि कुलवधू होने में जो महत्व है, वह सेवा का है, न कि विलास का।"

"सेवा ही नहीं, चूड़ीवाली! उसमें विलास का अनंत यौवन है, क्योंकि केवल स्त्री-पुरुष के शारीरिक बंधन में वह पर्यवसित नहीं है, बाह्य साधनों के विकृत हो जाने तक ही, उसकी सीमा नहीं, गार्हस्थ्य जीवन उसके लिए प्रचुर उपकरण प्रस्तुत करता है, इसलिए वह प्रेय भी है और श्रेय भी है। मुझे विश्वास है कि तुम अब सफल हो जाओगी।"

"मेरी सफलता आपकी कृपा पर है। विश्वास है कि अब इतने निर्दय न होंगे"—कहते-कहते चूड़ीवाली ने सरकार के पैर पकड़ लिए।

सरकार ने उसके हाथ पकड़ लिए।

बिसाती

उद्यान की शैलमाला के नीचे एक हरा-भरा छोटा-सा गाँव है। वसंत का सुंदर समीर उसे आलिंगन करके फूलों के सौरभ से उसके झोंपड़ों को भर देता है। तलहटी के हिम-शीतल झरने उसको अपने बाहुपाश में जकड़े हुए हैं। उस रमणीय प्रदेश में एक स्निग्ध-संगीत निरंतर चला करता है, जिसके भीतर बुलबुलों का कलनाद, कंप और लहर उत्पन्न करता है।

दाड़िम के लाल फूलों की रँगीली छाया संध्या की अरुण किरणों से चमकीली हो रही थी। शीरीं उसी के नीचे शिलाखंड पर बैठी हुई सामने गुलाबों की झुरमुट देख रही थी, जिसमें बहुत से बुलबुल चहचहा रहे थे, वे समीरण के साथ छूल-छुलैया खेलते हुए आकाश को अपने कलरव से गुंजित कर रहे थे।

शीरीं ने सहसा अपना अवगुंठन उलट दिया। प्रकृति प्रसन्न हो हँस पड़ी। गुलाबों के दल में शीरीं का मुख राजा के समान सुशोभित था। मकरंद मुँह में भरे दो नील-भ्रमर उस गुलाब से उड़ने में असमर्थ थे, भौंरों के पद पर निस्पंद थे। कँटीली झाड़ियों की कुछ परवा न करते हुए बुलबुलों का उसमें घुसना और उड़ भागना शीरीं तन्मय होकर देख रही थी।

उसकी सखी जुलेखा के आने से उसकी एकांत भावना भंग हो गई। अपना अवगुंठन उलटते हुए जुलेखा ने कहा–"शीरीं! वह तुम्हारे हाथों पर आकर बैठ जानेवाला बुलबुल, आजकल नहीं दिखलाई देता?"

आह खींचकर शीरीं ने कहा–"कड़े शीत में अपने दल के साथ मैदान की ओर निकल गया। वसंत तो आ गया पर वह नहीं लौट आया।"

"सुना है कि ये सब हिंदुस्तान में बहुत दूर तक चले जाते हैं। क्या यह सच है, शीरीं?"

"हाँ प्यारी! उन्हें स्वाधीन विचरना अच्छा लगता है। इनकी जाति बड़ी स्वतंत्रता-प्रिय है।"

"तूने अपनी घुँघराली अलकों के पाश में उसे क्यों न बाँध लिया?"

"मेरे पाश उस पक्षी के लिए ढीले पड़ जाते थे।"

"अच्छा लौट आवेगा—चिंता न कर। मैं घर जाती हूँ।" शीरीं ने सिर हिला दिया।

जुलेखा चली गई।

जब पहाड़ी आकाश में संध्या अपने रंगीले पट फैला देती, जब विहंग केवल कलरव करते पंक्ति बाँधकर उड़ते हुए गुंजान झाड़ियों की ओर लौटते और अनिल में उनके कोमल परों से लहर उठती, जब समीर अपनी झोंकेदार तरंगों में बार-बार अंधकार को खींच लाता, जब गुलाब अधिकाधिक सौरभ लुटाकर हरी चादर में मुँह छिपा लेना चाहते थे; तब शीरीं की आशा-भरी दृष्टि कालिमा से अभिभूत होकर पलकों में छिपने लगी। वह जागते हुए भी एक स्वप्न की कल्पना करने लगी।

हिंदुस्तान के समृद्धिशाली नगर की गली में एक युवक पीठ पर गट्ठर लादे घूम रहा है। परिश्रम और अनाहार से उसका मुख विवर्ण है। थककर वह किसी के द्वार पर बैठ गया है। कुछ बेचकर उस दिन की जीविका प्राप्त करने की उत्कंठा उसकी दयनीय बातों से टपक रही है। परंतु वह गृहस्थ कहता है—"तुम्हें उधार देना हो तो दो, नहीं तो अपनी गठरी उठाओ। समझे आगा?"

युवक कहता है—"मुझे उधार देने की सामर्थ्य नहीं।"

"तो मुझे भी कुछ नहीं चाहिए।"

शीरीं अपनी इस कल्पना से चौंक उठी। काफिले के साथ अपनी संपत्ति लादकर खैबर के गिरि-संकट को वह अपनी भावना से पदाक्रांत करने लगी।

उसकी इच्छा हुई कि हिंदुस्तान के प्रत्येक गृहस्थ के पास हम इतना धन रख दें कि वे अनावश्यक होने पर भी उस युवक की सब वस्तुओं का मूल्य देकर उसका बोझ उतार दें। परंतु सरला शीरीं निस्सहाय थी। उसके पिता एक क्रूर पहाड़ी सरदार थे। उसने अपना सिर झुका लिया। कुछ सोचने लगी।

संध्या का अधिकार हो गया। कलरव बंद हुआ। शीरीं की साँसों के समान समीर की गति अवरुद्ध हो उठी। उसकी पीठ शिला से टिक गई।

दासी ने आकर उसको प्रकृतिस्थ किया। उसने कहा—"बेगम बुला रही हैं। चलिए, मेहँदी आ गई है।"

महीनों हो गए। शीरीं का ब्याह एक धनी सरदार से हो गया। झरने के किनारे

शीरीं के बाग में शवरी खींची है। पवन अपने एक-एक थपेड़े में सैकड़ों फूलों को रुला देता है। मधु-धारा बहने लगती है। बुलबुल उसकी निर्दयता पर क्रंदन करने लगते हैं। शीरीं सब सहन करती रही। सरदार का मुख उत्साहपूर्ण था। सब होने पर भी वह एक सुंदर प्रभात था।

एक दुर्बल और लम्बा युवक पीठ पर गट्ठर लादे सामने आकर बैठ गया। शीरीं ने उसे देखा पर वह किसी ओर देखता नहीं। अपना सामान खोलकर सजाने लगा।

सरदार अपनी प्रेयसी को उपहार देने के लिए काँच की प्याली और काश्मीरी सामान छाँटने लगा।

शीरीं चुपचाप थी, उसके हृदय-कानन में कलरवों का क्रंदन हो रहा था। सरदार ने दाम पूछा। युवक ने कहा—"मैं उपहार देता हूँ। बेचता नहीं। ये विलायती और काश्मीरी सामान मैंने चुनकर लिए हैं। इनमें मूल्य ही नहीं, हृदय भी लगा है। ये दाम पर नहीं बिकते।"

सरदार ने तीक्ष्ण स्वर में कहा—"तब मुझे न चाहिए। ले जाओ—उठाओ।"

"अच्छा, उठा ले जाऊँगा। मैं थका हुआ आ रहा हूँ, थोड़ा अवसर दीजिए, मैं हाथ-मुँह धो लूँ।" कहकर युवक भरभराई हुई आँखों को छिपाते, उठ गया।

सरदार ने समझा, झरने की ओर गया होगा। विलंब हुआ पर वह न आया। गहरी चोट और निर्मम व्यथा को वहन करते कलेजा हाथ से पकड़े हुए, शीरीं गुलाब की झाड़ियों की ओर देखने लगी। परंतु उसकी आँसू-भरी आँखों को कुछ न सूझता था। सरदार ने प्रेम से उसकी पीठ पर हाथ रखकर पूछा—"क्या देख रही हो?"

"एक मेरा पालतू बुलबुल शीत में हिंदुस्तान की ओर चला गया था। वह लौटकर आज सबेरे दिखलाई पड़ा, पर जब वह पास आ गया और मैंने उसे पकड़ना चाहा, तो वह उधर कोहकाफ की ओर भाग गया!"—शीरीं के स्वर में कंपन था, फिर भी वे शब्द बहुत सम्हलकर निकले थे। सरदार ने हँसकर कहा—"फूल को बुलबुल की खोज? आश्चर्य है!"

बिसाती अपना सामान छोड़ गया। फिर लौटकर नहीं आया। शीरीं ने बोझ तो उतार लिया, पर दाम नहीं दिया।

आँधी

चंदा के तट पर बहुत-से छतनारे वृक्षों की छाया है, किंतु मैं प्रायः मुचकुंद के नीचे ही जाकर टहलता, बैठता और कभी-कभी चाँदनी में ऊँघने भी लगता। वहीं मेरा विश्राम था। वहाँ मेरी एक सहचरी भी थी, किंतु वह कुछ बोलती न थी। वह रहट्ठों की बनी हुई मूसदानी-सी एक झोंपड़ी थी, जिसके नीचे पहले सथिया मुसहरिन का मोटा-सा काला लड़का पेट के बल पड़ा रहता था। दोनों कलाइयों पर सिर टेके हुए भगवान की अनंत करुणा को प्रणाम करते हुए उसका चित्र आँखों के सामने आ जाता। मैं सथिया को कभी-कभी कुछ दे देता था, पर वह नहीं के बराबर। उसे तो मजूरी करके जीने में सुख था। अन्य मुसहरों की तरह अपराध करने में वह चतुर न थी। उसको मुसहरों की बस्ती से दूर रहने में सुविधा थी, वह मुचकुंद के फूल इकट्ठे करके बेचती, सेमर की रुई बिन लेती, लकड़ी के गट्ठे बटोर कर बेचती पर उसके इन सब व्यापारों में कोई और सहायक न था। एक दिन वह मर ही तो गई। तब भी कलाई पर से सिर उठाकर, करवट बदलकर अँगड़ाई लेते हुए कलुआ ने केवल एक जँभाई ली थी। मैंने सोचा—स्नेह, माया, ममता इन सबों की भी एक घरेलू पाठशाला है, जिसमें उत्पन्न होकर शिशु धीरे-धीरे इनके अभिनय की शिक्षा पाता है। उसकी अभिव्यक्ति के प्रकार और विशेषता से वह आकर्षक होता है सही, किंतु, माया-ममता किस प्राणी के हृदय में न होगी! मुसहरों को पता लगा—वे कल्लू को ले गए। तब से इस स्थान की निर्जनता पर गरिमा का एक और रंग चढ़ गया।

मैं अब भी तो वहीं पहुँच जाता हूँ। बहुत घूम-फिरकर भी जैसे मुचकुंद की छाया की ओर खिंच जाता हूँ। आज के प्रभात में कुछ अधिक सरसता थी। मेरा हृदय हलका-हलका-सा हो रहा था। पवन में मादक सुगंध और शीतलता थी। ताल पर नाचती हुई लाल-लाल किरनें वृक्षों के अंतराल से बड़ी सुहावनी लगती थीं। मैं प्ररजाते के सौरभ में अपने सिर को धीरे-धीरे हिलाता हुआ कुछ गुनगुनाता चला जा रहा था। सहसा मुचकुंद के नीचे मुझे धुआँ और कुछ मनुष्यों की चहल-पहल का अनुमान हुआ। मैं कुतूहल से उसी ओर बढ़ने लगा।

वहाँ कभी एक सराय भी थी, अब उसका ध्वस बच रहा था। दो-एक कोठरियाँ थीं, किंतु पुरानी प्रथा के अनुसार अब भी वहीं पर पथिक ठहरते।

मैंने देखा कि मुचकुंद के आसपास दूर तक एक विचित्र जमावड़ा है। अद्‌भुत शिविरों की पाँति में यहाँ पर कानन-चरों, बिना घरवालों की बस्ती बसी हुई है।

सृष्टि को आरंभ हुए कितना समय बीत गया, किंतु इन अभागों को कोई पहाड़ की तलहटी या नदी की घाटी बसाने के लिए प्रस्तुत न हुई और न इन्हें कहीं घर बनाने की सुविधा ही मिली। वे आज भी अपने चलते-फिरते घरों को जानवरों पर लादे हुए घूमते ही रहते हैं! मैं सोचने लगा—ये सभ्य मानव-समाज के विद्रोही हैं, तो भी इनका एक समाज है। सभ्य संसार के नियमों को कभी न मानकर भी इन लोगों ने अपने लिए नियम बनाए हैं। किसी भी तरह, जिनके पास कुछ है, उनसे ले लेना और स्वतंत्र होकर रहना। इनके साथ सदैव आज के संसार के लिए विचित्रतापूर्ण संग्रहालय रहता है। ये अच्छे घुड़सवार और भयानक व्यापारी हैं। अच्छा, ये लोग कठोर परिश्रमी और संसार-यात्रा के उपयुक्त प्राणी हैं, फिर इन लोगों ने कहीं बसना, घर बनाना क्यों नहीं पसंद किया?—मैं मन-ही-मन सोचता हुआ धीरे-धीरे उनके पास होने लगा। कुतूहल ही तो था। आज तक इन लोगों के संबंध में कितनी ही बातें सुनता आया था। जब निर्जन चंदा का ताल मेरे मनोविनोद की सामग्री हो सकता है, तब आज उसका बसा हुआ तट मुझे क्यों न आकर्षित करता? मैं धीरे-धीरे मुचकुंद के पास पहुँच गया। उसकी एक डाल से बँधा हुआ एक सुंदर बछेड़ा हरी-हरी दूब खा रहा था और लहँगा-कुरता पहने, रूमाल सिर से बाँधे हुए एक लड़की उसकी पीठ सूखे घास के मट्ठे से मल रही थी। मैं रुककर देखने लगा। उसने पूछा—घोड़ा लोगे, बाबू?

नहीं—कहते हुए मैं आगे बढ़ा था, कि एक तरुणी ने झोंपड़े से सिर निकालकर देखा। वह बाहर निकल आई। उसने कहा—आप पढ़ना जानते हैं?

हाँ, जानता तो हूँ।

हिंदुओं की चिट्ठी आप पढ़ लेंगे?

मैं उसके सुंदर मुख को कला की दृष्टि से देख रहा था। कला की दृष्टि; ठीक तो बौद्ध-कला, गांधार-कला, द्रविड़ों की कला इत्यादि नाम से भारतीय मूर्ति-सौंदर्य के अनेक विभाग जो हैं; जिससे गढ़न का अनुमान होता है। मेरे

एकांत जीवन को बिताने की सामग्री में इस तरह का जड़ सौंदर्य-बोध भी एक स्थान रखता है। मेरा हृदय सजीव प्रेम से कभी आप्लुत नहीं हुआ था। मैं इस मूक सौंदर्य से ही कभी-कभी अपना मनोविनोद कर लिया करता। चिट्ठी पढ़ने की बात पूछने पर भी मैं अपने मन में निश्चय कर रहा था, कि यह वास्तविक गांधार प्रतिमा है, या ग्रीस और भारत का इस सौंदर्य में समन्वय है।

वह झुँझला कर बोली—क्या नहीं पढ़ सकोगे?

चश्मा नहीं है, मैंने सहसा कह दिया। यद्यपि मैं चश्मा नहीं लगाता, तो भी स्त्रियों से बोलने में न जाने क्यों मेरे मन में हिचक होती है। मैं उनसे डरता भी था, क्योंकि सुना था कि वे किसी वस्तु को बेचने के लिए प्रायः इस तरह तंग करती हैं कि उनसे दाम पूछनेवाले को लेकर ही छूटना पड़ता है। इसमें उनके पुरुष लोग भी सहायक हो जाते हैं, तब वह बेचारा ग्राहक और भी झंझट में फँस जाता। मेरी सौंदर्य की अनुभूति विलीन हो गई। मैं अपने दैनिक जीवन के अनुसार टहलने का उपक्रम करने लगा; किंतु वह सामने अचल प्रतिमा की तरह खड़ी हो गई। मैंने कहा—क्या है?

चश्मा चाहिए? मैं ले आती हूँ।

ठहरो, ठहरो, मुझे चश्मा न चाहिए।

कहकर मैं सोच रहा था कि कहीं मुझे खरीदना न पड़े। उसने पूछा—तब तुम पढ़ सकोगे कैसे?

मैंने देखा कि बिना पढ़े मुझे छुट्टी न मिलेगी। मैंने कहा—ले आओ, देखूँ, संभव है कि पढ़ सकूँ।—उसने अपनी जेब से एक बुरी तरह मुड़ा हुआ पत्र निकाला। मैं उसे लेकर मन-ही-मन पढ़ने लगा।

लैला…

तुमने जो मुझे पत्र लिखा था, उसे पढ़कर मैं हँसा भी और दुख तो हुआ ही। हँसा इसलिए कि तुमने दूसरे से अपने मन का ऐसा खुला हुआ हाल क्यों कह दिया। तुम कितनी भोली हो! क्या तुमको ऐसा पत्र दूसरे से लिखवाते हुए हिचक न हुई। तुम्हारा घूमनेवाला परिवार ऐसी बातों को सहन करेगा? क्या इन प्रेम की बातों में तुम गंभीरता का तनिक भी अनुभव नहीं करती हो? और दुखी इसलिए हुआ कि तुम मुझसे प्रेम करती हो। यह कितनी भयानक बात है। मेरे

लिए भी और तुम्हारे लिए भी। तुमने मुझे निमंत्रित किया है प्रेम के स्वतंत्र-साम्राज्य में घूमने के लिए, किंतु तुम जानती हो, मुझे जीवन की ठोस झंझटों से छुट्टी नहीं। घर में मेरी स्त्री है, तीन-तीन बच्चे हैं, उन सबों के लिए मुझे खटना पड़ता है, काम करना पड़ता है। यदि वैसा न भी होता, तो भी क्या मैं तुम्हारे जीवन को अपने साथ घसीटने में समर्थ होता? तुम स्वतंत्र वन-विहंगिनी और मैं एक हिंदू गृहस्थ; अनेकों रुकावटें, बीसों बंधन। यह सब असंभव है। तुम भूल जाओ। जो स्वप्न तुम देख रही हो—उसमें केवल हम और तुम हैं। संसार का आभास नहीं। मैं संसार में एक दिन और क्षीर्ण सुख लेते हुए जीवन की विभिन्न अवस्थाओं का समन्वय करने का प्रयत्न कर रहा हूँ। न-मालूम कब से मुनष्य इस भयानक सुख का अनुभव कर रहा है। मैं उन मनुष्यों में अपवाद नहीं हूँ, क्योंकि यह सुख भी तुम्हारे स्वतंत्र सुख की संतति है! यह आरंभ है, यह परिणाम है। फिर भी घर बसाना पड़ेगा। फिर वही समस्याएँ सामने आवेंगी। तब तुम्हारा यह स्वप्न भंग हो जाएगा। पृथ्वी ठोस और कंकरीली रह जाएगी। फूल हवा में बिखर जाएँगे। आकाश का विराट् मुख समस्त आलोक ही पी जाएगा। अंधकार केवल अंधकार में झुँझलाहट-भरा पश्चात्ताप, जीवन को अपने डंकों से क्षत-विक्षत कर देगा। इसलिए लैला! भूल जाओ। तुम चारयारी बेचती हो। उससे सुना है, चोर पकड़े जाते हैं। किंतु अपने मन का चोर पकड़ना कहीं अच्छा है। तुम्हारे भीतर जो तुमको चुरा रहा है, उसे निकाल बाहर करो। मैंने तुमसे कहा था कि बहुत-से पुराने सिक्के खरीदूँगा, तुम अबकी बार पशिचम जाओ तो खोजकर ले आना। मैं उन्हें अच्छे दामों पर ले लूँगा। किंतु तुमको खरीदना है, अपने को बेचना नहीं, इसलिए मुझसे प्रेम करने की भूल तुम न करो।

हाँ, अब कभी इस तरह पत्र न भेजना क्योंकि वह सब व्यर्थ है।

रामेश्वर

मैं एक साँस में पत्र पढ़ गया, तब तक लैला मेरा मुँह देख रही थी। मेरा पढ़ना कुछ ऐसा ही हुआ, जैसे लोग अपने में बर्राते हैं। मैंने उसकी ओर देखते हुए वह कागज उसे लौटा दिया। उसने पूछा—इसका मतलब?

मतलब! वह फिर किसी समय बताऊँगा। अब मुझे जलपान करना है। मैं जाता हूँ। कहकर मैं मुड़ा ही था कि उसने पूछा—आपका घर, बाबू!—मैंने चंदा

के किनारे अपने सफेद बँगले को दिखा दिया। लैला पत्र हाथ में लिए वहीं खड़ी रही। मैं अपने बँगले की ओर चला। मन में सोचता जा रहा था। रामेश्वर! वही तो रामेश्वरनाथ वर्मा! क्यूरियो मर्चेंट! उसी की लिखावट है। वह तो मेरा परिचित है। मित्र मान लेने में मन को एक तरह की अड़चन है। इसलिए मैं प्राय: अपने कहे जानेवाले मित्रों को भी जब अपने मन में संबोधन करता हूँ, तो परिचित ही कहकर! सो भी जब इतना माने बिना काम नहीं चलता। मित्र मान लेने पर मनुष्य उससे शिव के समान आत्म-त्याग, बोधिसत्व के सदृश सर्वस्व-समर्पण की जो आशा करता है और उसकी शक्ति की सीमा को प्राय: अतिरंजित देखता है। वैसी स्थिति में अपने को डालना मुझे पसंद नहीं। क्योंकि जीवन का हिसाब-किताब उस काल्पनिक गणित के आधार पर रखने का मेरा अभ्यास नहीं, जिसके द्वारा मनुष्य सबके ऊपर अपना पावना ही निकाल लिया करता है।

अकेले जीवन के नियमित व्यय के लिए साधारण पूँजी का ब्याज मेरे लिए पर्याप्त है। मैं सुखी विचरता हूँ! हाँ, मैं जलपान करके कुरसी पर बैठा हुआ अपनी डाक देख रहा था। उसमें एक लिफाफा ठीक उन्हीं अक्षरों में लिखा हुआ—जिनमें लैला का पत्र था—निकला। मैं उत्सुकता से खोलकर पढ़ने लगा—

भाई श्रीनाथ!

तुम्हारा समाचार बहुत दिनों से नहीं मिला। तुम्हें यह जानकर प्रसन्नता होगी कि हम लोग दो सप्ताह के भीतर तुम्हारे अतिथि होंगे। चंदा की वायु हम लोगों को खींच रही है। मिन्ना तो तंग कर ही रहा है, उसकी माँ को और भी उत्सुकता है। उन सबों को यही सूझी है, कि दिन-भर ताल में डोंगी पर भोजन न करके हवा खाएँगे और पानी पीएँगे। तुम्हें कष्ट तो न होगा?

तुम्हारा—रामेश्वर

पत्र पढ़ लेने पर जैसे कुतूहल मेरे सामने नाचने लगा। रामेश्वर के परिवार का स्नेह, उनके मधुर झगड़े; मान-मनौवल—समझौता और अभाव में भी संतोष कितना सुंदर! मैं कल्पना करने लगा। रामेश्वर एक सफल कदंब है, जिसके ऊपर मालती की लता अपनी सैकड़ों उलझनों से, आनंद की छाया और आलिंगन का स्नेह-सुरभि ढाल रही है।

रामेश्वर का ब्याह मैंने देखा था। रामेश्वर के हाथ के ऊपर मालती की पीली हथेली जिसके ऊपर जलधारा पड़ रही थी। सचमुच यह संबंध कितना शीतल हुआ। उस समय मैं हँस रहा था– बालिका मालती और किशोर रामेश्वर! हिंदू-समाज का यह परिहास—यह भीषण मनोविनोद! तो भी मैंने देखा, कहीं भूचाल नहीं हुआ—कहीं ज्वालामुखी नहीं फूटा। बहिया ने कोई गाँव बहाया नहीं। रामेश्वर और मालती अपने सुख की फसल हर साल काटते हैं··· मैंने जो सोचा—अभी-अभी जो विचार मेरे मन में आया. वह न लिखूँगा। मेरी क्षुद्रता जलन के रूप में प्रकट होगी। किंतु मैं सच कहता हूँ, मुझे रामेश्वर से जलन नहीं, तो भी मेरे उस विचार का मिथ्या अर्थ लोग लगा ही लेंगे। आजकल मनोविज्ञान का युग है न। प्रत्येक ने मनोवृत्तियों के लिए हृदय को कबूतर का दरबा बना डाला है। इनके लिए सफेद, नीला, सुर्ख का श्रेणी-विभाग कर लिया गया है। उतनी प्रकार की मनोवृत्तियों को गिनकर वर्गीकरण कर लेने का साहस भी होने लगा है।

तो भी मैंने उस बात को सोच ही लिया। मेरे साधारण जीवन में एक लहर उठी। प्रसन्नता की स्निग्ध लहर! पारिवारिक सुखों से लिपटा हुआ, प्रणय-कलह देखूँगा; मेरे दायित्व-विहीन जीवन का वह मनोविनोद होगा। मैं रामेश्वर को पत्र लिखने लगा–

भाई रामेश्वर!

तुम्हारे पत्र ने मुझ पर प्रसन्नता की वर्षा की है। मेरे शून्य जीवन को आनंद-कोलाहल से, कुछ ही दिनों के लिए सही, भर देने का तुम्हारा प्रयत्न, मेरे लिए सुख का कारण होगा, तुम अवश्य आओ और सबको साथ लेकर आओ!

तुम्हारा—श्रीनाथ

पुनश्चः–

बंबई से आते हुए सूरन अवश्य लेते आना! यहाँ वैसा नहीं मिलता। सूरन की तरकारी की गरमी में ही तुम लोग चंदा की ठंडी हवा झेल सकोगे और साथ-साथ अपनी चलती-फिरती दुकान का एक बक्स, जिस पर हम लोगों की बातचीत की परंपरा लगी रहे।

—श्रीनाथ

दोपहर का भोजन कर लेने के बाद मैं थोड़ी देर अवश्य लेटता हूँ। कोई

पूछता है तो कह देता हूँ कि यह निद्रा नहीं भाई, तंद्रा है, स्वास्थ्य को मैं उसे अपने आराम से चलने देता हूँ! चिकित्सकों से सलाह पूछकर उसमें छेड़छाड़ करना मुझे ठीक नहीं जँचता। सच बात तो यह है कि मुझे वर्तमान युग की चिकित्सा में वैसा ही विश्वास है, जैसे पाश्चात्य पुरातत्त्वज्ञों की खोज पर। जैसे वे साँची और अमरावती के स्तंभ तथा शिल्प के चिह्नों में वस्त्र पहनी हुई मूर्तियों को देखकर, ग्रीक शिल्प-कला का आभास पा जाते हैं और कल्पना कर बैठते हैं कि भारतीय बौद्ध कला ऐसे हो ही नहीं सकती, क्योंकि वे कपड़ा पहनना जानते ही न थे। फिर चाहे आप त्रिपिटक से ही प्रमाण क्यों न दें कि बिना अंतर्वासक, चीवर इत्यादि के भारत का कोई भी भिक्षु नहीं रहता था; पर वे कब माननेवाले! वैसे ही चिकित्सक के पास सिर में दर्द होने की दवा खोजने गए कि वह पेट से उसका संबंध जोड़कर कोई रेचक औषधि दे ही देगा। बेचारा कभी न सोचेगा कि कोई गंभीर विचार करते हुए, जीवन की किसी कठिनाई से टकराते रहने से भी सिर में पीड़ा हो सकती है। तो भी मैं हल्की-सी तंद्रा केवल तबीयत बनाने के लिए ले ही लेता हूँ।

शरद्-काल की उजली धूप ताल के नीले जल पर फैल रही थी। आँखों में चकाचौंधी लग रही थी। मैं कमरे में पड़ा अँगड़ाई ले रहा था। दुलारे ने आकर कहा–ईरानी–नहीं-नहीं बलूची आए हैं। मैंने पूछा–कैसे ईरानी और बलूची?

वही जो मूँगा, फीरोजा, चारयारी बेचते हैं, सिर में रूमाल बाँधे हुए।

मैं उठ खड़ा हुआ, दालान में आकर देखता हूँ, तो एक बीस बरस के युवक के साथ लैला। गले में चमड़े का बेग, पीठ पर चोटी, छींट का रूमाल। एक निराला आकर्षक चित्र! लैला ने हँसकर पूछा– बाबू, चारयारी लोगे?

चारयारी?

हाँ बाबू! चारयारी! इसके रहने से इसके पास सोना, अशर्फी रहेगा। थैली कभी खाली न होगी। और बाबू! इससे चोरी का माल बहुत जल्द पकड़ा जाता है।

साथ ही युवक ने कहा–ले लो बाबू! असली चारयारी; सोना का चारयारी! एक बाबू के लिए लाया था। वह मिला नहीं।

मैं अब तक उन दोनों की सुरमीली आँखों को देख रहा था। सुरमे का घेरा

गोरे-गोर मुँह पर आँख की विस्तृत सत्ता का स्वतंत्र साक्षी थां। पतली लंबी गर्दन पर खिलौने-सा मुँह टपाटप बोल रहा था! मैंने कहा—मुझे तो चारयारी नहीं चाहिए।

किंतु वहाँ सुनता कौन है, दोनों सीढ़ी पर बैठ गए थे और लैला अपना बेग खोल रही थी। कई पोटलियाँ निकलीं, सहसा लैला के मुँह का रंग उड़ गया। वह घबराकर कुछ अपनी भाषा में कहने लगी। युवक उठ खड़ा हुआ। मैं कुछ न समझ सका। वह चला गया। अब लैला ने मुस्कराते हुए, बेग में से वही पत्र निकाला। मैंने कहा—इसे तो मैं पढ़ चुका हूँ।

इसका मतलब!

वह तुम्हारी चारयारी खरीदने फिर आवेगा। यही इसमें लिखा है—मैंने कहा।

बस! इतना ही?

और भी कुछ है।

क्या बाबू?

और जो उसने लिखा है, वह मैं नहीं कह सकता—

क्यों बाबू? क्यों न कह सकोगे? बोलो।

लैला की वाणी में पुचकार, दुलार, झिड़की और आज्ञा थी।

यह सब बात मैं नहीं...

बीच में ही बात काटकर उसने कहा—नहीं क्यों? तुम जानते हो, नहीं बोलोगे?

उसने लिखा है, मैं तुमको प्यार करता हूँ।

लिखा है, बाबू!—लैला की आँखों में स्वर्ग हँसने लगा! वह फुरती से पत्र मोड़कर रखती हुई हँसने लगी। मैंने अपने मन में कहा—अब यह पूछेगी, वह कब आवेगा? कहाँ मिलेगा?—किंतु लैला ने यह सबकुछ नहीं पूछा। वह सीढ़ियों पर अर्द्ध-शयनावस्था में जैसे कोई सुंदर सपना देखती हुई मुस्करा रही थी। युवक दौड़ता हुआ आया; उसने अपनी भाषा में कुछ घबराकर कहा, पर लैला लेटे-ही-लेटे कुछ बोली। युवक भी बैठ गया। लैला ने मेरी ओर देखकर कहा—तो बाबू! वह आवेगा। मेरी चारयारी खरीदेगा। गुल से भी कह दो। मैंने समझ लिया कि युवक का नाम गुल है। मैंने कहा—हाँ, वह तुम्हारी

चारयारी खरीदने आवेंगे। गुल ने लैला की ओर प्रसन्न दृष्टि से देखा।

परंतु मैं, जैसे भयभीत हो गया। अपने ऊपर संदेह होने लगा। लैला सुंदरी थी, पर उसके भीतर भयानक राक्षस की आकृति थी या देवमूर्ति ! यह बिना जाने मैंने क्या कह दिया ! इसका परिणाम भीषण भी हो सकता है। मैं सोचने लगा। रामेश्वर को मित्र तो मानता नहीं, किंतु मुझे उससे शत्रुता करने का क्या अधिकार है ?

चदा के दक्षिणी तट पर ठीक मेरे बँगले के सामने एक पाठशाला थी। उसमें एक सिंहली सज्जन रहते थे। न जाने कहाँ-कहाँ से उनको चंदा मिलता था। वे पास-पड़ोस के लड़कों को बुलाकर पढ़ाने के लिए बिठाते थे। दो मास्टरों को वेतन देते थे। उनका विश्वास था कि चंदा का तट किसी दिन तथागत के पवित्र चरण-चिह्न से अंकित हुआ था, वे आज भी उन्हें खोजते थे। बड़े शांत प्रकृति के जीव थे। उनका श्यामल शरीर, कुंचित केश, तीक्ष्ण दृष्टि, सिंहली विशेषता से पूर्ण विनय, मधुर वाणी और कुछ-कुछ मोटे अधरों में चौबीसों घंटे बसनेवाली हँसी आकर्षण से भरी थी। मैं कभी-कभी जब जीभ में खुजलाहट होती, वहाँ पहुँच जाता। आज की वह घटना मेरे गंभीर विचार का विषय बनकर मुझे व्यस्त कर रही थी। मैं अपनी डोंगी पर बैठ गया। दिन अभी घंटे-डेढ़ घंटे बाकी था। उस पार खेकर डोंगी ले जाते बहुत देर नहीं हुई। मैं पाठशाला और ताल के बीच के उद्यान को देख रहा था। खजूर और नारियल के ऊँचे-ऊँचे वृक्षों की जिसमें निराली छटा थी। एक नया पीपल अपने चिकने पत्तों की हरियाली में झूम रहा था। उसके नीचे शिला पर प्रज्ञासारथि बैठे थे। नाव को अटकाकर मैं उनके समीप पहुँचा। अस्त होनेवाले सूर्य-बिंब की रँगीली किरणें उनके प्रशांत मुखमंडल पर पड़ रही थीं। दो ढाई हजार वर्ष पहले का चित्र दिखाई पड़ा, जब भारत की पवित्रता हजारों कोस से लोगों को वासना-दमन करना सीखने के लिए आमंत्रित करती थी। आज भी आध्यात्मिक रहस्यों के उस देश में उस महती साधना का आशीर्वाद बचा है। अभी भी बोध-वृक्ष पनपते हैं ! जीवन की जटिल आवश्यकता को त्यागकर जब काषाय पहने संध्या के सूर्य के रंग में रंग मिलाते हुए ध्यान-स्तिमित-लोचन मूर्तियाँ अभी देखने में आती हैं, तब जैसे मुझे अपनी सत्ता का विश्वास होता है, और भारत की अपूर्वता का अनुभव होता है। अपनी सत्ता का इसलिए कि मैं भी

त्याग का अभिनय करता हूँ न ! और भारत के लिए तो मुझे पूर्ण विश्वास है कि इसकी विजय धर्म में है ।

अधरों में कुंचित हँसी, आँखों में प्रकाश भरे प्रज्ञासारथि ने मुझे देखते हुए कहा—आज मेरी इच्छा थी कि आपसे भेंट हो ।

मैंने हँसते हुए कहा—अच्छा हुआ कि मैं प्रत्यक्ष ही आ गया । नहीं तो ध्यान में बाधा पड़ती ।

श्रीनाथ जी ! मेरे ध्यान में आपके आने की संभावना न थी । तो भी आज एक विषय पर आपकी सम्मति की आवश्यकता है ।

मैं भी कुछ कहने के लिए ही यहाँ आया हूँ । पहले मैं कहूँ कि आप ही आरंभ करेंगे ?

सथिया के लड़के कल्लू के संबंध में तो आपको कुछ नहीं कहना है ? मेरे बहुत कहने पर मुसहरों ने उसे पढ़ने के लिए मेरी पाठशाला में रख दिया है और उसके पालन के भार से अपने को मुक्त कर लिया । अब वह सात बरस का हो गया है । अच्छी तरह खाता-पीता है । साफ-सुथरा रहता है । कुछ-कुछ पढ़ता भी है !-- प्रज्ञासारथि ने कहा ।

चलिए, अच्छा हुआ ! एक रास्ते पर लग गया । फिर जैसा उसके भाग्य में हो । मेरा मन इन घरेलू बंधनों में पड़ने के लिए विरक्त-सा है, फिर भी न जाने क्यों कल्लू का ध्यान आ ही जाता है—मैंने कहा ।

तब तो अच्छी बात है, आप इस कृत्रिम विरक्ति से ऊब चले हैं, तो कुछ काम करने लगिए । मैं भी घर जाना चाहता हूँ, न हो तो पाठशाला ही चलाइए—कहते हुए प्रज्ञासारथि ने मेरी ओर गंभीरता से देखा ।

मेरे मन में हलचल हुई । मैं एक बकवादी मनुष्य ! किसी विषय पर गंभीरता का अभिनय करके थोड़ी देर तक सफल वाद-विवाद चला देना और फिर विश्वास करना; इतना ही तो मेरा अभ्यास था । काम करना, किसी दायित्व को सिर पर लेना असंभव ! मैं चुप रहा । वह मेरा मुँह देख रहे थे । मैं चतुरता से निकल जाना चाहता था । यदि मैं थोड़ी देर और उसी तरह सन्नाटा रखता, तो मुझे हाँ या नहीं कहना ही पड़ता । मैंने विवाहवाला चुटकुला छेड़ ही तो दिया ।

आप तो विरक्त भिक्षु हैं । अब घर जाने की आवश्यकता कैसे आ पड़ी ?

भिक्षु ! आश्चर्य से प्रज्ञासारथि ने कहा—मैं तो ब्रह्मचर्य में हूँ । विद्याभ्यास

और धर्म का अनुशीलन कर रहा हूँ। यदि मैं चाहूँ तो प्रव्रज्या ले सकता हूँ, नहीं तो गृही बनने में कोई धार्मिक आपत्ति नहीं। सिंहल में तो यही प्रथा प्रचलित है। मेरे विचार से यह प्राचीन आर्य-प्रथा भी थी ! मैं गार्हस्थ्य-जीवन से परिचित होना चाहता हूँ।

तो आप ब्याह करेंगे ?

क्यों नहीं; वही करने तो जा रहा हूँ।

देखता हूँ, स्त्रियों पर आपको पूर्ण विश्वास है।

अविश्वास करने का कारण ही क्या है ? इतिहास में, आख्यायिकाओं में कुछ स्त्रियों और पुरुषों का दुष्ट चरित्र पढ़कर मुझे अपने और अपनी भावी सहधर्मिणी पर अविश्वास कर लेने का कोई अधिकार नहीं ? प्रत्येक व्यक्ति को अपनी परीक्षा देनी चाहिए।

विवाहित जीवन ! सुखदायक होगा ?—मैंने पूछा।

किसी कर्म को करने के पहले उसमें सुख की ही खोज करना क्या अत्यंत आवश्यक है ? सुख तो धर्माचरण से मिलता है। अन्यथा संसार तो दुखमय है ही ! संसार के कर्मों को धार्मिकता के साथ करने में सुख की ही संभावना है।

किंतु ब्याह-जैसे कर्म से तो सीधा-सीधा स्त्री से संबंध है। स्त्री ! कितनी विचित्र पहेली है। इसे जानना सहज नहीं। बिना जाने ही उससे अपना संबंध जोड़ लेना, कितनी बड़ी भूल है, ब्रह्मचारी जी !—मैंने हँसकर कहा।

भाई, तुम बड़े चतुर हो। खूब सोच-समझकर, परखकर तब संबंध जोड़ना चाहते हो न; किंतु मेरी समझ में संबंध हुए बिना परखने का दूसरा उपाय नहीं। प्रज्ञासारथि ने गंभीरता से कहा। मैं चुप होकर सोचने लगा। अभी-अभी जो मैंने एक कांड का बीजारोपण किया है, वह क्या लैला के स्वभाव से परिचित होकर ! मैं अपनी मूर्खता पर मन-ही-मन तिलमिला उठा। मैंने कल्पना से देखा, लैला प्रतिहिंसा-भरी एक भयानक राक्षसी है, यदि वह अपने जाति-स्वभाव के अनुसार रामेश्वर के साथ बदला लेने की प्रतिज्ञा कर बैठे, तब क्या होगा ?

प्रज्ञासारथि ने फिर कहा—मेरा जाना तो निश्चित है। ताम्रपर्णी की तरंग-मालाएँ मुझे बुला रही हैं ! मेरी एक प्रार्थना है। आप कभी-कभी आकर इसका निरीक्षण कर लिया कीजिए।

मुझे एक बहाना मिला, मैंने कहा—मैंने बैठे-बिठाए एक झंझट बुला ली है।

मैं देखता हूँ कि कुछ दिनों तक तो मुझे उसमें फँसना ही पड़ेगा।

प्रज्ञासारथि ने पूछा—वह क्या ?

मैंने लैला का पत्र पढ़ने और उसके बाद का सब वृत्तांत कह सुनाया। प्रज्ञासारथि चुप रहे, फिर उन्होंने कहा—आपने इस काम को खूब सोच-समझकर करने की आवश्यकता पर तो ध्यान न दिया होगा, क्योंकि इसका फल दूसरे को भोगने की संभावना है न !

मुझे प्रज्ञासारथि का यह व्यंग अच्छा न लगा। मैंने कहा—संभव है कि मुझे भी कुछ भोगना पड़े।

भाई, मैं तो देखता हूँ, संसार में बहुत-से ऐसे काम मनुष्य को करने पड़ते हैं, जिन्हें वह स्वप्न में भी नहीं सोचता। अकस्मात् वे प्रसंग सामने आकर गुर्राने लगते हैं, जिनसे भागकर जान बचाना ही उसका अभीष्ट होता है। मैं भी इसी तरह ब्याह करने के लिए सिंहल जा रहा हूँ।

अंधकार को भेदकर शरद् का चंद्रमा नारियल और खजूर के वृक्षों पर दिखाई देने लगा था। चंदा का ताल लहरियों में प्रसन्न था। मैं क्षण-भर के लिए प्रकृति की उस सुंदर चित्रपटी को तन्मय होकर देखने लगा।

कलुआ ने जब प्रज्ञासारथि को भोजन करने की सूचना दी, मुझे स्मरण हुआ कि मुझे उस पार जाना है। मैंने दूसरे दिन आने को कहकर प्रज्ञासारथि से छुट्टी माँगी।

डोंगी पर बैठकर मैं धीरे-धीरे डाँड़ चलाने लगा।

मैं अनमना-सा डाँड़ चलाता हुआ कभी चंद्रमा को और कभी चंदा ताल को देखता। नाव सरल आंदोलन में तिर रही थी। बार-बार सिंहली प्रज्ञासारथि की बात सोचता जाता था। मैंने घूमकर देखा, तो कुंज से घिरा हुआ पाठशाला का भवन चंदा के शुभ्रजल में प्रतिबिंबित हो रहा था! चंदा का वह तट समुद्र-उपकूल का एक खंड-चित्र था। मन-ही-मन सोचने लगा—मैं करता ही क्या हूँ, यदि मैं पाठशाला का ही निरीक्षण करूँ, तो हानि क्या ? मन भी लगेगा और समय भी कटेगा।—अब मैं बहुत दूर चला आया था। सामने मुचकुंद वृक्ष की नील आकृति दिखलाई पड़ी। मुझे लैला का फिर स्मरण आ गया। कितनी सरल, स्वतंत्र और साहसिकता से भरी हुई रमणी है। सुरमीली आँखों में कितना नशा है और अपने मादक उपकरणों से भी रामेश्वर को अपनी ओर आकर्षित करने में वह असमर्थ है। रामेश्वर पर मुझे क्रोध आया और लैला को फिर अपने

विचारों से उलझते देखकर झुँझला उठा। अब किनारा समीप हो चला था। मैं मुचकुंद की ओर से नाव घुमाने को था कि मुझे उस प्रशांत जल में दो सिर तैरते हुए दिखाई पड़े। शरदकाल की शीतल रजनी में उन तैरनेवालों पर मुझे आश्चर्य हुआ। मैंने डाँड़ा चलाना बंद कर दिया। दोनों तैरनेवाले डोंगी के पास आ चले थे। मैंने चंद्रिका के आलोक में पहचान लिया, वह लैला का सुंदर मुख था। कुमुदिनी की तरह प्रफुल्ल चाँदनी में हँसता हुआ लैला का मुख! मैंने पुकारा—लैला! वह बोलने ही को थी कि उसके साथवाला मुख गुर्रा उठा। मैंने समझा कि उसका साथी गुल होगा; किंतु लैला ने कहा—चुप, बाबू जी हैं। अब मैंने पहचाना—वह एक भयानक ताजी कुत्ता है, जो लैला के साथ तैर रहा था। लैला ने कहा—बाबू जी, आप कहाँ? मेरी डोंगी के एक ओर लैला का हाथ था और दूसरी ओर कुत्ते के दोनों अगले पंजे। मैंने कहा—यों ही घूमने आया था और तुम रात को तैरती हो? लैला।

दिन-भर काम करने के बाद अब तो छुट्टी मिली है, बदन ठंडा कर रही हूँ—लैला ने कहा।

वह एक अद्‌भुत दृश्य था। इतने दिनों तक मैं जीवन के अकेले दिनों को काट चुका हूँ। अनेक अवसर विचित्र घटनाओं से पूर्ण और मनोरंजक मिले हैं; किंतु ऐसा दृश्य तो मैंने कभी न देखा। मैंने पूछा—आज की रात तो बहुत ठंडी है, लैला!

उसने कहा—नहीं, बड़ी गर्म।

दोनों ने अपनी रुकावट हटा ली। डोंगी चलने को स्वतंत्र थी। लैला और उसका साथी दोनों तैरने लगे। मैं फिर अपने बँगले की ओर डोंगी खेने लगा। किनारे पर पहुँचकर देखता हूँ कि दुलारे खड़ा है। मैंने पूछा—क्यों रे! तू कब से यहाँ है?

उसने कहा—आपको आने में देर हुई, इसलिए मैं आया हूँ। रसोई ठंडी हो रही है।

मैं डोंगी से उतर पड़ा और बँगले की ओर चला। मेरे मन में न जाने क्यों संदेह हो रहा था कि दुलारे जान-बूझकर परखने आया था। लैला से बातचीत करते हुए उसने मुझे अवश्य देखा है। तो क्या वह मुझ पर कुछ संदेह करता है? मेरा मन दुलारे को संदेह करने का अवसर देकर जैसे कुछ प्रसन्न ही हुआ। बँगले पर पहुँचकर मैं भोजन करने बैठ गया। स्वभाव के अनुसार शरीर तो

अपना नियमित सब करता ही रहा, किंतु सो जाने पर भी वही सपना देखता रहा।

आज बहुत विलंब से सोकर उठा। आलस से कहीं घूमने-फिरने की इच्छा न थी। मैंने अपनी कोठरी में ही आसन जमाया। मेरी आँखों में वह रात्रि का दृश्य अभी घूम रहा था। मैंने लाख चेष्टा की किंतु लैला और वह सिंहली भिक्षु दोनों ही ने मेरे हृदय को अखाड़ा बना लिया था। मैंने विरक्त होकर विचार-परंपरा को तोड़ने के लिए बाँसुरी बजाना आरंभ किया। आसावरी के गंभीर विलंबित आलापों में फिर भी लैला की प्रेमपूर्ण आकृति जैसे बनने लगती मैंने बाँसुरी बजाना बंद किया और ठीक विश्रामकाल में ही मैंने देखा कि प्रज्ञासारथि सामने खड़े हैं। मैंने उन्हें बैठाते हुए पूछा—आज आप इधर कैसे भूल पड़े?

यह प्रश्न मेरी विचार-विश्रृंखलता के कारण हुआ था, क्योंकि वे तो प्रायः मेरे यहाँ आया ही करते थे। उन्होंने हँसकर कहा—मेरा आना भूलकर नहीं, किंतु कारण से हुआ है। कहिए, आपने उस विषय में कुछ स्थिर किया?

मैंने अनजान बनकर पूछा—किस विषय में?

प्रज्ञासारथि ने कहा—वही पाठशाला की देख-रेख करने के लिए, जैसा मैंने उस दिन आपसे कहा था।

मैंने बात उड़ाने के ढंग से कहा—आप तो सोच-विचार कर काम करने में विश्वास ही नहीं रखते। आपका तो यही कहना है न कि मनुष्य प्रायः अनिच्छावश बहुत-से काम करने के लिए बाध्य होता है, तो फिर मुझे उस पर सोचने-विचारने की क्या आवश्यकता थी? जब वैसा अवसर आवेगा, तब देखा जाएगा।

कृपया मेरी बातों का अपने मनोनुकूल अर्थ न लगाइए। यह तो मैं मानता हूँ कि आप अपने ढंग से विचार करने के लिए स्वतंत्र हैं; किंतु उन्हें क्रियात्मक रूप देने के समय आपकी स्वतंत्रता में मेरा विश्वास संदिग्ध हो जाता है। प्रायः देखा जाता है, हम लोग क्या करने जाकर क्या कर बैठते हैं, तो भी हम उसकी जिम्मेदारी से छूटते नहीं। मान लीजिए कि लैला के हृदय में एक दुराशा उत्पन्न करके आपने रामेश्वर के जीवन में अड़चन डाल दी है। संभव है, यह घटना साधारण न रहकर कोई भीषण कांड उपस्थित कर सकती है और आपका मित्र अपने अनिष्ट करनेवाले को न भी पहचान सके. तो क्या आप अपने ही मन के

सामने इसके लिए अपराधी न ठहरेंगे ?

प्रज्ञासारथि की ये बातें मुझे बेढंगी-सी जान पड़ीं क्योंकि उस समय मुझे उनका आना और मुझे उपदेश देने का ढोंग रचना असह्य होने लगा। मेरी इच्छा होती थी कि वे किसी तरह भी यहाँ से चले जाते; तो भी मुझे उन्हें उत्तर देने के लिए इतना तो कहना ही पड़ा कि—आप कच्चे अदृष्टवादी हैं। आपके जैसा विचार रखने पर मैं तो इसे इस तरह सुलझाऊँगा कि अपराध करने में और दंड देने में मनुष्य एक-दूसरे का सहायक होता है। हम आज जो किसी को हानि पहुँचाते हैं, या कष्ट देते हैं, वह इतने ही के लिए नहीं कि उसने मेरी कोई बुराई की है। हो सकता है कि मैं उसके किसी अपराध का यह दंड समाज-व्यवस्था के किसी मौलिक नियम के अनुसार दे रहा हूँ। फिर चाहे मेरा यह दंड देना भी अपराध बन जाए और उसका फल भी मुझे भोगना पड़े। मेरे इस कहने पर प्रज्ञासारथि ने हँस दिया और कहा—श्रीनाथ जी, मैं आपकी दंड-व्यवस्था ही तो करने आया हूँ। आप अपने बेकार जीवन को मेरी बेगार में लगा दीजिए। मैंने पिंड छुड़ाने के लिए कहा— अच्छा, तीन दिन सोचने का अवसर दीजिए।

प्रज्ञासारथि चले गए और मैं चुपचाप सोचने लगा। मेरे स्वतंत्र जीवन में माँ के मर जाने के बाद यह दूसरी उलझन थी। निश्चिंत जीवन की कल्पना का अनुभव मैंने इतने दिनों तक कर लिया था। मैंने देखा कि मेरे निराश जीवन में उल्लास का छींटा भी नहीं। यह ज्ञान मेरे हृदय को और भी स्पर्श करने लगा। मैं जितना ही विचारता था, उतना ही मुझे निश्चिंतता और निराशा का अभेद दिखलाई पड़ता था। मेरे आलसी जीवन में सक्रियता की प्रतिध्वनि होने लगी। तो भी काम न करने का स्वभाव मेरे विचारों के बीच में जैसे व्यंग से मुस्कुरा देता था।

तीन दिनों तक मैंने सोचा और विचार किया। अंत में प्रज्ञासारथि की विजय हुई, क्योंकि मेरी दृष्टि में प्रज्ञासारथि का काम नाम के लिए तो अवश्य था, किंतु करने में कुछ भी नहीं के बराबर।

मैंने अपना हृदय दृढ़ किया और प्रज्ञासारथि से जाकर कह दिया कि —मैं पाठशाला का निरीक्षण करूँगा, किंतु मेरे मित्र आनेवाले हैं और जब तक यहाँ रहेंगे, तब तक तो मैं अपना बँगला न छोड़ूँगा, क्योंकि यहाँ उन लोगों के आने से आपको असुविधा होगी। फिर जब वे लोग चले जाएँगे, तब मैं यहीं आकर रहने लगूँगा।

मेरे सिंहली मित्र ने हँसकर कहा—अभी तो एक महीने यहाँ मैं अवश्य रहूँगा। यदि आप अभी से यहाँ चले आवें तो, बड़ा अच्छा हो, क्योंकि मेरे रहते यहाँ का सब प्रबंध आपकी समझ में आ जाएगा। रह गई मेरी असुविधा की बात, सो तो केवल आपकी कल्पना है। मैं आपके मित्रों को यहाँ देखकर प्रसन्न ही होऊँगा। जगह की कमी भी नहीं।

मैं 'अच्छा' कहकर उनसे छुट्टी लेने के लिए उठ खड़ा हुआ; किंतु प्रज्ञासारथि ने मुझे फिर से बैठाते हुए कहा—देखिए श्रीनाथ जी, यह पाठशाला का भवन पूर्णतः आपके अधिकार में रहेगा। भिक्षुओं के रहने के लिए तो संघाराम का भाग अलग है ही और उसमें जो कमरे अभी अधूरे हैं, उन्हें शीघ्र ही पूरा कराकर तब मैं जाऊँगा और अपने संघ से मैं इसकी पक्की लिखा-पढ़ी कर रहा हूँ कि आप पाठशाला के आजीवन अवैतनिक प्रधानाध्यक्ष रहेंगे और उसमें किसी को हस्तक्षेप करने का अधिकार न होगा।

मैं उस युवक बौद्ध मिशनरी की युक्तिपूर्ण व्यावहारिकता देखकर मन-ही-मन चकित हो रहा था। एक क्षण-भर के लिए उस सिंहली की व्यवहार-कुशल बुद्धि से मैं भीतर-ही-भीतर ऊब उठा। मेरी इच्छा हुई कि मैं स्पष्ट अस्वीकार कर दूँ; किंतु न जाने क्यों मैं वैसा न कर सका। मैंने कहा—तो आपको मुझमें इतना विश्वास है कि मैं आजीवन आपकी पाठशाला चलाता रहूँगा!

प्रज्ञासारथि ने कहा—शक्ति की परीक्षा दूसरों ही पर होती है; यदि मुझे आपकी शक्ति का अनुभव हो, तो कुछ आश्चर्य की बात नहीं। और आप तो जानते ही हैं कि धार्मिक मनुष्य विश्वासी होता है। सूक्ष्म रूप से जो कल्याण-ज्योति मानवता में अंतर्निहित है, मैं तो उसमें अधिक-से-अधिक श्रद्धा करता हूँ। विपथगामी होने पर वही संत होकर के मनुष्य का अनुशासन करती है, यदि उसकी पशुता ही प्रबल न हो गई हो, तो।

मैंने प्रज्ञासारथि की आँखों से आँख मिलाते हुए देखा, उसमें तीव्र संयम की ज्योति चमक रही थी, मैं प्रतिवाद न कर सका, और यह कहते हुए खड़ा हुआ कि— अच्छा, जैसा आप कहते हैं वैसा ही होगा!

मैं धीरे-धीरे बँगले की ओर लौट रहा था। रास्ते में अचानक देखता हूँ कि दुलारे दौड़ा हुआ चला आ रहा है। मैंने पूछा—क्या है रे?

उसने कहा—बाबू जी, घोड़ागाड़ी पर बहुत-से आदमी आए हैं। वे लोग आपको पूछ रहे हैं।

मैंने समझ लिया कि रामेश्वर आ गया। दुलारे से कहा कि —तू दौड़ जा, मैं यहीं खड़ा हूँ। उन लोगों को सामान-सहित यहीं लिवा ला!

दुलारे तो बँगले की ओर भागा, किंतु मैं उसी जगह अविचल भाव से खड़ा रहा। मन में विचारों की आँधी उठने लगी, रामेश्वर तो आ गया और वे ईरानी भी यहीं हैं। ओह, मैंने कैसी मर्खता की! तो मेरे मन को जैसे ढाढ़स हुआ कि रामेश्वर मेरे बँगले में नहीं ठहरता है। इस बौद्ध पाठशाला तक लैला क्यों आने लगी? जैसे लैला को वहाँ आने में कोई दैवी बाधा हो। फिर मेरा सिर चकराने लगा। मैंने कल्पना की आँखों से देखा कि लैला अबाधगति से चलनेवाली एक निर्झरिणी है। पश्चिम की सर्राटे से भरी हुई वायुतरंग-माला है। उसको रोकने की किसमें सामर्थ्य है; और फिर अकेले रामेश्वर ही तो नहीं, उसकी स्त्री भी तो उसके साथ है। अपनी मूर्खतापूर्ण करनी से मेरा ही दम घुटने लगा। मैं खड़ा-खड़ा झील की ओर देख रहा था। उसमें छोटी-छोटी लहरियाँ उठ रही थीं, जिनमें सूर्य की किरणें प्रतिबिंबित होकर आँखों को चौंधिया देती थीं। मैंने आँखे बंद कर लीं। अब मैं कुछ नहीं सोचता था। गाड़ी की घरघराहट ने मुझे सजग किया। मैंने देखा कि रामेश्वर गाड़ी का पल्ला खोलकर वहीं सड़क में उतर रहा है।

मैं उससे गले मिल शीघ्रता से कहने लगा—गाड़ी पर बैठ जाओ। मैं भी चलता हूँ। यहीं पास ही चलना है।—उसने गाड़ीवान से चलने के लिए कहा। हम दोनों साथ-साथ पैदल ही चले। पाठशाला के समीप प्रज्ञासारथि अपनी रहस्यपूर्ण मुस्कराहट के साथ अगवानी करने के लिए खड़े थे।

दो दिनों में हम लोग अच्छी तरह रहने लगे। घर का कोना-कोना आवश्यक चीजों से भर गया। प्रज्ञासारथि इसमें बराबर हम लोगों के साथी हो रहे थे और सबसे अधिक आश्चर्य मुझे मालती को देखकर हुआ। वह मानो इस जीवन की संपूर्ण गृहस्थी यहाँ सजाकर रहेगी। मालती एक स्वस्थ युवती थी; किंतु दूर से देखने में अपनी छोटी-सी आकृति के कारण वह बालिका-सी लगती थी। उसकी तीनों संतानें बड़ी सुंदर थीं। मिन्ना छह बरस का. रंजन चार का और कमलो दो की थी। कमलो सचमुच एक गुड़िया थी, कल्लू का इससे इतना

घना परिचय हो गया कि दोनों को एक-दूसरे बिना चैन नहीं । मैं सोचता था कि प्राणी क्या स्नेहमय ही उत्पन्न होता है । अज्ञात प्रदेशों से आकर वह संसार में जन्म लेता है । फिर अपने लिए स्नेहमय संबंध बना लेता है; किंतु मैं सदैव इन बुरी बातों से भागता ही रहा । इसे मैं अपना सौभाग्य कहूँ, या दुर्भाग्य ?

इन्हीं कई दिनों में रामेश्वर के प्रति मेरे हृदय में इतना स्नेह उमड़ा कि मैं उसे एक क्षण छोड़ने के लिए प्रस्तुत न था । अब हम लोग साथ बैठकर भोजन करते, साथ ही टहलने निकलते । बातों का तो अंत ही न था । कल्लू तीनों बच्चों को बहलाए रहता । दुलारे खाने-पीने का प्रबंध कर लेता । रामेश्वर से मेरी बातें होतीं और मालती चुपचाप सुना करती । कभी-कभी बीच में कोई अच्छी-सी मीठी बात बोल भी देती ।

और प्रज्ञासारथि को तो मानो एक पाठशाला ही मिल गई थी । वे गार्हस्थ्य-जीवन का चुपचाप अच्छा-सा अध्ययन कर रहे थे ।

एक दिन मैं बाजार से अकेला लौट रहा था । बँगले के पास में पहुँचा ही था, कि लैला मुझे दिखाई पड़ी । वह अपने घोड़े पर सवार थी । मैं क्षण-भर तक विचारता रहा कि क्या करूँ । तब तक घोड़े से उतरकर वह मेरे पास चली आई । मैं खड़ा हो गया था । उसने पूछा—बाबू जी, आप कहीं चले गए थे ?

हाँ !

अब इस बँगले में आप नहीं रहते ?

मैं तुमसे एक बात कहना चाहता हूँ, लैला ।—मैंने घबराकर उससे कहा ।

क्या बाबू जी ?

वह चिट्ठी ।

है तो मेरे ही पास, क्यों ?

मैंने उसमें कुछ झूठ कहा था ।

झूठ !—लैला की आँखों से बिजली निकलने लगी थी ।

हाँ लैला ! उसमें रामेश्वर ने लिखा था कि मैं तुमको नहीं चाहता, मुझे बाल-बच्चे हैं ।

ऐ ! तुम झूठे ! दगावाज !—कहती हुई लैला अपनी छुरी की ओर देखती हुई दाँत पीसने लगी ।

मैंने कहा—लैला, तुम मेरा कसूर··· ।

तुम मेरे दिल से दिल्लगी करते थे ! कितने रंज की बात है ! वह कुछ न कह सकी । वहीं बैठकर रोने लगी । मैंने देखा कि यह बड़ी आफत है । कोई मुझे इस तरह यहाँ देखेगा तो क्या कहेगा । मैं तुरंत वहाँ से चल देना चाहता था, किंतु लैला ने आँसू भरी आँखों से मेरी ओर देखते हुए कहा—तुमने मेरे लिए दुनिया में एक बड़ी अच्छी बात सुनाई थी । वह मेरी हँसी थी ! इसे जानकर आज मुझे इतना गुस्सा आता है कि मैं तुमको मार डालूँ या आप ही मर जाऊँ ।—लैला दाँत पीस रही थी । मैं काँप उठा—अपने प्राणों के भय से नहीं किंतु लैला के साथ अदृष्ट के खिलवाड़ पर और अपनी मूर्खता पर। मैंने प्रार्थना के ढंग से कहा—लैला, मैंने तुम्हारे मन को ठेस लगा दी है—इसका मुझे बड़ा दुख है । अब तुम उसको भूल जाओ ।

तुम भूल सकते हो, मैं नहीं ! मैं खून करूँगी !—उसकी आँखों से ज्वाला निकल रही थी ।

किसका, लैला ! मेरा ?

ओह नहीं, तुम्हारा नहीं, तुमने एक दिन मुझे सबसे बड़ा आराम दिया है । हो, वह झूठा । तुमने अच्छा नहीं किया था, तो भी मैं तुमको अपना दोस्त समझती हूँ ।

तब किसका खून करोगी ?

उसने गहरी साँस लेकर कहा—अपना या किसी··· फिर चुप हो गई । मैंने कहा—तुम ऐसा न करोगी, लैला ! मेरा और कुछ कहने का साहस नहीं होता था । उसी ने फिर पूछा—वह जो तेज हवा चलती है, जिसमें बिजली चमकती है, बरफ गिरती है, जो बड़े-बड़े पेड़ों को तोड़ डालती है । ···हम लोगों के घरों को उड़ा ले जाती है ।

आँधी !—मैंने बीच ही में कहा ।

हाँ, वही मेरे यहाँ चल रही है ।—कहकर लैला ने अपनी छाती पर हाथ रख दिया ।

लैला ! -मैंने अधीर होकर कहा ।

मैं उसको एक बार देखना चाहती हूँ ।—उसने भी व्याकुलता से मेरी और देखते हुए कहा ।

मैं उसे दिखा दूँगा; पर तुम उसकी कोई बुराई तो न करोगी ?—मैंने कहा ।

हुश !—कहकर लैला ने अपनी काली आँखें उठाकर मेरी ओर देखा।

मैंने कहा—अच्छा लैला ! मैं दिखा दूँगा।

कल मुझसे यहीं मिलना।—कहती हुई वह अपने घोड़े पर सवार हो गई। उदास लैला के बोझ से वह घोड़ा भी धीरे-धीरे चलने लगा और लैला झुकी हुई-सी उस पर मानो किसी तरह बैठी थी।

मैं वहीं थोड़ी देर तक खड़ा रहा। और फिर धीरे-धीरे अनिच्छापूर्वक पाठशाला की ओर लौटा। प्रज्ञासारथि पीपल के नीचे शिलाखंड पर बैठे थे। मिन्ना उनके पास खड़ा उनका मुँह देख रहा था। प्रज्ञासारथि की रहस्यपूर्ण हँसी आज अधिक उदार थी। मैंने देखा कि वह उदासीन विदेशी अपनी समस्या हल कर चुका है। बच्चों की चहल-पहल ने उसके जीवन में वांछित परिवर्तन ला दिया है। और मैं ?

मैं कह चुका था, इसलिए दूसरे दिन लैला से भेंट करने पहुँचा। देखता हूँ कि वह पहले ही से वहाँ बैठी है। निराशा से उदास उसका मुँह आज पीला हो रहा था। उसने हँसने की चेष्टा नहीं की और न मैंने ही। उसने पूछा—तो कब, कहाँ चलना होगा ? मैं तो सूरत में उससे मिली थी ! वहीं उसने मेरी चिट्ठी का जवाब दिया था। अब कहाँ चलना होगा ?

मैं भौंचक-सा हो गया। लैला को विश्वास था कि सूरत, बंबई, काश्मीर वह चाहे कहीं हो, मैं उसे लिवाकर चलूँगा ही। और रामेश्वर से भेंट करा दूँगा। संभवतः उसने मेरे परिहास का यह दंड निर्धारित कर लिया था। मैं सोचने लगा— क्या कहूँ।

लैला ने फिर कहा—मैं उसकी बुराई न करूँगी, तुम डरो मत।

मैंने कहा—वह यहीं आ गया है। उसके बाल-बच्चे सब साथ हैं ! लैला, तुम चलोगी ?

वह एक बार सिर से पैर तक काँप उठी ! और मैं भी घबरा गया। मेरे मन में नई आशंका हुई। आज मैं क्या दूसरी भूल करने जा रहा हूँ ? उसने सम्हल कर कहा —हाँ चलूँगी, बाबू ! मैंने गहरी दृष्टि से उसके मुँह की ओर देखा, तो अंधड़ नहीं किंतु एक शीतल मलय का व्याकुल झोंका उसकी घुँघराली लटों के साथ खेल रहा था। मैंने कहा—अच्छा, मेरे पीछे-पीछे चली आओ !

मैं चला और वह मेरे पीछे थी। जब पाठशाला के पास पहुँचा, तो मुझे

हारमोनियम का स्वर और मधुर आलाप सुनाई पड़ा। मैं ठिठक कर सुनने लगा – रमणी-कंठ की मधुर ध्वनि ! मैंने देखा कि लैला की भी आँखें उस संगीत के नशे में मतवाली हो चली हैं। उधर देखता हूँ तो कमलो को गोद में लिए प्रज्ञासारथि भी झूम रहे हैं ! अपने कमरे में मालती छोटे-से सफरी बाजे पर पीलू गा रही है और अच्छी तरह गा रही है ! रामेश्वर लेटा हुआ उसके मुँह की ओर देख रहा है। पूर्ण तृप्ति ! प्रसन्नता की माधुरी दोनों के मुँह पर खेल रही है ! पास ही रंजन और मिन्ना बैठे हुए अपने माता और पिता को देख रहे हैं ! हम लोगों के आने की बात कौन जानता है। मैंने एक क्षण के लिए अपने को कोसा; इतने सुंदर संसार में कलह की ज्वाला जलाकर मैं तमाशा देखने चला था। हाय रे–मेरा कुतूहल ! और लैला स्तब्ध अपनी बड़ी-बड़ी आँखों से एकटक न जाने क्या देख रही थी। मैं देखता था कि कमलो प्रज्ञासारथि की गोद से धीरे से खिसक पड़ी और बिल्ली की तरह पैर दबाती हुई अपनी माँ की पीठ पर हँसती हुई गिर पड़ी, और बोली–माँ ! और गाना रुक गया। कमलो के साथ मिन्ना और रंजन भी हँस पड़े। रामेश्वर ने कहा–कमलो, तू बली पाजी है ले ! बा–पाजी-लाल–कहकर कमलो ने अपनी नन्हीं-सी उँगली उठाकर हम लोगों की ओर संकेत किया। रामेश्वर तो उठकर बैठ गए। मालती ने मुझे देखते ही सिर का कपड़ा तनिक आगे की ओर खींच लिया और लैला ने रामेश्वर को देखकर सलाम किया। दोनों की आँखें मिलीं। रामेश्वर के मुँह पर पल भर के लिए एक घबराहट दिखाई पड़ी। फिर उसने सम्हल कर पूछा–अरे लैला ! तुम यहाँ कहाँ ?

चारयारी न लोगे, बाबू ?–कहती हुई लैला निर्भीक भाव से मालती के पास आकर बैठ गई।

मालती लैला पर एक सलज्ज मुस्कान छोड़ती हुई, उठ खड़ी हुई। लैला उसका मुँह देख रही थी, किंतु उस ओर ध्यान न देकर मालती ने मुझसे कहा भाई जी, आपने जलपान नहीं किया। आज तो आप ही के लिए मैंने सूरन के लड्डू बनाए हैं।

तो देती क्यों नहीं पगली, मैं सवेरे से ही भूखा भटक रहा हूँ–मैंने कहा। मालती जलपान ले आने गई। रामेश्वर ने कहा–चारयारी ले आई हो ? लैला ने हाँ कहते हुए अपना बेग खोला। फिर रुककर उसने अपने गले से एक ताबीज

निकाला। रेशम से लिपटा हुआ चौकोर ताबीज का सीवन खोलकर उसने वह चिट्ठी निकाली। मैं स्थिर भाव से देख रहा था। लैला ने कहा—पहले बाबू जी, इस चिट्ठी को पढ़ दीजिए।—रामेश्वर ने कंपित हाथों से उसको खोला, वह उसी का लिखा हुआ पत्र था। उसने घबराकर लैला की ओर देखा। लैला ने शांत स्वरों में कहा— पढ़िए बाबू! मैं आप ही के मुँह से सुनना चाहती हूँ।

रामेश्वर ने दृढ़ता से पढ़ना आरंभ किया। जैसे उसने अपने हृदय का समस्त बल आनेवाली घटनाओं का सामना करने के लिए एकत्र कर लिया हो; क्योंकि मालती जलपान लिए आ ही रही थी। रामेश्वर ने पूरा पत्र पढ़ लिया। केवल नीचे अपना नाम नहीं पढ़ा। मालती खड़ी सुनती रही और मैं सूरन के लड्डू खाता रहा। बीच-बीच में मालती का मुँह देख लिया करता था! उसने बड़ी गंभीरता से पूछा— भाई जी, लड्डू कैसे हैं, यह तो आपने बताया नहीं, धीरे- से खा गए।

जो वस्तु अच्छी होती है, वही तो गले में धीरे-से उतार ली जाती है। नहीं तो कड़वी वस्तु के लिए, थू-थू न करना पड़ता।—मैं कह ही रहा थां कि लैला ने रामेश्वर से कहा—ठीक तो! मैंने सुन लिया। अब आप उसको फाड़ डालिए। तब आपको चारयारी दिखाऊँ।

रामेश्वर सचमुच पत्र फाड़ने लगा। चिंदी-चिंदी उस कागज के टुकड़े की उड़ गई और लैला ने एक छिपी हुई गहरी साँस ली, किंतु मेरे कानों ने उसे सुन ही लिया। वह तो एक भयानक आँधी से कम न थी। लैला ने सचमुच एक सोने की चारयारी निकाली। उसके साथ एक सुंदर मूँगे की माला। रामेश्वर ने चारयारी लेकर देखा। उसने मालती से पचास के नोट देने के लिए कहा। मालती अपने पति के व्यवसाय को जानती थी, उसने तुरंत नोट दे दिए। रामेश्वर ने जब नोट लैला की ओर बढ़ाए, तभी कमलो सामने आकर खड़ी हो गई—बा··· लाल··· । रामेश्वर ने पूछा, क्या है रे कमलो?

पुतली-सी सुंदर बालिका ने रामेश्वर के गालों को अपने छोटे-से हाथों से पकड़कर कहा—लाला-लाल···

लैला ने नोट ले लिए थे। पूछा—बाबू जी! मूँगे की माला न लीजिएगा?

नहीं।

लैला ने माला उठाकर कमलो को पहना दी। रामेश्वर नहीं-नहीं कर ही

रहा था किंतु उसने सुना नहीं ! कमलो ने अपनी माँ को देखकर कहा, माँ···लाल···वह हँस पड़ी और कुछ नोट रामेश्वर को देते हुए बोली—तो ले न लो, इसका भी दाम दे दो।

लैला ने तीव्र दृष्टि से मालती को देखा; मैं तो सहम गया था। मालती हँस पड़ी। उसने कहा—क्या दाम न लोगी ?

लैला, कमलो का मुँह चूमती हुई उठ खड़ी हुई। मालती अवाक्, रामेश्वर स्तब्ध, किंतु मैं प्रकृतिस्थ था।

लैला चली गई।

मैं विचारता रहा, सोचता रहा। कोई अंत न था—ओर-छोर का पता नहीं। लैला—प्रज्ञासारथि—रामेश्वर और मालती सभी मेरे सामने बिजली के पुतलों-से चक्कर काट रहे थे। संध्या हो चली थी, किंतु मैं पीपल के नीचे से उठ न सका। प्रज्ञासारथि अपना ध्यान समाप्त करके उठे। उन्होंने मुझे पुकारा—श्रीनाथ जी ! मैंने हँसने की चेष्टा करत हुए कहा—कहिए !

आज तो आप भी समाधिस्थ रहे।

तब भी इसी पृथ्वी पर था ! जहाँ लालसा क्रंदन करती है, दुखानुभूति हँसती है और नियति अपने मिट्टी के पुतलों के साथ अपना क्रूर मनोविनोद करती है; किंतु आप तो बहुत ऊँचे किसी स्वर्गीय भावना में···

ठहरिए श्रीनाथ जी ! सुख और दुख, आकाश और पृथ्वी, स्वर्ग और नरक के बीच में है वह सत्य, जिसे मनुष्य प्राप्त कर सकता है।

मुझे क्षमा कीजिए ! अंतरिक्ष में उड़ने की मुझमें शक्ति नहीं है। मैंने परिहास-पूर्वक कहा।

साधारण मन की स्थिति को छोड़कर जब मनुष्य कुछ दूसरी बात सोचने के लिए प्रयास करता है, तब क्या वह उड़ने का प्रयास नहीं ? हम लोग कहने के लिए द्विपद हैं, किंतु देखिए तो जीवन में हम लोग कितनी बार उचकते हैं, उड़ान भरते हैं। वही तो उन्नति की चेष्टा, जीवन के लिए संग्राम, और भी क्या-क्या नाम से प्रशंसित नहीं होती ? तो मैं भी इसकी निंदा नहीं करता; उठने की चेष्टा करनी चाहिए, किंतु

आप यही न कहेंगे कि समझ-बूझकर एक बार उचकना चहिए; किंतु उस एक बार को—उस अचूक अवसर को जानना सहज नहीं। इसलिए तो मनुष्य

को, जो सबसे बुद्धिमान् प्राणी है, बार-बार धोखा खाना पड़ता है। उन्नति को उसने विभिन्न रूपों में अपनी आवश्यकताओं के साथ इतना मिलाया है कि उसे सिद्धांत बना लेना पड़ा है कि उन्नति का द्वंद्व पतन ही है।

संयम का वज्र-गंभीर नाद प्रकृति से नहीं सुनते हो? शारीरिक कर्म तो गौण है, मुख्य संयम तो मानसिक है। श्रीनाथ जी, आज लैला का वह मन का संयम क्या किसी महानदी की प्रखर धारा के अचल बाँध से कम था? मैं तो देखकर अवाक् था। उसकी उस समय विचित्र परिस्थिति रही। फिर भी कैसे सब निर्विघ्न समाप्त हो गया। उसे सोचकर तो मैं अब भी चकित हो जाता हूँ; क्या वह इस भयानक प्रतिरोध के धक्के को सम्हाल लेगी?

लैला के वक्षःस्थल में कितना भीषण अंधड़ चल रहा होगा, इसका अनुभव हम लोग नहीं कर सकते! मैं अब भी इससे भयभीत हो रहा हूँ।

प्रज्ञासारथि चुप रहकर धीरे-धीरे कहने लगे—मैं तो कल जाऊँगा। यदि तुम्हारी सम्मति हो, तो रामेश्वर को भी साथ चलने के लिए कहूँ। बंबई तक हम लोगों का साथ रहेगा और मालती इस भयावनी छाया से शीघ्र ही दूर हट जाएगी! फिर तो सब कुशल ही है।...

मेरे त्रस्त मन को शरण मिली। मैंने कहा—अच्छी बात है। प्रज्ञासारथि उठ गए। मैं वहीं बैठा रहा, और भी बैठा रहता, यदि मिन्ना और रंजन की किलकारी और रामेश्वर की डाँट-डपट—मालती की कलछी की खट-खट का कोलाहल जोर न पकड़ लेता और कल्लू सामने आकर न खड़ा हो जाता।

प्रज्ञासारथि, रामेश्वर और मालती को गए एक सप्ताह से ऊपर हो गया। अभी तक उस वास्तविक संसार का कोलाहल सुदूर से आती हुई मधुर संगीत की प्रतिध्वनि के समान मेरे कानों में गूँज रहा था। मैं अभी तक उस मादकता को उतार न सका था। जीवन में पहले की-सी निश्चितता का बिराग नहीं, न तो वह बे-परवाही रही। मैं सोचने लगा कि अब मैं क्या करूँ?

कुछ करने की इच्छा क्यों? मन के कोने से चुटकी लेते कौन पूछ बैठा?

किए बिना तो रहा नहीं जाता।

करो भी, पाठशाला से क्या मन ऊब चला?

उतने से संतोष नहीं होता।

और क्या चाहिए?

यही तो नहीं समझ सका, नहीं तो यह प्रश्न ही क्यों करता कि—अब मैं क्या करूँ—मैंने झुँझलाकर कहा। मेरी बातों का उत्तर लेने-देनेवाला मुस्कुराकर हट गया। मैं चिंता के अंधकार में डूब गया! वह मेरी ही गहराई थी, जिसकी मुझे थाह न लगी। मैं प्रकृतिस्थ हुआ कब, जब एक उदास और ज्वालामयी तीव्र दृष्टि मेरी आँखों में घुसने लगी। अपने उस अंधकार में मैंने एक ज्योति देखी।

मैं स्वीकार करूँगा कि वह लैला थी, इस पर हँसने की इच्छा हो तो हँस लीजिए, किंतु मैं लैला को पा जाने के लिए विकल नहीं था, क्योंकि लैला जिसको पाने की अभिलाषा करती थी, वही उसे न मिला। और परिणाम ठीक मेरी आँखों के सामने था। तब? मेरी सहानुभूति क्यों जगी? हाँ, वह सहानुभूति थी। लैला ही दीर्घ पथ पर चलनेवाले मुझ पथिक की चिरसंगिनी थी।

उस दिन इतना ही विश्वास करके मुझे संतोष हुआ।

रात को कलुआ ने पूछा—बाबू जी! आप घर न चलिएगा। मैं आश्चर्य से उसकी ओर देखने लगा। उसने हठ-भरी आँखों से फिर वही प्रश्न किया। मैंने हँसकर कहा—मेरा घर तो यही है रे कलुआ!

नहीं बाबू जी! जहाँ मिन्ना गए हैं। जहाँ रंजन और जहाँ कमलो गई हैं. वहीं तो घर है।

जहाँ बहू जी गई हैं—जहाँ बाबा जी···हठात् प्रज्ञासारथि का मुझे स्मरण आया। मुझे क्रोध में कहना पड़ा—कलुआ, मुझे और कहीं घर-वर नहीं है। फिर मन-ही-मन कहा—इस बात को वह बौद्ध समझता था—

"हूँ, सबको घर है, बाबा जी को, बहू जी को, मिन्ना को—सबको है, आपको नहीं है?" उसने ठुनकते हुए कहा।

किंतु मैं अपने ऊपर झुँझला रहा था। मैंने कहा—बकवाद न कर, जा सो रह, आजकल तू पढ़ता नहीं।

कलुआ सिर झुकाए—व्यथा-भरे वक्षःस्थल को दबाए अपने बिछौने पर जा पड़ा। और मैं उस निस्तब्ध रात्रि में जागता रहा! खिड़की में से झील का आंदोलित जल दिखाई पड़ रहा था और मैं आश्चर्य से अपना ही बनाया हुआ चित्र उसमें देख रहा था। चंदा के प्रशांत जल में एक छोटी-सी नाव है, जिस पर मालती, रामेश्वर बैठे थे और मैं डाँड़ा चला रहा था। प्रज्ञासारथि तीर पर खड़े बच्चों को बहला रहे थे। हम लोग उजली चाँदनी में नाव खेते हुए चले जा रहे

थे। सहसा उस चित्र में एक और मूर्ति का प्रादुर्भाव हुआ। वह थी लैला! मेरी आँखें तिलमिला गईं।

मैं जागता था—सोता था।

सवेरा हो गया था। नींद से भरी आँखें नहीं खुलती थीं, तो भी बाहर के कोलाहल ने मुझे जगा दिया। देखता हूँ, तो ईरानियों का एक झुंड बाहर खड़ा है।

मैंने पूछा—क्या है?

गुल ने कहा—यहाँ का पीर कहाँ है?

पीर!—मैंने आश्चर्य से पूछा।

हाँ वही, जो पीला-पीला कपड़ा पहनता था।

मैं समझ गया, वे लोग प्रज्ञासारथि को खोजते थे। मैंने कहा—वह तो यहाँ नहीं हैं, अपने घर गए। काम क्या है?

एक लड़की को हवा लगी है, यहीं का कोई आसेब है। पीर को दिखलाना चाहती हूँ।—एक अधेड़ स्त्री ने बड़ी व्याकुलता से कहा।

मैंने पूछा—भाई! मैं तो यह सबकुछ नहीं जानता। वह लड़की कहाँ है?

पड़ाव पर, बाबू जी! आप चलकर देख लीजिए।

आगे वह कुछ न बोल सकी। किंतु गुल ने कहा—बाबू! तुम जानते हो, वही—लैला!

आगे मैं न सुन सका। अपनी ही अंतर्ध्वनि से मैं व्याकुल हो गया। यही तो होता है, किसी के उजड़ने से ही दूसरा बसता है। यदि यही विधि-विधान है, तो बसने का नाम उजड़ना ही है। यदि रामेश्वर, मालती और अपने बाल-बच्चों की चिंता छोड़कर लैला को ही देखता, तभी ··· किंतु वैसा हो कैसे सकता है! मैंने कल्पना की आँखों से देखा; लैला का विवर्ण सुंदर मुख—निराशा की झुलस से दयनीय मुख!

उन ईरानियों से फिर बात न करके मैं भीतर चला गया और तकिए में अपना मुँह छिपा लिया। पीछे सुना, कलुआ डाँट बताता हुआ कह रहा है—जाओ-जाओ, यहाँ बाबा जी नहीं रहते!

मैं लड़कों को पढ़ाने लगा। कितना आश्चर्यजनक भयानक परिवर्तन मुझमें हो गया! उसे देखकर मैं ही विस्मित होता था। कलुआ इन्हीं कई महीनों में मेरा

एकांत साथी बन गया। मैंने उसे बार-बार समझाया, किंतु वह बीच-बीच में मुझसे घर चलने के लिए कह बैठता ही था। मैं हताश हो गया। अब वह जब घर चलने की बात कहता, तो मैं सिर हिलाकर कह देता—अच्छा, अभी चलूँगा।

दिन इसी तरह बीतने लगे। बसंत के आगमन से प्रकृति सिहर उठी। वनस्पतियों की रोमावली पुलकित थी। मैं पीपल के नीचे उदास बैठा हुआ ईषत् शीतल पवन से अपने शरीर में फुरहरी का अनुभव कर रहा था। आकाश की आलोक-माला चंदा की वीचियों में डुबकियाँ लगा रही थी। निस्तब्ध रात्रि का आगमन बड़ा गंभीर था।

दूर से एक संगीत की—नन्हीं-नन्हीं करुण वेदना की तान सुनाई पड़ रही थी। उस भाषा को मैं नहीं समझता था। मैंने समझा, यह भी कोई छलना होगी। फिर सहसा मैं विचारने लगा कि नियति भयानक वेग से चल रही है। आँधी की तरह उसमें असंख्य प्राणी तृण-तूलिका के समान इधर-उधर बिखर रहे हैं। कहीं से लाकर किसी को वह मिला ही देती है और ऊपर से कोई बोझे की वस्तु भी लाद देती है कि वे चिरकाल तक एक-दूसरे से संबद्ध रहें। सचमुच! कल्पना प्रत्यक्ष हो चली। दक्षिण का आकाश धूसर हो चला—एक दानव ताराओं को निगलने लगा। पक्षियों का कोलाहल बढ़ा। अंतरिक्ष व्याकुल हो उठा! कड़कड़ाहट में सभी आश्रय खोजने लगे; किंतु मैं कैसे उठता! वह संगीत की ध्वनि समीप आ रही थी। वज्रनिर्घोष को भेद कर कोई कलेजे से गा रहा था। अंधकार के साम्राज्य में तृण, लता, वृक्ष सचराचर कंपित हो रहे थे।

कलुआ की चीत्कार सुनकर भीतर चला गया। उस भीषण कोलाहल में भी वही संगीत-ध्वनि पवन के हिंडोले पर झूल रही थी, मानो पाठशाला के चारों ओर लिपट रही थी। सहसा एक भीषण अर्राहट हुई। अब मैं टार्च लिए बाहर आ गया।

आँधी रुक गई थी। मैंने देखा कि पीपल की बड़ी-सी डाल फटी पड़ी है और लैला नीचे दबी हुई अपनी भावनाओं की सीमा पार कर चुकी है।

मैं अब भी चंदा-तट की बौद्ध पाठशाला का अवैतनिक अध्यक्ष हूँ। प्रज्ञासारथि के नाम को कोसता हुआ दिन बिताता हूँ। कोई उपाय नहीं। वहीं जैसे मेरे जीवन का केंद्र है।

आज भी मेरे हृदय में आँधी चला करती है और उसमें लैला का मुख बिजली की तरह कौंधा करता है।

मधुवा

आज सात दिन हो गए, पीने को कौन कहे—छुआ तक नहीं ! आज सातवाँ दिन है, सरकार !

तुम झूठे हो। अभी तो तुम्हारे कपड़े से महक आ रही है।

वह···वह तो कई दिन हुए। सात दिन से ऊपर—कई दिन हुए—अँधेरे में बोतल उँड़ेलने लगा था। कपड़े पर गिर जाने से नशा भी न आया। और आपको कहने का···क्या कहूँ···सच मानिए। सात दिन—ठीक सात दिन से एक बूँद भी नहीं।

ठाकुर सरदार सिंह हँसने लगे। लखनऊ में लड़का पढ़ता था। ठाकुर साहब भी कभी-कभी वहीं आ जाते। उनको कहानी सुनने का चसका था। खोजने पर यही शराबी मिला। वह रात को, दोपहर में, कभी-कभी सबेरे भी आता। अपनी लच्छेदार कहानी सुनाकर ठाकुर का मनोविनोद करता

ठाकुर ने हँसते हुए कहा—तो आज पियोगे न !

झूठ कैसे कहूँ। आज तो जितना मिलेगा, सब पिऊँगा। सात दिन चने-चबेने पर बिताए हैं, किसलिए।

अद्भुत ! सात दिन पेट काटकर आज अच्छा भोजन न करके तुम्हें पीने की सूझी है ! यह भी···

सरकार ! मौज-बहार की एक घड़ी, एक लंबे दुःखपूर्ण जीवन से अच्छी है। उसकी खुमारी में रूखे दिन काट लिए जा सकते हैं।

अच्छा, आज दिन भर तुमने क्या-क्या किया है ?

मैंने ?—अच्छा सुनिए—सवेरे कुहरा पड़ता था, मेरे धुँआसे कंबल-सा वह भी सूर्य के चारों ओर लिपटा था। हम दोनों मुँह छिपाए पड़े थे।

ठाकुर साहब ने हँसकर कहा—अच्छा, तो इस मुँह छिपाने का कोई कारण ?

सात दिन से एक बूँद भी गले न उतरी थी। भला मैं कैसे मुँह दिखा सकता था ! और जब बारह बजे धूप निकली, तो फिर लाचारी थी ! उठा, हाथ-मुँह धोने में जो दुःख हुआ, सरकार, वह क्या कहने की बात है ! पास में पैसे बचे थे। चना चबाने के दाँत भाग रहे थे। कट-कटी लग रही थी। पराठेवाले के यहाँ

पहुँचा, धीरे-धीरे खाता रहा और अपने को सेंकता भी रहा। फिर गोमती किनारे चला गया! घूमते-घूमते अँधेरा हो गया, बूँदें पड़ने लगीं, तब कहीं भाग के आपके पास आ गया।

अच्छा, जो उस दिन तुमने गड़रिएवाली कहानी सुनाई थी, जिसमें आसफुद्दौला ने उसकी लड़की का आँचल भुने हुए भुट्टे के दाने के बदले मोतियों से भर दिया था! वह क्या सच है?

सच! अरे, वह गरीब लड़की भूख से उसे चबाकर थू-थू करने लगी!··· रोने लगी! ऐसी निर्दयी दिल्लगी बड़े लोग कर ही बैठते हैं। सुना है श्री रामचंद्र ने भी हनुमान जी से ऐसा ही···

ठाकुर साहब ठठाकर हँसने लगे। पेट पकड़कर हँसते-हसते लोट गए। साँस बटोरते हुए सम्हल कर बोले—और बड़प्पन कहते किसे हैं? कंगाल तो कंगाल! गधी लड़की! भला उसने कभी मोती देखे थे, चबाने लगी होगी। मैं सच कहता हूँ, आज तक तुमने जितनी कहानियाँ सुनाईं, सब में बड़ी टीस थी। शाहजादों के दुखड़े, रंग-महल की अभागिनी बेगमों के निष्फल प्रेम, करुण कथा और पीड़ा से भरी हुई कहानियाँ ही तुम्हें आती हैं; पर ऐसी हँसानेवाली कहानी और सुनाओ, तो मैं अपने सामने ही बढ़िया शराब पिला सकता हूँ।

सरकार! बूढ़ों से सुने हुए वे नवाबी के सोने-से दिन, अमीरों की रंगरेलियाँ, दुखियों की दर्द-भरी आहें, रंगमहलों में घुल-घुलकर मरनेवाली बेगमें, अपने-आप सिर में चक्कर काटती रहती हैं। मैं उनकी पीड़ा से रोने लगता हूँ। अमीर कंगाल हो जाते हैं। बड़े-बड़ों के घमंड चूर होकर धूल में मिल जाते हैं। तब भी दुनियाँ बड़ी पागल है। मैं उसके पागलपन को भुलाने के लिए शराब पीने लगता हूँ—सरकार! नहीं तो यह बुरी बला कौन अपने गले लगाता!

ठाकुर साहब ऊँघने लगे थे। अँगीठी में कोयला दहक रहा था। शराबी सरदी से ठिठुरा जा रहा था। वह हाथ सेंकने लगा। सहसा नींद से चौंककर ठाकुर साहब ने कहा—अच्छा जाओ, मुझे नींद लग रही है। वह देखो, एक रुपया पड़ा है, उठा लो। लल्लू को भेजते जाओ।

शराबी रुपया उठाकर धीरे से खिसका। लल्लू था ठाकुर साहब का जमादार। उसे खोजते हुए जब वह फाटक पर की बगलवाली कोठरी के पास पहुँचा, तो सुकुमार कंठ से सिसकने का शब्द सुनाई पड़ा। वह खड़ा होकर सुनने लगा।

तो सूअर, रोता क्यों है ? कुँवर साहब ने दो ही लातें लगाई हैं ! कुछ गोली तो नहीं मार दी ?—कर्कश स्वर से लल्लू बोल रहा था; किंतु उत्तर में सिसकियों के साथ एकाध हिचकी ही सुनाई पड़ जाती थी। अब और भी कठोरता से लल्लू ने कहा—मधुआ ! जा सो रह, नखरा न कर, नहीं तो उठूँगा तो खाल उधेड़ दूँगा। समझा न ?

शराबी चुपचाप सुन रहा था। बालक की सिसकी और बढ़ने लगी। फिर उसे सुनाई पड़ा—ले, अब भागता है कि नहीं ? क्यों मार खाने पर तुला है ?

भयभीत बालक बाहर चला आ रहा था ! शराबी ने उसके छोटे से सुंदर गोरे मुँह को देखा। आँसू की बूँदें लुढ़क रही थीं। बड़े दुलार से उसका मुँह पोंछते हुए उसे लेकर वह फाटक के बाहर चला आया। दस बज रहे थे। कड़ाके की सर्दी थी। दोनों चुपचाप चलने लगे। शराबी की मौन सहानुभूति को उस छोटे-से सरल हृदय ने स्वीकार कर लिया। वह चुप हो गया। अभी वह एक तंग गली पर रुका ही था कि बालक के फिर से सिसकने की उसे आहट लगी। वह झिड़क कर बोल उठा—

अब क्या रोता है रे छोकरे ?

मैंने दिन भर से कुछ खाया नहीं।

कुछ खाया नहीं; इतने बड़े अमीर के यहाँ रहता है आर दिन भर तुझे खाने को नहीं मिला ?

यही कहने तो मैं गया था जमादार के पास; मार तो रोज ही खाता हूँ। आज तो खाना ही नहीं मिला। कुँवर साहब का ओवरकोट लिए खेल में दिन भर साथ रहा। सात बजे लौटा, तो और भी नौ बजे तक कुछ काम करना पड़ा। आटा रख नहीं सका था। रोटी बनती तो कैसे ! जमादार से कहने गया था ! भूख की बात कहते-कहते बालक के ऊपर उसकी दीनता और भूख ने एक साथ ही जैसे आक्रमण कर दिया, वह फिर हिचकियाँ लेने लगा।

शराबी उसका हाथ पकड़कर घसीटता हुआ गली में ले चला। एक गंदी कोठरी का दरवाजा ढकेलकर बालक को लिए हुए वह भीतर पहुँचा। टटोलते हुए सलाई से मिट्टी की ढेबरी जलाकर वह फटे कंबल के नीचे से कुछ खोजने लगा। एक पराठे का टुकड़ा मिला ! शराबी उसे बालक के हाथ में देकर बोला—तब तक तू इसे चबा, मैं तेरा गढ़ा भरने के लिए कुछ और ले

आऊँ—सुनता है रे छोकरे ! रोना मत, रोएगा तो खूब पीटूँगा। मुझसे रोने से बड़ा बैर है। पाजी कहीं का, मुझे भी रुलाने का…

शराबी गली के बाहर भागा। उसके हाथ में एक रुपया था। बारह आने का एक देशी अद्धा और दो आने की चाय…दो आने की पकौड़ी…नहीं-नहीं, आलू-मटर…अच्छा, न सही, चारों आने का मांस ही ले लूँगा, पर यह छोकरा ! इसका गढ़ा जो भरना होगा, यह कितना खाएगा और क्या खाएगा। ओह ! आज तक तो कभी मैंने दूसरों के खाने का सोच-विचार किया ही नहीं। तो क्या ले चलूँ ?—पहले एक अद्धा तो ले लूँ।—इतना सोचते-सोचते उसकी आँखों पर बिजली के प्रकाश की झलक पड़ी। उसने अपने को मिठाई की दुकान पर खड़ा पाया। वह शराब का अद्धा लेना भूलकर मिठाई-पूरी खरीदने लगा। नमकीन लेना भी न भूला। पूरा एक रुपए का सामान लेकर वह दुकान से हटा। जल्द पहुँचने के लिए एक तरह से दौड़ने लगा। अपनी कोठरी में पहुँचकर उसने दोनों की पाँत बालक के सामने सजा दी। उनकी सुगंध से बालक के गले में एक तरावट पहुँची। वह मुस्कराने लगा।

शराबी ने मिट्टी की गगरी से पानी उँड़ेलते हुए कहा—नटखट कहीं का, हँसता है, सोंधी बास नाक में पहुँची न ! ले खूब, ठूँसकर खा ले, और फिर रोया कि पीटा !

दोनों ने, बहुत दिन पर मिलनेवाले दो मित्रों की तरह साथ बैठकर भरपेट खाया। सीली जगह में सोते हुए बालक ने शराबी का पुराना बड़ा कोट ओढ़ लिया था। जब उसे नींद आ गई, तो शराबी भी कंबल तानकर बड़बड़ाने लगा। सोचा था, आज सात दिन पर भरपेट पीकर सोऊँगा, लेकिन यह छोटा-सा रोना पाजी, न जाने कहाँ से आ धमका ?

एक चिंतापूर्ण आलोक में आज पहले पहल शराबी ने आँख खोलकर कोठरी में बिखरी हुई दारिद्रय की विभूति को देखा और देखा उस घुटनों से ठुड्डी लगाए हुए निरीह बालक को; उसने तिलमिलाकर मन-ही-मन प्रश्न किया—किसने ऐसे सुकुमार फूल को कष्ट देने के लिए निर्दयता की सृष्टि की ? आह री नियति ! तब इसको लेकर मुझे घर-बारी बनना पड़ेगा क्या ? दुर्भाग्य ! जिसे मैंने कभी सोचा भी न था। मेरी इतनी माया-ममता—जिस पर, आज तक केवल बोतल का ही पूरा अधिकार था—इसका पक्ष क्यों लेने लगी ? इस छोटे-से पाजी ने मेरे

जीवन के लिए कौन-सा इंद्रजाल रचने का बीड़ा उठाया है ? तब क्या करूँ ? कोई काम करूँ ? कैसे दोनों का पेट चलेगा ? नहीं, भगा दूँगा इसे—आँख तो खोले ?

बालक अँगड़ाई ले रहा था। वह उठ बैठा। शराबी ने कहा—ले उठ, कुछ खा ले, अभी रात का बचा हुआ है; और अपनी राह देख ! तेरा नाम क्या है रे ?

बालक ने सहज हँसी हँसकर कहा—मधुआ ! भला हाथ-मुँह भी न धोऊँ। खाने लगूँ ? और ज्राऊँगा कहाँ ?

आह ! कहाँ बताऊँ इसे कि चला जाए ! कह दूँ कि भाड़ में जा; किंतु वह आज तक दुःख की भट्ठी में जलता ही तो रहा है। तो···वह चुपचाप घर से झल्लाकर सोचता हुआ निकला—ले पाजी, अब यहाँ लौटूँगा ही नहीं। तू ही इस कोठरी में रह !

शराबी घर से निकला। गोमती-किनारे पहुँचने पर उसे स्मरण हुआ कि वह कितनी ही बातें सोचता आ रहा था, पर कुछ भी सोच न सका। हाथ-मुँह धोने में लगा। उजली धूप निकल आई थी। वह चुपचाप गोमती की धारा को देख रहा था। धूप की गरमी से सुखी होकर वह चिंता भुलाने का प्रयत्न कर रहा था कि किसी ने पुकारा—

भले आदमी रहे कहाँ ? सालों पर दिखाई पड़े। तुमको खोजते-खोजते मैं थक गया।

शराबी ने चौंककर देखा। वह कोई जान-पहचान का तो मालूम होता था; पर कौन है, यह ठीक-ठीक न जान सका।

उसने फिर कहा—तुम्हीं से कह रहे हैं। सुनते हो, उठा ले जाओ अपनी सान धरने की कल, नहीं तो सड़क पर फेंक दूँगा। एक ही तो कोठरी, जिसका मैं दो रुपए किराया देता हूँ, उसमें क्या मुझे अपना कुछ रखने के लिए नहीं है ?

ओहो ! राम जी, तुम हो भाई, मैं भूल गया था। तो चलो, आज ही उसे उठा लाता हूँ।—कहते हुए शराबी ने सोचा—अच्छी रही, उसी को बेचकर कुछ दिनों तक काम चलेगा।

गोमती नहाकर, राम जी, पास ही अपने घर पर पहुँचा। शराबी की कल देते हुए उसने कहा—ले जाओ, किसी तरह मेरा इससे पिंड छूटे।

बहुत दिनों पर आज उसको कल ढोना पड़ा। किसी तरह अपनी कोठरी में

पहुँचकर उसने देखा कि बालक बैठा है। बड़बड़ाते हुए उसने पूछा—क्यों रे, तूने कुछ खा लिया कि नहीं ? भर-पेट खा चुका हूँ, और वह देखो तुम्हारे लिए भी रख दिया है। कहकर उसने अपनी स्वाभाविक मधुर हँसी से उस रूखी कोठरी को तर कर दिया। शराबी एक क्षण भर चुप रहा। फिर चुपचाप जलपान करने लगा। मन-ही-मन सोच रहा था—यह भाग्य का संकेत नहीं, तो और क्या है ? चलूँ फिर सान देने का काम चलता करूँ। दोनों का पेट भरेगा। वही पुराना चरखा फिर सिर पड़ा। नहीं तो, दो बातें किस्सा-कहानी इधर-उधर की कहकर अपना काम चला ही लेता था ? पर अब तो बिना कुछ किए घर नहीं चलने का। जल पीकर बोला—क्यों रे मधुआ, अब तू कहाँ जाएगा ?

कहीं नहीं।

यह लो, तो फिर क्या, यहाँ जमा गड़ी है कि मैं खोद-खोदकर तुझे मिठाई खिलाता रहूँगा।

तब कोई काम करना चाहिए।

करेगा ?

जो कहो।

अच्छा, तो आज से मेरे साथ-साथ घूमना पड़ेगा। यह कल तेरे लिए लाया हूँ ! चल, आज से तुझे सान देना सिखाऊँगा। कहाँ, इसका कुछ ठीक नहीं। पेड़ के नीचे रात बिता सकेगा न !

कहीं भी रह सकूँगा; पर उस ठाकुर की नौकरी न कर सकूँगा ?—शराबी ने एक बार स्थिर दृष्टि से उसे देखा। बालक की आँखें दृढ़ निश्चय की सौगंध खा रही थीं।

शराबी ने मन-ही-मन कहा—बैठे-बैठाए यह हत्या कहाँ से लगी ? अब तो शराब न पीने की मुझे भी सौगंध लेनी पड़ी।

वह साथ ले जानेवाली वस्तुओं को बटोरने लगा। एक गट्ठर का और दूसरा कल का, दो बोझ हुए।

शराबी ने पूछा—तू किसे उठाएगा ?

जिसे कहो।

अच्छा, तेरा बाप जो मुझको पकड़े तो ?

कोई नहीं पकड़ेगा, चलो भी। मेरे बाप कभी मर गए।

शराबी आश्चर्य से उसका मुँह देखता हुआ कल उठाकर खड़ा हो गया। बालक ने गठरी लादी। दोनों कोठरी छोड़कर चल पड़े।

घीसू

संध्या की कालिमा और निर्जनता में किसी कुएँ पर नगर के बाहर बड़ी प्यारी स्वरलहरी गूँजने लगती। घीसू को गाने का चसका था, परंतु जब कोई न सुने। वह अपनी बूटी अपने लिए घोंटता और आप ही पीता!

जब उसकी रसीली तान दो-चार को पास बुला लेती, वह चुप हो जाता। अपनी बटुई में सब सामान बटोरने लगता और चल देता। कोई नया कुआँ खोजता, कुछ दिन वहाँ अड्डा जमता।

सब करने पर भी वह नौ बजे नंदू बाबू के कमरे में पहुँच ही जाता। नंदू बाबू का भी वही समय था, बीन लेकर बैठने का। घीसू को देखते ही वह कह देते—आ गए, घीसू!

हाँ बाबू, गहरेबाजों ने बड़ी धूल उड़ाई—साफे का लोच आते-आते बिगड़ गया! कहते-कहते वह प्रायः अपने जयपुरी गमछे को बड़ी मीठी आँखों से देखता और नंदू बाबू उसके कंधे तक बाल, छोटी-छोटी दाढ़ी, बड़ी-बड़ी गुलाबी आँखों को स्नेह से देखते। घीसू उनका नित्य दर्शन करनेवाला, उनकी बीन सुननेवाला भक्त था। नंदू बाबू उसे अपने डिब्बे से दो खिल्ली पान की देते हुए कहते—लो, इसे जमा लो! क्यों, तुम तो इसे जमा लेना ही कहते हो न?

वह विनम्र भाव से पान लेते हुए हँस देता—उसके स्वच्छ मोती-से दाँत हँसने लगते।

घीसू की अवस्था पच्चीस की होगी। उसकी बूढ़ी माता को मरे भी तीन वर्ष हो गए थे।

नंदू बाबू की बीन सुनकर वह बाजार से कचौड़ी और दूध लेता, घर जाता अपनी कोठरी में गुनगुनाता हुआ सो रहता।

उसकी पूँजी थी एक सौ रुपए। वह रेजगी और पैसे की थैली लेकर दशाश्वमेध पर बैठता, एक पैसा रुपया बट्टा लिया करता और उसे बारह-चौदह आने की बचत हो जाती थी।

गोविंदराम जब बूटी बनाकर उसे बुलाते, वह अस्वीकार करता। गोविंदराम कहते बड़ा कंजूस है। सोचता है, पिलाना पड़ेगा, इसी डर से नहीं पीता।

घीसू कहता—नहीं भाई, मैं संध्या को केवल एक ही बार पीता हूँ।

गोविंदराम के घाट पर बिंदो नहाने आती, दस बजे। उसकी उजली धोती में दोराई फूटी पड़ती। कभी रेजगी पैसे लेने के लिए वह घीसू के सामने आकर खड़ी हो जाती, उस दिन घीसू को असीम आनंद होता। वह कहती—देखो, घिसे पैसे न देना।

वाह बिंदो! घिसे पैसे तुम्हारे ही लिए हैं? क्यों?

तुम तो घीसू ही हो, फिर तुम्हारे पैसे क्यों न घिसे होंगे?—कहकर जब वह मुस्करा देती; तो घीसू कहता—बिंदो! इस दुनिया में मुझसे अधिक कोई न घिसा; इसीलिए तो मेरे माता-पिता ने घीसू नाम रक्खा था।

बिंदो की हँसी आँखों में लौट जाती। वह एक दबी हुई साँस लेकर दशाश्वमेध के तरकारी-बाजार में चली जाती।

बिंदो नित्य रुपया नहीं तुड़ाती; इसीलिए घीसू को उसकी बातों के सुनने का आनंद भी किसी-किसी दिन न मिलता। तो भी वह एक नशा था, जिससे कई दिनों के लिए भरपूर तृप्ति हो जाती, वह मूक मानसिक विनोद था।

घीसू नगर के बाहर गोधूलि की हरी-भरी क्षितिज-रेखा में उसके सौंदर्य से रंग भरता, गाता, गुनगुनाता और आनंद लेता। घीसू की जीवन-यात्रा का वही संबल था, वही पाथेय था।

संध्या की शून्यता, बूटी की गमक, तानों की रसीली गुन्नाहट और नंदू बाबू की बीन, सब बिंदो की आराधना की सामग्री थी। घीसू कल्पना के सुख से सुखी होकर सो रहता।

उसने कभी विचार भी न किया था कि बिंदो कौन है? किसी तरह से उसे इतना तो विश्वास हो गया था कि वह एक विधवा है; परंतु इससे अधिक जानने की उसे जैसे आवश्यकता नहीं।

रात के आठ बजे थे, घीसू बाहरी ओर से लौट रहा था। सावन के मेघ घिरे थे, फूही पड़ रही थी। घीसू गा रहा था– **'निसि दिन बरसत नैन हमारे'**।

सड़क पर कीचड़ की कमी न थी। वह धीरे-धीरे चल रहा था, गाता जाता था। सहसा वह रुका। एक जगह सड़क में पानी इकट्ठा था। छींटों से बचने के लिए वह ठिठककर–किधर से चलें–सोचने लगा। पास के बगीचे के कमरे से उसे सुनाई पड़ा–यही तुम्हारा दर्शन है–यहाँ इस मुँहजली को लेकर पड़े हो। मुझसे...।

दूसरी ओर से कहा गया–तो इसमें क्या हुआ! क्या तुम मेरी ब्याही हुई हो जो मैं तुम्हें इसका जवाब देता फिरूँ?–इस शब्द में भर्राहट थी, शराबी की बोली थी।

घीसू ने सुना, बिंदो कह रही थी–मैं कुछ नहीं हूँ लेकिन तुम्हारे साथ मैंने धरम बिगाड़ा है सो इसीलिए नहीं कि तुम मुझे फटकारते फिरो। मैं इसका गला घोंट दूँगी और–तुम्हारा भी...बदमाश...।

ओहो! मैं बदमाश हूँ! मेरा ही खाती है और मुझसे ही...ठहर तो, देखूँ किसके साथ तू यहाँ आई है, जिसके भरोसे इतना बढ़-बढ़कर बातें कर रही है! पाजी... लुच्ची... भाग, नहीं तो छुरा भोंक दूँगा।

छुरा भोंकेगा! मार डाल हत्यारे! मैं आज अपनी और तेरी जान दूँगी और लूँगी–तुझे भी फाँसी पर चढ़वाकर छोड़ूँगी!

एक चिल्लाहट और धक्कम-धक्का का शब्द हुआ। घीसू से अब न रहा गया, उसने बगल में दरवाजे पर धक्का दिया, खुला हुआ था, भीतर घूम-फिरकर पलक मारते-मारते घीसू कमरे में जा पहुँचा। बिंदो गिरी हुई थी और एक अधेड़ मनुष्य उसका जूड़ा पकड़े था। घीसू की गुलाबी आँखों से खून बरस रहा था। उसने कहा–है! यह औरत है...इसे...

मारनेवाले ने कहा–तभी तो, इसी के साथ यहाँ तक आई हो! लो, यह तुम्हारा यार आ गया।

बिंदो ने घूमकर देखा–घीसू! वह रो पड़ी।

अधेड़ ने कहा–ले, चली जा, मौजकर! आज से मुझे अपना मुँह मत दिखाना!

घीसू ने कहा–भाई, तुम विचित्र मनुष्य हो। लो, चला जाता हूँ। मैंने तो

छुरा भोंकने इत्यादि और चिल्लाने का शब्द सुना, इधर चला आया। मुझ तुम्हारे झगड़े से क्या संबंध!

मैं कहाँ ले जाऊँगा भाई! तुम जानो, तुम्हारा काम जाने। लो, मैं जाता हूँ—कहकर घीसू जाने लगा।

बिंदो ने कहा—ठहरो!

घीसू रुक गया।

बिंदो ने फिर कहा—तो जाती हूँ—अब इसी के संग···।

हाँ-हाँ, वह भी क्या अब पूछने की बात है!

बिंदो चली, घीसू भी पीछे-पीछे बगीचे के बाहर निकल आया। सड़क सुनसान थी। दोनों चुपचाप चले। गोदौलिया चौमुहानी पर आकर घीसू ने पूछा—अब तो तुम अपने घर चली जाओगी!

कहाँ जाऊँगी! अब तुम्हारे घर चलूँगी।

घीसू बड़े असमंजस में पड़ा। उसने कहा—मेरे घर कहाँ? नंदू बाबू की एक कोठरी है, वहीं पड़ा रहता हूँ, तुम्हारे वहाँ रहने की जगह कहाँ!

बिंदो ने रो दिया। चादर के छोर से आँसू पोंछती हुई, उसने कहा—तो फिर तुमको इस समय वहाँ पहुँचने की क्या पड़ी थी। मैं जैसा होता, भुगत लेती! तुमने वहाँ पहुँचकर मेरा सब चौपट कर दिया—मैं कहीं की न रही!

सड़क पर बिजली के उजाले में रोती हुई बिंदो से बात करने में घीसू का दम घुटने लगा। उसने कहा—तो चलो।

दूसरे दिन, दोपहर को थैली गोविंदराम के घाट पर रखकर घीसू चुपचाप बैठा रहा। गोविंदराम की बूटी बन रही थी। उन्होंने कहा—घीसू, आज बूटी लोगे?

घीसू कुछ न बोला।

गोविंदराम ने उसका उतरा हुआ मुँह देखकर कहा—क्या कहें घीसू! आज तुम उदास क्यों हो?

क्या कहूँ भाई! कहीं रहने की जगह खोज रहा हूँ—कोई छोटी-सी कोठरी मिल जाती, जिसमें सामान रखकर ताला लगा दिया करता।

गोविंदराम ने पूछा—जहाँ रखते थे?

वहाँ अब जगह नहीं है।

इसी मढ़ी में क्यों नहीं रहते ! ताला लगा दिया करो, मैं तो चौबीस घंटे रहता नहीं ।

घीसू की आँखों में कृतज्ञता के आँसू भर आए ।

गोविंद ने कहा—तो उठो, आज तो बूटी छान लो ।

घीसू पैसे की दुकान लगाकर अब भी बैठता है और बिंदो नित्य गंगा नहाने आती है । वह घीसू की दुकान पर खड़ी होती है, उसे वह चार आने पैसे देता है । अब दोनों हँसते नहीं, मुस्कराते नहीं ।

घीसू का बाहरी ओर जाना छूट गया है । गोविंदराम की डोंगी पर उस पार हो आता है, लौटते हुए बीच गंगा में से उसकी लहरीली तान सुनाई पड़ती है; किंतु घाट पर आते-आते चुप ।

बिंदो नित्य पैसा लेने आती । न तो कुछ बोलती और न घीसू कुछ कहता । घीसू की बड़ी-बड़ी आँखों के चारों ओर हलके गढ़े पड़ गए थे, बिंदो उसे स्थिर दृष्टि से देखती और चली जाती । दिन-पर-दिन वह यह भी देखती कि पैसों की ढेरी कम होती जाती है । घीसू का शरीर भी गिरता जा रहा है । फिर भी एक शब्द नहीं, एक बार पूछने का काम नहीं ।

गोविंदराम ने एक दिन पूछा—घीसू, तुम्हारी तान इधर नहीं सुनाई पड़ी ।

उसने कहा—तबीयत अच्छी नहीं है ।

गोविंद ने उसका हाथ पकड़कर कहा—क्या तुम्हें ज्वर आता है ?

नहीं तो, यों ही आजकल भोजन बनाने में आलस करता हूँ, अंड-बंड खा लेता हूँ ।

गोविंदराम ने पूछा—बूटी छोड़ दिया, इसी से तुम्हारी यह दशा है ।

उस समय घीसू सोच रहा था— नंदू बाबू की बीन सुने बहुत दिन हुए हैं, क्या सोचते होंगे !

गोविंदराम के चले जाने पर घीसू अपनी कोठरी में लेट रहा । उसे सचमुच ज्वर आ गया ।

भीषण ज्वर था, रातभर वह छटपटाता रहा । बिंदो समय पर आई, मढ़ी के चबूतरे पर उस दिन घीसू की दुकान न थी । वह खड़ी रही । फिर सहसा उसने दरवाजा ढकेलकर भीतर देखा—घीसू छटपटा रहा था ! उसने जल पिलाया ।

घीसू ने कहा—बिंदो । क्षमा करना; मैंने तुम्हें बड़ा दुःख दिया । अब मैं

चला। लो, यह बचा हुआ पैसा! तुम जानो भगवान्... कहते-कहते उसकी आँखें टँग गईं। बिंदो की आँखों से आँसू बहने लगे। वह गोविंदराम को बुला लाई।

बिंदो अब भी बची हुई पूँजी से पैसे की दुकान करती है। उसका यौवन, रूप-रंग कुछ नहीं रहा। बच रहा—थोड़ा-सा पैसा और बड़ा-सा पेट—और पहाड़-से आनेवाले दिन!

पुरस्कार

आर्द्रा नक्षत्र, आकाश में काले-काले बादलों की घुमड़, जिसमें देव-दुंदुभी का गंभीर घोष। प्राची के एक निरभ्र कोने से स्वर्ण-पुरुष झाँकने लगा था।—देखने लगा महाराज की सवारी। शैलमाला के अंचल में समतल उर्वरा भूमि से सोंधी बास उठ रही थी। नगर-तोरण से जयघोष हुआ, भीड़ में गजराज का चामरधारी शुंड उन्नत दिखाई पड़ा। वह हर्ष और उत्साह का समुद्र हिलोर भरता हुआ आगे बढ़ने लगा।

प्रभात की हेम-किरणों से अनुरंजित नन्हीं-नन्हीं बूँदों का एक झोंका स्वर्णमल्लिका के समान बरस पड़ा। मंगल सूचना से जनता ने हर्ष ध्वनि की।

रथों, हाथियों और अश्वारोहियों की पंक्ति जम गई। दर्शकों की भीड़ भी कम न थी। गजराज बैठ गया, सीढ़ियों से महाराज उतरे। सौभाग्यवती और कुमारी सुंदरियों के दो दल, आम्रपल्लवों से सुशोभित मंगल-कलश और फूल, कुंकुम तथा खीलों से भरे थाल लिए, मधुर गान करते हुए आगे बढ़े।

महाराज के मुख पर मधुर मुस्कान थी। पुरोहित-वर्ग ने स्वस्त्ययन किया। स्वर्ण-रंजित हल की मूठ पकड़कर महाराज ने जुते हुए सुंदर पुष्ट बैलों को चलने का संकेत किया। बाजे बजने लगे। किशोरी कुमारियों ने खीलों और फूलों की वर्षा की।

कोशल का यह उत्सव प्रसिद्ध था। एक दिन के लिए महाराज को कृषक

बनना पड़ता—उस दिन इंद्र-पूजन की धूम-धाम होती; गोठ होती। नगर-निवासी उस पहाड़ी भूमि में आनंद मनाते। प्रतिवर्ष कृषि का यह महोत्सव उत्साह से संपन्न होता; दूसरे राज्यों से भी युवक राजकुमार इस उत्सव में बड़े चाव से आकर योग देते।

मगध का एक राजकुमार अरुण अपने रथ पर बैठा बड़े कुतूहल से यह दृश्य देख रहा था।

बीजों का एक थाल लिए कुमारी मधुलिका महाराज के साथ थी। बीज बोते हुए महाराज जब हाथ बढ़ाते, तब मधूलिका उनके सामने थाल कर देती। यह खेत मधूलिका का था, जो इस साल महाराज की खेती के लिए चुना गया था; इसलिए बीज देने का सम्मान मधूलिका ही को मिला। वह कुमारी थी। सुंदरी थी। कौशेयवसन उसके शरीर पर इधर-उधर लहराता हुआ स्वयं शोभित हो रहा था। वह कभी उसे सम्हालती और कभी अपने रूखे अलकों को। कृषक बालिका के शुभ्र भाल पर श्रमकणों की भी कमी न थी, वे सब बरौनियों में गूँथे जा रहे थे। सम्मान और लज्जा उसके अधरों पर मंद मुस्कराहट के साथ सिहर उठते; किंतु महाराज को बीज देने में उसने शिथिलता नहीं की। सब लोग महाराज का हल चलाना देख रहे थे—विस्मय से, कुतूहल से। और अरुण देख रहा था कृषक कुमारी मधूलिका को। अहा कितना भोला सौंदर्य ! कितनी सरल चितवन !

उत्सव का प्रधान कृत्य समाप्त हो गया। महाराज ने मधूलिका के खेत का पुरस्कार दिया, थाल में कुछ स्वर्णमुद्राएँ। वह राजकीय अनुग्रह था। मधूलिका ने थाली सिर से लगा ली; किंतु साथ उसमें की स्वर्णमुद्राओं को महाराज पर न्योछावर करके बिखेर दिया। मधूलिका की उस समय की ऊर्जस्वित मूर्ति लोग आश्चर्य से देखने लगे! महाराज की भृकुटी भी ज़रा चढ़ी ही थी कि मधूलिका ने सविनय कहा—

देव ! यह मेरे पितृ-पितामहों की भूमि है। इसे बेचना अपराध है; इसलिए मूल्य स्वीकार करना मेरी सामर्थ्य के बाहर है। महाराज के बोलने के पहले ही वृद्ध मंत्री ने तीखे स्वर से कहा—अबोध ! क्या बक रही है ? राजकीय अनुग्रह का तिरस्कार ! तेरी भूमि से चौगुना मूल्य है; फिर कोशल का तो यह सुनिश्चित राष्ट्रीय नियम है। तू आज से राजकीय रक्षण पाने की अधिकारिणी हुई, इस धन

से अपने को सुखी बना।

राजकीय रक्षण की अधिकारिणी तो सारी प्रजा है, मंत्रिवर !... महाराज को भूमि-समर्पण करने में तो मेरा कोई विरोध न था और न है; किंतु मूल्य स्वीकार करना असंभव है।—मधूलिका उत्तेजित हो उठी थी।

महाराज के संकेत करने पर मंत्री ने कहा—देव ! वाराणसी-युद्ध के अन्यतम वीर सिंहमित्र की यह एकमात्र कन्या है।—महाराज चौंक उठे—सिंहमित्र की क्या ! जिसने मगध के सामने कोशल की लाज रख ली थी, उसी वीर की मधूलिका कन्या है ?

हाँ, देव !—सविनय मंत्री ने कहा।

इस उत्सव के परंपरागत नियम क्या हैं, मंत्रिवर ?—महाराज ने पूछा।

देव, नियम तो बहुत साधारण हैं। किसी भी अच्छी भूमि को इस उत्सव के लिए चुनकर नियमानुसार पुरस्कार-स्वरूप उसका मूल्य दे दिया जाता है। वह भी अत्यंत अनुग्रहपूर्वक अर्थात् भू-संपत्ति का चौगुना मूल्य उसे मिलता है। उस खेती को वही व्यक्ति वर्ष भर देखता है। वह राजा का खेत कहा जाता है।

महाराज को विचार-संघर्ष से विश्राम की अत्यंत आवश्यकता थी। महाराज चुप रहे। जयघोष के साथ सभा विसर्जित हुई। सब अपने-अपने शिविरों में चले गए। किंतु मधूलिका को उत्सव में फिर किसी ने न देखा। वह अपने खेत की सीमा पर विशाल मधूक-वृक्ष के चिकने हरे पत्तों की छाया में अनमनी चुपचाप बैठी रही।

रात्रि का उत्सव अब विश्राम ले रहा था। राजकुमार अरुण उसमें सम्मिलित नहीं हुआ—अपने विश्राम-भवन में जागरण कर रहा था। आँखों में नींद न थी। प्राची में जैसी गुलाली खिल रही थी, वह रंग उसकी आँखों में था। सामने देखा तो मुंडेर पर कपोती एक पैर पर खड़ी पंख फैलाए अँगड़ाई ले रही थी। अरुण उठ खड़ा हुआ। द्वार पर सुसज्जित अश्व था, वह देखते-देखते नगर-तोरण पर जा पहुँचा। रक्षक-गण ऊँघ रहे थे, अश्व के पैरों के शब्द से चौंक उठे।

युवक-कुमार तीर-सा निकल गया। सिंधुदेश का तुरंग प्रभात के पवन से पुलकित हो रहा था। घूमता-घूमता अरुण उसी मधूक-वृक्ष के नीचे पहुँचा, जहाँ मधूलिका अपने हाथ पर सिर धरे हुए खिन्न-निद्रा का सुख ले रही थी।

अरुण ने देखा, एक छिन्न माधवीलता वृक्ष की शाखा से च्युत होकर पड़ी है। सुमन मुकुलित, भ्रमर निस्पंद थे। अरुण ने अपने अश्व को मौन रहने का संकेत किया, उस सुषमा को देखने के लिए, परंतु कोकिल बोल उठा। जैसे उसने अरुण से प्रश्न किया—छिः, कुमारी के सोए हुए सौंदर्य पर दृष्टिपात करनेवाले धृष्ट, तुम कौन? मधूलिका की आँखें खुल पड़ीं। उसने देखा, एक अपरिचित युवक। वह संकोच से उठ बैठी।—भद्रे! तुम्हीं न कल के उत्सव की संचालिका रही हो?

उत्सव! हाँ, उत्सव ही तो था।

कल उस सम्मान...

क्यों आपको कल का स्वप्न सता रहा है? भद्र! आप क्या मुझे इस अवस्था में संतुष्ट न रहने देंगे?

मेरा हृदय तुम्हारी उस छवि का भक्त बन गया है, देवि!

मेरे उस अभिनय का—मेरी विडंबना का। आह! मनुष्य कितना निर्दय है, अपरिचित! क्षमा करो, जाओ अपने मार्ग।

सरलता की देवि! मैं मगध का राजकुमार तुम्हारे अनुग्रह का प्रार्थी हूँ—मेरे हृदय की भावना अवगुंठन में रहना नहीं जानती। उसे अपनी...।

राजकुमार! मैं कृषक-बालिका हूँ। आप नंदनबिहारी और मैं पृथ्वी पर परिश्रम करके जीनेवाली। आज मेरी स्नेह की भूमि पर से मेरा अधिकार छीन लिया गया है। मैं दुःख से विकल हूँ; मेरा उपहास न करो।

मैं कोशल-नरेश से तुम्हारी भूमि तुम्हें दिलवा दूँगा।

नहीं, वह कोशल का राष्ट्रीय नियम है। मैं उसे बदलना नहीं चाहती—चाहे उससे मुझे कितना ही दुःख हो।

तब तुम्हारा रहस्य क्या है?

यह रहस्य मानव-हृदय का है, मेरा नहीं। राजकुमार, नियमों से यदि मानव-हृदय बाध्य होता, तो आज मगध के राजकुमार का हृदय किसी राजकुमारी की ओर न खिचकर एक कृषक-बालिका का अपमान करने न आता। मधूलिका उठ खड़ी हुई।

चोट खाकर राजकुमार लौट पड़ा। किशोर किरणों में उसका रत्नकिरीट चमक उठा। अश्व वेग से चला जा रहा था और मधूलिका निष्ठुर प्रहार करके

क्या स्वयं आहत न हुई ? उसके हृदय में टीस-सी होने लगी। वह सजल नेत्रों से उड़ती हुई धूल देखने लगी।

मधूलिका ने राजा का प्रतिपादन, अनुग्रह नहीं लिया। वह दूसरे खेतों में काम करती और चौथे पहर रूखी-सूखी खाकर पड़ रहती। मधूक-वृक्ष के नीचे छोटी-सी पर्णकुटीर थी। सूखे डंठलों से उसकी दीवार बनी थी। मधूलिका का वही आश्रय था। कठोर परिश्रम से जो रूखा अन्न मिलता, वही उसकी साँसों को बढ़ाने के लिए पर्याप्त था।

दुबली होने पर भी उसके अंग पर तपस्या की कांति थी। आसपास के कृषक उसका आदर करते। वह एक आदर्श बालिका थी। दिन, सप्ताह, महीने और वर्ष बीतने लगे।

शीतकाल की रजनी, मेघों से भरा आकाश, जिसमें बिजली की दौड़धूप। मधूलिका का छाजन टपक रहा था! ओढ़ने की कमी थी। वह ठिठुरकर एक कोने में बैठी थी। मधूलिका अपने अभाव को आज बढ़ाकर सोच रही थी। जीवन से सामंजस्य बनाए रखनेवाले उपकरण तो अपनी सीमा निर्धारित रखते हैं; परंतु उनकी आवश्यकता और कल्पना भावना के साथ बढ़ती-घटती रहती है। आज बहुत दिनों पर उसे बीती हुई बात स्मरण हुई। दो, नहीं-नहीं, तीन वर्ष हुए होंगे, इसी मधूक के नीचे प्रभात में—तरुण राजकुमार ने क्या कहा था ?

वह अपने हृदय से पूछने लगी—उन चाटुकारी के शब्दों को सुनने के लिए उत्सुक-सी वह पूछने लगी—क्या कहा था ? दुःख-दग्ध हृदय उन स्वप्न-सी बातों को स्मरण रख सकता था ? और स्मरण ही होता, तो भी कष्टों की इस काली निशा में वह कहने का साहस करता। हाय री बिडंबना!

आज मधूलिका उस बीते हुए क्षण को लौटा लेने के लिए विकल थी। दारिद्र्य की ठोकरों ने उसे व्यथित और अधीर कर दिया है। मगध की प्रासाद-माला के वैभव का काल्पनिक चित्र-उन सूखे डंठलों के रंध्रों से, नभ में—बिजली के आलोक में—नाचता हुआ दिखाई देने लगा। खिलवाड़ी शिशु जैसे श्रावण की संध्या में जुगनू को पकड़ने के लिए हाथ लपकाता है, वैसे ही मधूलिका मन-ही-मन कह रही थी। 'अभी वह निकल गया।' वर्षा ने भीषण रूप धारण किया। गड़गड़ाहट बढ़ने लगी; ओले पड़ने की संभावना थी।

मधूलिका अपनी जर्जर झोंपड़ी के लिए काँप उठी। सहसा बाहर कुछ शब्द हुआ—

कौन है यहाँ? पथिक को आश्रय चाहिए।

मधूलिका ने डंठलों का कपाट खोल दिया। बिजली चमक उठी। उसने देखा, एक पुरुष घोड़े की डोर पकड़े खड़ा है। सहसा वह चिल्ला उठी—राजकुमार!

मधूलिका?—आश्चर्य से युवक ने कहा।

एक क्षण के लिए सन्नाटा छा गया। मधूलिका अपनी कल्पना को सहसा प्रत्यक्ष देखकर चकित हो गई—इतने दिनों के बाद आज फिर!

अरुण ने कहा—कितना समझाया मैंने—परंतु…

मधूलिका अपनी दयनीय अवस्था पर संकेत करने देना नहीं चाहती थी। उसने कहा—और आज आपकी यह क्या दशा है?

सिर झुकाकर अरुण ने कहा—मैं मगध का विद्रोही निर्वासित कोशल में जीविका खोजने आया हूँ।

मधूलिका उस अंधकार में हँस पड़ी—मगध के विद्रोही राजकुमार का स्वागत करे एक अनाथिनी कृषक-बालिका, यह भी एक विडंबना है, तो भी मैं स्वागत के लिए प्रस्तुत हूँ।

शीतकाल की निस्तब्ध रजनी, कुहरे से धुली हुई चाँदनी, हाड़ कँपा देनेवाला समीर, तो भी अरुण और मधूलिका दोनों पहाड़ी गह्वर के द्वार पर वट-वृक्ष के नीचे बैठे हुए बातें कर रहे हैं। मधूलिका की वाणी में उत्साह था, किंतु अरुण जैसे अत्यंत सावधान होकर बोलता।

मधूलिका ने पूछा—जब तुम इतनी विपन्न अवस्था में हो, तो फिर इतने सैनिकों को साथ रखने की क्या आवश्यकता है?

मधूलिका! बाहुबल ही तो वीरों की आजीविका है। ये मेरे जीवन-मरण के साथी हैं, भला मैं इन्हें कैसे छोड़ देता? और करता ही क्या?

क्यों? हम लोग परिश्रम से कमाते और खाते। अब तो तुम…।

भूल न करो, मैं अपने बाहुबल पर भरोसा करता हूँ। नए राज्य की स्थापना कर सकता हूँ। निराश क्यों हो जाऊँ?—अरुण के शब्दों में कंपन था; वह जैसे कुछ कहना चाहता था; पर कह न सकता था।

नवीन राज्य ! ओहो, तुम्हारा उत्साह तो कम नहीं । भला कैसे ? कोई ढंग बताओ, तो मैं भी कल्पना का आनंद ले लूँ ।

कल्पना का आनंद नहीं मधूलिका, मैं तुम्हें राजरानी के सम्मान में सिंहासन पर बिठाऊँगा ! तुम अपने छिने हुए खेत की चिंता करके भयभीत न हो ।

एक क्षण में सरल मधूलिका के मन में प्रमाद का अंधड़ बहने लगा—द्वंद्व मच गया । उसने सहसा कहा—आह, मैं सचमुच आज तक तुम्हारी प्रतीक्षा करती थी, राजकुमार !

अरुण ढिठाई से उसके हाथों को दबाकर बोला—तो मेरा भ्रम था, तुम सचमुच मुझे प्यार करती हो ?

युवती का वक्षस्थल फूल उठा, वह हाँ भी नहीं कह सकी, ना भी नहीं । अरुण ने उसकी अवस्था का अनुभव कर लिया । कुशल मनुष्य के समान उसने अवसर को हाथ से न जाने दिया । तुरंत बोल उठा—तुम्हारी इच्छा हो, तो प्राणों से पण लगाकर मैं तुम्हें इस कोशल सिंहासन पर बिठा दूँ । मधूलिके ! अरुण के खड्ग का आतंक देखोगी ?—मधूलिका एक बार काँप उठी । वह कहना चाहती थी···नहीं; किंतु उसके मुँह से निकला—क्या ?

सत्य मधूलिका, कोशल-नरेश तभी से तुम्हारे लिए चिंतित हैं । यह मैं जानता हूँ, तुम्हारी साधारण-सी प्रार्थना वह अस्वीकार न करेंगे । और मुझे यह भी विदित है कि कोशल के सेनापति अधिकांश सैनिकों के साथ पहाड़ी दस्युओं का दमन करने के लिए बहुत दूर चले गए हैं ।

मधूलिका की आँखों के आगे बिजलियाँ हँसने लगीं । दारुण भावना से उसका मस्तक विकृत हो उठा । अरुण ने कहा—तुम बोलती नहीं हो ?

जो कहोगे, वह करूँगी···मंत्रमुग्ध-सी मधूलिका ने कहा ।

स्वर्णमंच पर कोशल-नरेश अर्द्धनिद्रित अवस्था में आँखें मुकुलित किए हैं । एक चामरधारिणी युवती पीछे खड़ी अपनी कलाई बड़ी कुशलता से घुमा रही है । चामर के शुभ्र आंदोलन उस प्रकोष्ठ में धीरे-धीरे संचलित हो रहे हैं । तांबूल-वाहिनी प्रतिमा के समान दूर खड़ी है ।

प्रतिहारी ने आकर कहा—जय हो देव ! एक स्त्री कुछ प्रार्थना करने आई है ।

आँख खोलते हुए महाराज ने कहा—स्त्री ! प्रार्थना करने आई है ? आने दो ।

प्रतिहारी के साथ मधूलिका आई। उसने प्रणाम किया। महाराज ने स्थिर दृष्टि से उसकी ओर देखा और कहा—तुम्हें कहीं देखा है?

तीन बरस हुए देव! मेरी भूमि खेती के लिए ली गई थी।

ओह, तो तुमने इतने दिन कष्ट में बिताए, आज उसका मूल्य माँगने आई हो, क्यों? अच्छा-अच्छा तुम्हें मिलेगा। प्रतिहारी!

नहीं महाराज, मुझे मूल्य नहीं चाहिए।

मूर्ख! फिर क्या चाहिए?

उतनी ही भूमि, दुर्ग के दक्षिणी नाले के समीप की जंगली भूमि, वहीं मैं अपनी खेती करूँगी। मुझे एक सहायक मिल गया है। वह मनुष्यों से मेरी सहायता करेगा, भूमि को समतल भी बनाना होगा।

महाराज ने कहा—कृषक-बालिके! वह बड़ी ऊबड़-खाबड़ भूमि है। तिस पर वह दुर्ग के समीप एक सैनिक महत्व रखती है।

तो फिर निराश लौट जाऊँ?

सिंहमित्र की कन्या! मैं क्या करूँ, तुम्हारी यह प्रार्थना…

देव! जैसी आज्ञा हो!

जाओ, तुम श्रमजीवियों को उसमें लगाओ। मैं अमात्य को आज्ञापत्र देने का आदेश करता हूँ।

जय हो देव!—कहकर प्रणाम करती हुई मधूलिका राजमंदिर के बाहर आई।

दुर्ग के दक्षिण, भयावने नाले के तट पर, घना जंगल है, आज मनुष्यों के पदसंचार से शून्यता भंग हो रही थी। अरुण के छिपे वे मनुष्य स्वतंत्रता से इधर-उधर घूमते थे। झाड़ियों को काटकर पथ बन रहा था। नगर दूर था, फिर उधर यों ही कोई नहीं आता था। फिर अब तो महाराज की आज्ञा से वहाँ मधूलिका का अच्छा-सा खेत बन रहा था। तब इधर की किसको चिंता होती?

एक घने कुंज में अरुण और मधूलिका एक-दूसरे को हर्षित नेत्रों से देख रहे थे। संध्या हो चली थी। उस निविड़ वन में उन नवागत मनुष्यों को देखकर पक्षीगण अपने नीड़ को लौटते हुए अधिक कोलाहल कर रहे थे।

प्रसन्नता से अरुण की आँखें चमक उठीं। सूर्य की अंतिम किरण झुरमट में घुसकर मधूलिका के कपोलों से खेलने लगी। अरुण ने कहा—चार प्रहर और,

विश्वास करो, प्रभात में ही इस जीर्ण-कलेवर कोशल-राष्ट्र की राजधानी श्रावस्ती में तुम्हारा अभिषेक होगा और मगध से निर्वासित मैं एक स्वतंत्र राष्ट्र का अधिपति बनूँगा, मधूलिके!

भयानक! अरुण, तुम्हारा साहस देख मैं चकित हो रही हूँ। केवल सौ सैनिकों से तुम...

रात के तीसरे प्रहर मेरी विजय-यात्रा होगी।

तो तुमको इस विजय पर विश्वास है?

अवश्य, तुम अपनी झोंपड़ी में यह रात बिताओ; प्रभात से तो राज-मंदिर ही तुम्हारा लीला-निकेतन बनेगा।

मधूलिका प्रसन्न थी; किंतु अरुण के लिए उसकी कल्याण-कामना सशंक थी। वह कभी-कभी उद्विग्न-सी होकर बालकों के समान प्रश्न कर बैठती। अरुण उसका समाधान कर देता। सहसा कोई संकेत पाकर उसने कहा—अच्छा, अंधकार अधिक हो गया। अभी तुम्हें दूर जाना है और मुझे भी प्राण-पण से इस अभियान के प्रारंभिक कार्यों को अर्द्धरात्रि तक पूरा कर लेना चाहिए; तब रात्रि भर के लिए विदा! मधूलिके!

मधूलिका उठ खड़ी हुई। कँटीली झाड़ियों से उलझती हुई क्रम से, बढ़नेवाले अंधकार में वह झोंपड़ी की ओर चली।

पथ अंधकारमय था और मधूलिका का हृदय भी निविड़-तम से घिरा था। उसका मन सहसा विचलित हो उठा, मधुरता नष्ट हो गई। जितनी सुख-कल्पना थी, वह जैसे अंधकार में विलीन होने लगी। वह भयभीत थी, पहला भय उसे अरुण के लिए उत्पन्न हुआ, यदि वह सफल न हुआ तो? फिर सहसा सोचने लगी—वह क्यों सफल हो? श्रावस्ती दुर्ग एक विदेशी के अधिकार में क्यों चला जाए? मगध का चिरशत्रु! ओह, उसकी विजय! कोशल-नरेश ने क्या कहा था—'सिंहमित्र की कन्या।' सिंहमित्र, कोशल का रक्षक वीर, उसी की कन्या आज क्या करने जा रही है? नहीं, नहीं, मधूलिका! मधूलिका!! जैसे उसके पिता उस अंधकार में पुकार रहे थे। वह पगली की तरह चिल्ला उठी। रास्ता भूल गई।

रात एक पहर बीत चली, पर मधूलिका अपनी झोंपड़ी तक न पहुँची। वह उधेड़बुन में विक्षिप्त-सी चली जा रही थी। उसकी आँखों के सामने कभी

सिंहमित्र और कभी अरुण की मूर्ति अंधकार में चित्रित होती जाती। उसे सामने आलोक दिखाई पड़ा। वह बीच पथ में खड़ी हो गई। प्रायः एक सौ उल्काधारी अश्वारोही चले आ रहे थे और आगे-आगे एक वीर अधेड़ सैनिक था। उसके बाएँ हाथ में अश्व की बल्गा और दाहिने हाथ में नग्न खड्ग। अत्यंत धीरता से वह टुकड़ी अपने पथ पर चल रही थी। परंतु मधूलिका बीच पथ से हिली नहीं। प्रमुख सैनिक पास आ गया; पर मधूलिका अब भी नहीं हटी। सैनिक ने अश्व रोककर कहा—कौन? कोई उत्तर नहीं मिला। तब तक दूसरे अश्वारोही ने सड़क पर कहा—तू कौन है, स्त्री? कोशल के सेनापति को उत्तर शीघ्र दे।

रमणी जैसे विकार-ग्रस्त स्वर में चिल्ला उठी—बाँध लो, मुझे बाँध लो! मेरी हत्या करो। मैंने अपराध ही ऐसा किया है।

सेनापति हँस पड़े, बोले—पगली है।

पगली नहीं, यदि वही होती, तो इतनी विचार-वेदना क्यों होती? सेनापति! मुझे बाँध लो। राजा के पास ले चलो।

क्या है, स्पष्ट कह!

श्रावस्ती का दुर्ग एक प्रहर में दस्युओं के हस्तगत हो जाएगा। दक्षिणी नाले के पार उनका आक्रमण होगा।

सेनापति चौंक उठे। उन्होंने आश्चर्य से पूछा—तू क्या कह रही है?

मैं सत्य कह रही हूँ; शीघ्रता करो।

सेनापति ने अस्सी सैनिकों को नाले की ओर धीरे-धीरे बढ़ने की आज्ञा दी और स्वयं बीस अश्वारोहियों के साथ दुर्ग की ओर बढ़े। मधूलिका एक अश्वारोही के साथ बाँध दी गई।

श्रावस्ती का दुर्ग, कोशल राष्ट्र का केंद्र, इस रात्रि में अपने विगत वैभव का स्वप्न देख रहा था। भिन्न राजवंशों ने उसके प्रांतों पर अधिकार जमा लिया है। अब वह केवल कई गाँवों का अधिपति है। फिर भी उसके साथ कोशल के अतीत की स्वर्ण-गाथाएँ लिपटी हैं। वही लोगों की ईर्ष्या का कारण है। जब थोड़े से अश्वारोही बड़े वेग से आते हुए दुर्ग-द्वार पर रुके, तब दुर्ग के प्रहरी चौंक उठे। उल्का के आलोक में उन्होंने सेनापति को पहचाना, द्वार खुला। सेनापति घोड़े की पीठ से उतरे। उन्होंने कहा—अग्निसेन! दुर्ग में कितने सैनिक होंगे?

सेनापति की जय हो! दो सौ।

उन्हें शीघ्र ही एकत्र करो; परंतु बिना किसी शब्द के। सौ को लेकर तुम शीघ्र ही चुपचाप दुर्ग के दक्षिण की ओर चलो। आलोक और शब्द न हों।

सेनापति ने मधूलिका की ओर देखा। वह खोल दी गई। उसे अपने पीछे आने का संकेत कर सेनापति राजमंदिर की ओर बढ़े। प्रतिहारी ने सेनापति को देखते ही महाराज को सावधान किया। वह अपनी सुख-निद्रा के लिए प्रस्तुत हो रहे थे; किंतु सेनापति और साथ में मधूलिका को देखते ही चंचल हो उठे। सेनापति ने कहा—जय हो देव! इस स्त्री के कारण मुझे इस समय उपस्थित होना पड़ा है।

महाराज ने स्थिर नेत्रों से देखकर कहा—सिंहमित्र की कन्या! फिर यहाँ क्यों? क्या तुम्हारा क्षेत्र नहीं बन रहा है। कोई बाधा? सेनापति! मैंने दुर्ग के दक्षिणी नाले के समीप की भूमि इसे दी है। क्या उसी संबंध में तुम कहना चाहते हो?

देव! किसी गुप्त शत्रु ने उसी ओर से आज की रात में दुर्ग पर अधिकार कर लेने का प्रबंध किया है और इसी स्त्री ने मुझे पथ में यह संदेश दिया है।

राजा ने मधूलिका की ओर देखा। वह काँप उठी। घृणा और लज्जा से वह गड़ी जा रही थी। राजा ने पूछा—मधूलिका, यह सत्य है?

हाँ, देव!

राजा ने सेनापति से कहा—सैनिकों को एकत्र करके तुम चलो। मैं अभी आता हूँ। सेनापति के चले जाने पर राजा ने कहा—सिंहमित्र की कन्या! तुमने एक बार फिर कोशल का उपकार किया। यह सूचना देकर तुमने पुरस्कार का काम किया है। अच्छा, तुम यहीं ठहरो। पहले उन आततायियों का प्रबंध कर लूँ।

अपने साहसिक अभियान में अरुण बंदी हुआ और दुर्ग उल्का के आलोक में अतिरंजित हो गया। भीड़ ने जयघोष किया। सबके मन में उल्लास था। श्रावस्ती-दुर्ग आज एक दस्यु के हाथ में जाने से बचा था। आबाल-वृद्ध-नारी आनंद से उन्मत्त हो उठे।

उषा के आलोक में सभा-मंडप दर्शकों से भर गया। बंदी अरुण को देखते ही जनता ने रोष से हुंकार करते हुए कहा—'वध करो!' राजा ने सबसे सहमत होकर आज्ञा दी—'प्राणदंड।' मधूलिका बुलाई गई। वह पगली-सी आकर

खड़ी हो गई। कोशल-नरेश ने पूछा—मधूलिका, तुझे जो पुरस्कार लेना हो, माँग। वह चुप रही।

राजा ने कहा—मेरी निज की जितनी खेती है, मैं सब तुझे देता हूँ। मधूलिका ने एक बार बंदी अरुण की ओर देखा। उसने कहा—मुझे कुछ न चाहिए। अरुण हँस पड़ा। राजा ने कहा—नहीं, मैं तुझे अवश्य दूँगा। माँग ले।

तो मुझे भी प्राणदंड मिले। कहती हुई वह बंदी अरुण के पास जा खड़ी हुई।

व्रत-भंग

तो तुम न मानोगे?

नहीं, अब हम लोगों के बीच इतनी बड़ी खाई है, जो कदापि नहीं पट सकती!

इतने दिनों का स्नेह?

उँह! कुछ भी नहीं। उस दिन की बात आजीवन भुलाई नहीं जा सकती, नंदन! अब मेरे लिए तुम्हारा और तुम्हारे लिए मेरा कोई अस्तित्व नहीं। वह अतीत के स्मरण, स्वप्न हैं, समझे?

यदि न्याय नहीं कर सकते, तो दया करो, मित्र! हम लोग गुरुकुल में…

हाँ-हाँ, मैं जानता हूँ, तुम मुझे दरिद्र युवक समझकर मेरे ऊपर कृपा रखते थे किंतु उसमें कितना तीक्ष्ण अपमान था, उसका मुझे अब अनुभव हुआ।

उस ब्रह्म-बेला में जब उषा का अरुण आलोक भागीरथी की लहरों के साथ तरल होता रहता, हम लोग कितने अनुराग से स्नान करने जाते थे। सच कहना क्या वैसी मधुरिमा हम लोगों के स्वच्छ हृदयों में न थी?

रही होगी—पर अब, उस मर्मघाती अपमान के बाद! मैं खड़ा रह गया तुम स्वर्ण-रथ पर चढ़कर चले गए; एक बार भी नहीं पूछा। तुम कदाचित् जानते होगे नंदन कि कंगाल के मन में प्रलोभनों के प्रति कितना विद्वेष है? क्योंकि वह उससे सदैव छल करता है—ठुकराता है। मैं अपनी उस बात को दुहराता हूँ कि

हम लोगों का अब उस रूप में कोई अस्तित्व नहीं।

वही सही कपिंजल ! हम लोगों का पूर्व अस्तित्व कुछ नहीं, तो क्या हम लोग वैसे ही निर्मल होकर एक नवीन मैत्री के लिए हाथ नहीं बढ़ा सकते ? मैं आज प्रार्थी हूँ।

मैं उस प्रार्थना की उपेक्षा करता हूँ। तुम्हारे पास ऐश्वर्य का दर्प है, तो अकिंचनता उससे कहीं अधिक गर्व रखती है !

तुम बहुत कटु हो गए हो इस समय। अच्छा, फिर कभी...

न अभी, न फिर कभी। मैं दरिद्रता को भी दिखला दूँगा कि मैं क्या हूँ। इस पाखंड-संसार में भूखा रहूँगा, परंतु किसी के सामने सिर न झुकाऊँगा। हो सकेगा तो संसार को बाध्य करूँगा झुकने के लिए।

कपिंजल चला गया। नंदन हतबुद्धि होकर लौट आया। उस रात को उसे नींद न आई।

उक्त घटना को बरसों बीत गए। पाटलीपुत्र के धनकुबेर कलश का कुमार नंदन धीरे-धीरे उस घटना को भूल चला। ऐश्वर्य का मदिरा-विलास किसे स्थिर रहने देता है ! उसने यौवन के संसार में बड़ी-बड़ी आशाएँ लेकर पदार्पण किया था। नंदन तब भी मित्र से वंचित होकर जीवन को अधिक चतुर न बना सका।

राधा, तू भी कैसी पगली है ? तूने कलश की पुत्र-वधू बनने का निश्चय किया है, आश्चर्य !

हाँ महादेवी, जब गुरुजनों की आज्ञा है, तब उसे तो मानना ही पड़ेगा।

मैं रोक सकती हूँ। मूर्ख नंदन ! कितना असंगत चुनाव है ! राधा, मुझे दया आती है।

किसी अन्य प्रकार से गुरुजनों की इच्छा को टाल देना यह मेरी धारणा के प्रतिकूल है, महादेवी ! नंदन की मूर्खता सरलता का सत्यरूप है। मुझे वह अरुचिकर नहीं। मैं उस निर्मल-हृदय कीं देख-रेख कर सकूँ, तो यह मेरे मनोरंजन का ही विषय होगा।

मगध की महादेवी ने हँसी से कुमारी के इस साहस का अभिनंदन करते हुए कहा– तेरी जैसी इच्छा, तू स्वयं भोगेगी।

माधवी-कुंज से वह विरक्त होकर उठ गई। उन्हें राधा पर कन्या के समान ही स्नेह था।

दिन स्थिर हो चुका था। स्वयं मगध-नरेश की उपस्थिति में महाश्रेष्ठि धनंजय की कन्या का ब्याह कलश के पुत्र से हो गया, अद्‌भुत वह समारोह था। रत्नों के आभूषण तथा स्वर्ण-पात्रों के अतिरिक्त मगध-सम्राट् ने राधा की प्रिय वस्तु अमूल्य-मणि-निर्मित दीपाधार भी दहेज में दे दिया। उस उत्सव की बड़ाई, पान-भोजन आमोद-प्रमोद का विभवशाली चारु चयन कुसुमपुर के नागरिकों को बहुत दिन तक गल्प करने का एक प्रधान उपकरण था।

राधा कलश की पुत्रवधू हुई।

राधा के नवीन उपवन के सौध-मंदिर में अगरु, कस्तूरी और केशर की चहल-पहल, पुष्प-मालाओं का दोनों संध्या में नवीन आयोजन और दीपावली में वीणा, वंशी और मृदंग की स्निग्ध गंभीर ध्वनि बिखरती रहती। नंदन अपने सुकोमल आसन पर लेटा हुआ राधा का अनिंद्य सौंदर्य एकटक चुपचाप देखा करता। उस सुसज्जित कोष्ठ में मणि-निर्मित दीपाधार की यंत्रमयी नर्तकी अपने नूपुरों की झंकार से नंदन और राधा के लिए एक क्रीड़ा और कुतूहल का सृजन करती रहती। नंदन कभी राधा के खिसकते हुए उत्तरीय को सँभाल देता। राधा हँसकर कहती—बड़ा कष्ट हुआ।

नंदन कहता—देखो, तुम अपने प्रसाधन ही में पसीने-पसीने हो जाती हो, तुम्हें विश्राम की आवश्यकता है।

राधा गर्व से मुस्करा देती। कितना सुहाग था उसका अपने सरल पति पर और कितना अभिमान था अपने विश्वास पर! एक सुखमय स्वप्न चल रहा था।

कलश—धन का उपासक सेठ अपनी विभूति के लिए सदैव सशंक रहता। उसे राजकीय संरक्षण तो था ही, दैवी रक्षा से भी अपने को संपन्न रखना चाहता था। इस कारण उसे एक नंगे साधु पर अत्यंत भक्ति थी, जो कुछ ही दिनों से उस नगर के उपकंठ में आकर रहने लगा था।

उसने एक दिन कहा—सब लोग दर्शन करने चलेंगे।

उपहार के थाल प्रस्तुत होने लगे। दिव्य रथों पर बैठकर सब साधु-दर्शन के लिए चले। वह भागीरथी-तट का एक कानन था, जहाँ कलश का बनवाया हुआ कुटीर था।

सब लोग अनुचरों के साथ रथ छोड़कर भक्तिपूर्ण हृदय से साधु के समीप

पहुँचे। परंतु राधा ने जब दूर ही से देखा कि वह साधु नग्न है, तो वह रथ की ओर लौट पड़ी। कलश ने उसे बुलाया; पर राधा न आई। नंदन कभी राधा को देखता और कभी अपने पिता को। साधु खीलों के समान फूट पड़ा। दाँत किटकिटाकर उसने कहा—यह तुम्हारी पुत्रवधू कुलक्षणा है, कलश ! तुम इसे हटा दो, नहीं तो तुम्हारा नाश निश्चित है। नंदन दाँतों-तले जीभ दबाकर धीरे-से बोला—अरे ! यह कपिंजल···।

अनागत भविष्य के लिए भयभीत कलश क्षुब्ध हो उठा। वह साधु की पूजा करके लौट आया। राधा अपने नवीन उपवन में उतरी।

कलश ने पूछा—तुमने महापुरुष से क्यों इतना दुर्विनीत व्यवहार किया ?

नहीं पिता जी ! वह स्वयं दुर्विनीत है। जो स्त्रियों को आते देखकर भी साधारण शिष्टाचार का पालन नहीं कर सकता, वह धार्मिक महात्मा तो कदापि नहीं।

क्या कह रही है ! वे एक सिद्ध पुरुष हैं।

सिद्धि यदि इतनी अधम है, धर्म यदि इतना निर्लज्ज है, तो वह स्त्रियों के योग्य नहीं, पिता जी ! धर्म के रूप में कहीं आप भय की उपासना तो नहीं कर रहे हैं।

तू सचमुच कुलक्षणा है !

इसे तो अंतर्यामी भगवान् ही जान सकते हैं। मनुष्य इसके लिए अत्यंत क्षुद्र है। पिता जी, आप···

उसे रोककर अत्यंत क्रोध से कलश ने कहा—तुझे इस घर में रखना आलक्ष्मी को बुलाना है। जा, मेरे भवन से निकल जा।

नंदन सुन रहा था। काठ के पुतले के समान ! वह इस विचार का अंत हो जाना तो चाहता था; पर क्या करे, यह उसकी समझ में न आया। राधा ने देखा उसका पति कुछ नहीं बोलता, तो उसने गर्व से सिर उठाकर कहा—मैं धनकुबेर की क्रीत दासी नहीं हूँ। मेरे गृहिणीत्व का अधिकार केवल मेरा पदस्खलन ही छीन सकता है। मुझे विश्वास है, मैं अपने आचरण से अब तक इस पद की स्वामिनी हूँ। कोई भी मुझे इससे वंचित नहीं कर सकता।

आश्चर्य से देखा नंदन ने और हतबुद्धि होकर सुना कलश ने। दोनों उपवन के बाहर चले गए।

वह उपवन सबसे परित्यक्त और उपेक्षणीय बन गया। भीतर बैठी हुई राधा ने यह सब देखा।

नंदन ने पिता का अनुकरण किया। वह धीरे-धीरे राधा को भूल चला; परंतु नए ब्याह का नाम लेते ही चौंक पड़ता। उसके मन में धन की ओर से वितृष्णा जगी। ऐश्वर्य का यांत्रिक शासन जीवन को नीरस बनाने लगा। उसके मन की अतृप्ति, विद्रोह करने के लिए सुविधा खोजने लगी।

कलश ने उसके मनोविनोद के लिए नया उपवन बनवाया। नंदन अपनी स्मृतियों का लीला-निकेतन छोड़कर रहने लगा।

राधा के आभूषण बिकते थे और उस सेठ के द्वार की अतिथि-सेवा वैसी ही होती रहती। मुक्त द्वार का अपरिमित व्यय और आभूषणों के विक्रय की आय—कब तक यह युद्ध चले? अब राधा के पास बच गया था वही मणि-निर्मित दीपाधार, जिसे महादेवी ने उसकी क्रीड़ा के लिए बनवाया था।

थोड़ा-सा अन्न अतिथियों के लिए बचा था। राधा दो दिन से उपवास कर रही थी। दासी ने कहा—स्वामिनी! यह कैसे हो सकता है कि आपके सेवक, बिना आपके भोजन किए अन्न ग्रहण करें?

राधा ने कहा—तो, आज यह मणि-दीप बिकेगा। दासी उसे ले आई। वह यंत्र से बनी हुई रत्न-जटित नर्तकी नाच उठी। उसके नूपुर की झंकार उस दरिद्र भवन में गूँजने लगी। राधा हँसी। उसने कहा—मनुष्य जीवन में इतनी नियमानुकूलता यदि होती?

स्नेह से चूमकर उसे बेचने के लिए अनुचर को दे दिया। पण्य में पहुँचते ही दीपाधार बड़े-बड़े रत्न-वणिकों की दृष्टि का एक कुतूहल बन गया। उस चूड़ामणि का दिव्य आलोक सभी की आँखों में चकाचौंध उत्पन्न कर देता था। मूल्य की बोली बढ़ने लगी। कलश भी पहुँचा। उसने पूछा—यह किसका है? अनुचर ने उत्तर दिया—मेरी स्वामिनी सौभाग्यवती श्रीमती राधा देवी का।

लोभी कलश ने डाँटकर कहा—मेरे घर की वस्तु इस तरह चुराकर तुम लोग बेचने फिर जाओगे, तो बंदी-गृह में पड़ोगे। भागो।

अमूल्य दीपाधार से वंचित सब लोग लौट गए। कलश उसे अपने घर उठवा ले गया।

राधा ने सब सुना—वह कुछ न बोली।

गंगा और शोण में एक साथ ही बाढ़ आई। गाँव-के-गाँव बहने लगे। भीषण हाहाकार मचा। कहाँ ग्रामीणों की असहाय दशा और कहाँ जल की उद्दंड बाढ़, कच्चे झोंपड़े उस महाजल-व्याल की फूँक से तितर-बितर होने लगे। वृक्षों पर जिसे आश्रय मिला, वही बच सका। नंदन के हृदय ने तीसरा धक्का खाया। नंदन का सत्साहस उत्साहित हुआ। वह अपनी पूरी शक्ति से नावों की सेना बनाकर जलप्लावन में डट गया और कलश अपने सात खंड के प्रासाद में बैठा यह दृश्य देखता रहा।

रात नावों पर बीतती है और बाँसों के छोटे-छोटे बेड़े पर दिन। नंदन के लिए धूप, वर्षा, शीत कुछ नहीं। अपनी धुन में वह लगा हुआ है। बाढ़-पीड़ितों का झुंड सेठ के प्रासाद में हर नाव से उतरने लगा। कलश क्रोध के मारे बिलबिला उठा। उसने आज्ञा दी कि बाढ़-पीड़ित यदि स्वयं नंदन भी हो, तो वह प्रासाद में न आने पावे। घटा घिरी थी, जल बरसता था। कलश अपनी ऊँची अटारी पर बैठा मणि-निर्मित दीपाधार का नृत्य देख रहा था।

नंदन भी उसी नाव पर था, जिस पर चार दुर्बल स्त्रियाँ, तीन शीत से ठिठुरे हुए बच्चे और पाँच जीर्ण पंजर वाले वृद्ध थे। उस समय नाव द्वार पर जा लगी। सेठ का प्रासाद गंगा-तट की एक ऊँची चट्टान पर था। वह एक छोटा-सा दुर्ग था। जल अभी द्वार तक ही पहुँच सका था। प्रहरियों ने नाव को देखते ही रोका—पीड़ितों को इसमें स्थान नहीं।

नंदन ने पूछा—क्यों?

महाश्रेष्ठि कलश की आज्ञा।

नंदन ने एक क्रोध से उस प्रासाद की ओर देखा और माँझी को नाव लौटाने की आज्ञा दी। माँझी ने पूछा—कहाँ ले चलें? नंदन कुछ न बोला। नाव बाढ़ में चक्कर खाने लगी। सहसा दूर उसे जल-मग्न वृक्षों की चोटियों और पेड़ों के बीच में एक गृह का ऊपरी अंश दिखाई पड़ा। नंदन ने संकेत किया। माँझी उसी ओर नाव खेने लगा।

गृह के नीचे के अंश में जल भर गया था। थोड़ा-सा अन्न और ईंधन ऊपर के भाग में बचा था। राधा उस जल में घिरी हुई अचल थी। छत की मुँडेर पर बैठी वह जलमयी प्रकृति में डूबती हुई सूर्य की अंतिम किरणों को ध्यान से देख रही थी। दासी ने कहा—स्वामिनी! वह दीपाधार भी गया, अब तो हम लोगों के

लिए बहुत थोड़ा अन्न घर में बच रहा है।

देखती नहीं यह प्रलय-सी बाढ़! कितने मर मिटे होंगे। तुम तो पक्की छत पर बैठी अभी यह दृश्य देख रही हो। आज से मैंने अपना अंश छोड़ दिया। तुम लोग जब तक जी सको, जीना।

सहसा नीचे झाँककर राधा ने देखा, एक नाव उसके वातायन से टकरा रही है, और एक युवक उसे वातायन के साथ दृढ़ता से बाँध रहा है।

राधा ने पूछा—कौन है?

नीचे सिर किए नंदन ने कहा—बाढ़-पीड़ित कुछ प्राणियों को क्या आश्रय मिलेगा? अब जल का क्रोध उतर चला है। केवल दो दिन के लिए इतने मरनेवालों को आश्रय चाहिए।

ठहरिए, सीढ़ी लटकाई जाती है।

राधा और दासी तथा अनुचर ने मिलकर सीढ़ी लगाई। नंदन विवर्ण मुख एक-एक को पीठ पर लादकर ऊपर पहुँचाने लगा। जब सब ऊपर आ गए, तो राधा ने आकर कहा—और तो कुछ नहीं है, केवल द्विदलों का जूस इन लोगों के लिए है, ले आऊँ।

नंदन ने सिर उठाकर देखा, राधा। वह बोल उठा—राधा! तुम यहीं हो!

हाँ स्वामी, मैं अपने घर में हूँ। गृहणी का कर्तव्य पालन कर रही हूँ।

पर मैं गृहस्थ का कर्तव्य न पालन कर सका, राधा, पहले मुझे क्षमा करो।

स्वामी, यह अपराध मुझसे न हो सकेगा। उठिए, आज आपकी कर्मण्यता से मेरा ललाट उज्ज्वल हो रहा है। इतना साहस कहाँ छिपा था, नाथ!

दोनों प्रसन्न होकर कर्तव्य में लगे। यथासंभव उन दुखियों की सेवा होने लगी।

एक प्रहर के बाद नंदन ने कहा—मुझे भ्रम हो रहा है कि कोई यहाँ पास ही विपन्न है। राधा! अभी रात अधिक नहीं हुई है, मैं एक बार नाव लेकर जाऊँ?

राधा ने कहा—मैं भी चलूँ?

नंदन ने कहा—गृहणी का काम करो, राधा! कर्तव्य कठोर होता है, भाव-प्रधान नहीं।

नंदन एक माँझी को लेकर चला गया और राधा दीपक जलाकर मुँडेर पर बैठी थी। दासी और दास पीड़ितों की सेवा में लगे थे। बादल खुल गए थे।

असंख्य नक्षत्र झलमलाकर निकल आए, मेघों के बंदीगृह से जैसे छुट्टी मिली हो ! चंद्रमा भी धीरे-धीरे उस त्रस्त प्रदेश को भयभीत होकर देख रहा था।

एक घंटे में नंदन का शब्द सुनाई पड़ा—सीढ़ी।

राधा दीपक दिखला रही थी और सीढ़ी के सहारे नंदन ऊपर एक भारी बोझ लेकर चढ़ रहा था।

छत पर आकर उसने कहा—एक वस्त्र दो, राधा ! राधा ने एक उत्तरीय दिया। वह मुमूर्ष व्यक्ति नग्न था। उसे ढककर नंदन ने थोड़ा सेंक दिया; गर्मी भीतर पहुँचते ही वह हिलने-डोलने लगा। नीचे से माँझी ने कहा—जल बड़े वेग से हट रहा है, नाव ढीली न करूँगा, तो लटक जाएगी।

नंदन ने कहा—तुम्हारे लिए भोजन लटकाता हूँ, ले लो। काल-रात्रि बीत गई। नंदन ने प्रभात में आँखें खोलकर देखा कि सब सो रहे हैं और राधा उसके पास बैठी सिर सहला रही है।

इतने में पीछे से लाया हुआ मनुष्य उठा। अपने को अपरिचित स्थान में देख कर वह चिल्ला उठा—मुझे वस्त्र किसने पहनाया, मेरा व्रत किसने भंग किया ?

नंदन ने हँसकर कहा—कर्पिजल ! यह राधा का गृह है, तुम्हें उसके आज्ञानुसार यहाँ रहना होगा। छोड़ो पागलपन ! चलो, बहुत से प्राणी हम लोगों की सहायता के अधिकारी हैं। कर्पिजल ने कहा—सो कैसे हो सकता है ? तुम्हारा-हमारा संग असंभव है।

मुझे दंड देने के लिए ही तो तुमने यह स्वाँग रचा था। राधा तो उसी दिन से निर्वासित थी और कल से मुझे भी अपने घर में प्रवेश करने की आज्ञा नहीं। कर्पिजल ! आज तो हम और तुम दोनों बराबर हैं और इतने अधमरों के प्राणों का दायित्व भी हमी लोगों पर है। यह व्रत-भंग नहीं, व्रत का आरंभ है। चलो, इस दरिद्र कुटुंब के लिए अन्न जुटाना होगा।

कर्पिजल आज्ञाकारी बालक की भाँति सिर झुकाए उठ खड़ा हुआ।

महापुरुष बनकर जनता को आशीर्वाद देने के व्रत की अपेक्षा पीड़ितों की सेवा करना सार्थक एवं मानवीय है। कर्पिजल निर्वस्त्र रहने का व्रत लेकर एक मंदिर में रहता है और अनेक श्रद्धालुओं से सम्मान पाता है। कर्पिजल ऐसा ही व्यक्ति है। नंदन धनी होकर भी बाढ़ पीड़ितों की रात-दिन मदद में लगा रहता है। जब कर्पिजल भी बाढ़ की चपेट में आ जाता है तो नंदन उसे अपने यहाँ ले

आता है जहाँ उस व्रतधारी (निर्वस्त्र रहने) को कपड़े पहनाए जाते हैं तथा पीड़ितों की सेवा हेतु अपने व्रत को भंग करने की प्रेरणा दी जाती है। पीड़ितों की मदद करने की दिशा में यदि व्रत-भंग होता है तो वह उस व्रत के साथ समाज सेवा का एक और व्रत धारण कर लेता है क्योंकि मानव सेवा से बड़ा कोई व्रत नहीं होता।

नीरा

अब और आगे नहीं, इस गंदगी में कहाँ चलते हो, देवनिवास?

थोड़ी दूर और—कहते हुए देवनिवास ने अपनी साइकिल धीमी कर दी; किंतु विरक्त अमरनाथ ने ब्रेक दबाकर ठहर जाना ही उचित समझा। देवनिवास आगे निकल गया। मौलसिरी का वह सघन वृक्ष था, जो पोखरे के किनारे अपनी अंधकारमयी छाया डाल रहा था। पोखरे से सड़ी हुई दुर्गंध आ रही थी। देवनिवास ने पीछे घूमकर देखा, मित्र को वहीं रुका देखकर वह लौट रहा था। उसकी साइकिल का लैंप बुझ चला था। सहसा धक्का लगा, देवनिवास तो गिरते-गिरते बचा, और एक दुर्बल मनुष्य 'अरे राम' कहता हुआ गिरकर भी उठ खड़ा हुआ। बालिका उसका हाथ पकड़कर पूछने लगी—कहीं चोट तो नहीं लगी, बाबा?

नहीं बेटी! मैं कहता न था, मुझे मोटरों से उतना डर नहीं लगता, जितना इस बे-दुम के जानवर 'साइकिल' से। मोटरवाले तो दूसरों को ही चोट पहुँचाते हैं, पैदल चलनेवालों को कुचलते हुए निकल जाते हैं पर ये बेचारे तो आप भी गिर पड़ते हैं। क्यों बाबू साहब, आपको तो चोट नहीं लगी? हम लोग तो चोट-घाव सह सकते हैं।

देवनिवास कुछ झेंप गया था। उसने बूढ़े से कहा—आप मुझे क्षमा कीजिए। आपको···

क्षमा—मैं करूँ? अरे, आप क्या कह रहे हैं! दो-चार हंटर आपने नहीं लगाए। घर भूल गए, हंटर नहीं ले आए! अच्छा महोदय! आपको कष्ट हुआ न, क्या करूँ, बिना भीख माँगे इस सर्दी में पेट गालियाँ देने लगता है! नींद भी नहीं आती, चार-छह पहरों पर तो कुछ-न-कुछ इसे देना ही पड़ता है! और भी मुझे एक रोग है। दो पैसों बिना वह नहीं छूटता—पढ़ने के लिए अखबार चाहिए; पुस्तकालयों में चिथड़े पहनकर बैठने न पाऊँगा, इसलिए नहीं जाता। दूसरे दिन का बासी समाचार-पत्र दो पैसों में ले लेता हूँ!

अमरनाथ भी पास आ गया था। उसने यह कांड देखकर हँसते हुए कहा—देवनिवास! मैं मना करता था न! तुम अपनी धुन में कुछ सुनते भी हो। चले तो फिर चले, और रुके तो अड़ियल टट्टू भी झक मारे! क्या उसे कुछ चोट आ गई है? क्यों बूढ़े! लो, यह अठन्नी है। जाओ अपनी राह, तनिक देखकर चला करो!

बूढ़ा मसखरा भी था। अठन्नी लेते हुए उसने कहा—देखकर चलता, तो यह अठन्नी कैसे मिलती! तो भी बाबू जी, आप लोगों की जेब में अखबार होगा। मैंने देखा है, बाइसिकिल पर चढ़े हुए बाबुओं की पाकेट में निकला हुआ कागज का मुट्ठा; अखबार ही रहता होगा।

चलो बाबा, झोपड़ी में, सर्दी लगती है।—यह छोटी-सी बालिका अपने बाबा को जैसे इस तरह बातें करते हुए देखना नहीं चाहती थी। वह संकोच में डूबी जा रही थी। देवनिवास चुप था। बुड्ढे को जैसे तमाचा लगा। वह अपने दयनीय और घृणित भिक्षा व्यवसाय को बहुधा नीरा से छिपाकर, बनाकर कहता। उसे अखबार सुनाता। और भी न जाने क्या-क्या ऊँची-नीची बातें बका करता; नीरा जैसे सब समझती थी! वह कभी बूढ़े से प्रश्न नहीं करती थी। जो कुछ वह कहता, चुपचाप सुन लिया करती थी। कभी-कभी बुड्ढा झुँझलाकर चुप हो जाता, तब भी वह चुप रहती। बूढ़े को आज ही नीरा ने झोंपड़ी में चलने के लिए कहकर पहले-पहल मीठी झिड़की दी। उसने सोचा कि अठन्नी पाने पर भी अखबार माँगना नीरा न सह सकी।

अच्छा तो बाबू जी, भगवान् यदि कोई हों, तो आपका भला करें—बुड्ढा

लड़की का हाथ पकड़कर मौलसिरी की ओर चला। देवनिवास सन्न था। अमरनाथ ने अपनी साइकिल के उज्ज्वल आलोक में देखा; नीरा एक गोरी-सी, सुंदरी, पतली-दुबली करुणा की छाया थी। दोनों मित्र चुप थे। अमरनाथ ने ही कहा—अब लौटोगे कि यहीं गड़ गए!

तुमने कुछ सुना, अमरनाथ! वह कहता था—भगवान् यदि कोई हों—कितना भयानक अविश्वास! देवनिवास ने साँस लेकर कहा।

दरिद्रता और लगातार दु:खों से मनुष्य अविश्वास करने लगता है, निवास! यह कोई नई बात नहीं है—अमरनाथ ने चलने की उत्सुकता दिखाते हुए कहा।

किंतु देवनिवास तो जैसे आत्मविस्मृत था। उसने कहा—सुख और संपत्ति से क्या ईश्वर का विश्वास अधिक होने लगता है? क्या मनुष्य ईश्वर को पहचान लेता है? उसकी व्यापक सत्ता को मलिन वेष में देखकर दुरदुराता नहीं—ठुकराता नहीं अमरनाथ! अबकी बार 'आलोचक' के विशेषांक में तुमने लौटे हुए प्रवासी कुलियों के संबंध में एक लेख लिखा था न! वह सब कैसे लिखा था?

अखबारों से आँकड़े देखकर। मुझे ठीक-ठीक स्मरण है। कब, किस द्वीप से कौन-कौन स्टीमर किस तारीख में चले। 'सतलज', 'पंडित' और 'एलिफैंट' नाम के स्टीमरों पर कितने-कितने कुली थे, मुझे ठीक-ठीक मालूम था, और?

और वे सब अब कहाँ हैं?

सुना है, इसी कलकत्ते के पास कहीं मटियाबुर्ज है, वहीं अभागों का निवास है। अवध के नवाब का विलास या प्रायश्चित्त-भवन भी तो मटियाबुर्ज ही रहा। मैंने इस लेख में भी एक व्यंग इस पर बड़े मार्के का दिया है। चलो, खड़े-खड़े बातें करने की जगह नहीं। तुमने तो कहा था कि आज जनाकीर्ण कलकत्ते से दूर तुमको एक अच्छी जगह दिखाऊँगा। यहीं…।

यही मटियाबुर्ज है।—देवनिवास ने बड़ी गंभीरता से कहा। और अब तुम कहोगे कि यह बुड्ढा वहीं से लौटा हुआ कोई कुली है।

हो सकता है, मुझे नहीं मालूम। अच्छा, चलो अब लौटें।—कहकर अमरनाथ ने अपनी साइकिल को धक्का दिया।

देवनिवास ने कहा—चलो उसकी झोपड़ी तक, मैं उससे कुछ बात करूँगा।

अनिच्छापूर्वक 'चलो' कहते हुए अमरनाथ ने मौलसिरी की ओर साइकिल

घुमा दी। साइकिल के तीव्र आलोक में झोपड़ी के भीतर का दृश्य दिखाई दे रहा था। बुड्ढा मनोयोग से लाई फाँक रहा था और नीरा भी कल की बची हुई रोटी चबा रही थी। रूखे ओठों पर दो-एक दाने चिपक गए थे, जो उस दरिद्र मुख में जाना अस्वीकार कर रहे थे। लुक फेरा हुआ टीन का गिलास अपने खुरदरे रंग का नीलापन नीरा की आँखों में उँड़ेल रहा था। आलोक एक उज्ज्वल सत्य है, बंद आँखों में भी उसकी सत्ता छिपी नहीं रहती। बुड्ढे ने आँखें खोलकर दोनों बाबुओं को देखा। वह बोल उठा–बाबू जी ! आप अखबार देने आए हैं ? मैं अभी पथ्य ले रहा था; बीमार हूँ न, इसी से लाई खाता हूँ, बड़ी नमकीन होती है। अखबार वाले भी कभी-कभी नमकीन बातों का स्वाद दे देते हैं ! इसी से तो, बेचारे कितनी दूर-दूर की बातें सुनते हैं। जब मैं 'मोरिशस' में था, तब हिंदुस्तान की बातें पढ़ा करता था। मेरा देश सोने का है, ऐसी भावना जग उठी थी। अब कभी-कभी उस टापू की बातें पढ़ पाता हूँ, तब यह मिट्टी मालूम पड़ता है; पर सच कहता हूँ बाबू जी, 'मोरिशस' में अगर गोली न चली होती और 'नीरा' की माँ न मरी होती···हाँ, गोली से ही वह मरी थी···तो मैं अब तक वहीं से जन्मभूमि का सोने का सपना देखना; और इस अभागे देश ! नहीं-नहीं बाबू जी, मुझे यह कहने का अधिकार नहीं। मैं हूँ अभागा ! हाय रे भाग !!

'नीरा' घबरा उठी थी। उसने किसी तरह दो घूँट जल गले से उतारकर इन लोगों की ओर देखा। उसकी आँखें कह रही थीं कि 'जाओ, मेरी दरिद्रता का स्वाद लेनेवाले धनी विचारको ! और सुख तो तुम्हें मिलते ही हैं, एक न सही !'

अपने पिता को बातें करते देखकर वह घबरा उठती थी। वह डरती थी कि बुड्ढा न-जाने क्या-क्या कह बैठेगा। देवनिवास चुपचाप उसका मुँह देखने लगा।

नीरा बालिका न थी। स्त्रीत्व के सब व्यंजन थे, फिर भी जैसे दरिद्रता के भीषण हाथों ने उसे दबा दिया था, वह सीधी ऊपर नहीं उठने पाई।

क्या तुमको ईश्वर में विश्वास नहीं है ?–अमरनाथ ने गंभीरता से पूछा।

'आलोचक' में एक लेख मैंने पढ़ा था ! वह इसी प्रकार के उलाहने से भरा था, कि 'वर्तमान जनता में ईश्वर के प्रति अविश्वास का भाव बढ़ता जा रहा है, और इसीलिए वह दुखी है।' यह पढ़कर मुझे तो हँसी आ गई।–बुड्ढे ने अविचल भाव से कहा।

हँसी आ गई ! कैसे दुःख की बात है ।—अमरनाथ ने कहा ।

दुःख की बात सोचकर ही तो हँसी आ गई । हम मूर्ख मनुष्यों ने त्राण की--शरण की—आशा से ईश्वर पर पूर्वकाल में विश्वास किया था, परस्पर के विश्वास और सद्भाव को ठुकराकर । मनुष्य, मनुष्य का विश्वास नहीं कर सका; इसीलिए तो एक दुखी दूसरे दुखी की ओर घृणा से देखता था । दुखी ने ईश्वर का अवलंबन लिया, तो भी भगवान् ने संसार के दुखों की सृष्टि बंद कर दी क्या ? मनुष्य के बूते का न रहा, तो क्या वह भी… ?--कहते-कहते बूढ़े की आँखों से चिनगारियाँ निकलने लगीं; किंतु वे अग्निकण गलने लगे और उसके कपोलों के गढ़े में वह द्रव इकट्ठा होने लगा ।

अमरनाथ क्रोध से बुड्ढे को देख रहा था; किंतु देवनिवास उस मलिना नीरा की उत्कंठा और खेद-भरी मुखाकृति का अध्ययन कर रहा था ।

आपको क्रोध आ गया, क्यों महाशय ! आने की बात ही है । ले लीजिए अपनी अठन्नी । अठन्नी देकर ईश्वर में विश्वास नहीं कराया जाता । उस चोट के बारे में पुलिस से जाकर न कहने के लिए भी अठन्नी की आवश्यकता नहीं । मैं यह मानता हूँ कि सृष्टि विषमता से भरी है, चेष्टा करके भी इसमें आर्थिक या शारीरिक साम्य नहीं लाया जा सकता । हाँ, तो भी ऐश्वर्यवालों को, जिन पर भगवान् की पूर्ण कृपा है, अपनी सहृदयता से ईश्वर का विश्वास कराने का प्रयत्न करना चाहिए । कहिए, इस तरह भगवान् की समस्या सुलझाने के लिए आप प्रस्तुत हैं ?

इस बूढ़े नास्तिक और तार्किक से अमरनाथ को तीव्र विरक्ति हो चली थी । अब वह चलने के लिए देवनिवास से कहनेवाला था; उसने देखा, वह तो झोंपड़ी में आसन जमाकर बैठ गया है !

अमरनाथ को चुप देखकर देवनिवास ने बूढ़े से कहा—अच्छा, तो आप मेरे घर चलकर रहिए । संभव है कि मैं आपकी सेवा कर सकूँ । तब आप विश्वासी बन जाएँ, तो कोई आश्चर्य नहीं ।

इस बार तो वह बुड्ढा बुरी तरह देवनिवास को घूरने लगा । निवास वह तीव्र दृष्टि सह न सका । उसने समझा कि मैंने चलने के लिए कहकर बूढ़े को चोट पहुँचाई है । वह बोल उठा--क्या आप… ?

ठहरो भाई ! तुम बड़े जल्दबाज मालूम होते हो—बूढ़े ने कहा । क्या सचमुच

तुम मेरी सेवा किया चाहते हो या···?

अब बूढ़ा नीरा की ओर देख रहा था और नीरा की आँखें बूढ़े को आगे न बोलने की शपथ दिला रही थीं; किंतु उसने फिर कहा ही—या नीरा को, जिसे तुम बड़ी देर से देख रहे हो, अपने घर लिवा जाने की बड़ी उत्कंठा है! क्षमा करना! मैं अविश्वासी हो गया हूँ न! क्यों, जानते हो? जब कुलियों के लिए इसी सीली, गंदी और दुर्गंधमयी भूमि में एक सहानुभूति उत्पन्न हुई थी, तब मुझे यह कटु अनुभव हुआ था कि वह सहानुभूति भी चिरायँध से खाली न थी। मुझे एक सहायक मिले थे और मैं यहाँ से थोड़ी दूर पर उनके घर रहने लगा था।

नीरा से अब न रहा गया। वह बोल उठी—बाबा, चुप न रहोगे; खाँसी आने लगेगी।

ठहर नीरा! हाँ तो महाशय जी, मैं उनके घर रहने लगा था। और उन्होंने मेरा आतिथ्य साधारणतः अच्छा ही किया। एक ऐसी ही काली रात थी। बिजली बादलों में चमक रही थी और मैं पेट-भरकर उस ठंडी रात में सुख की झपकी लेने लगा था। इस बात को बरसों हुए; तो भी मुझे ठीक स्मरण है कि मैं जैसे भयानक सपना देखता हुआ चौंक उठा। नीरा चिल्ला रही थी! क्यों नीरा?

अब नीरा हताश हो गई थी और उसने बूढ़े को रोकने का प्रयत्न छोड दिया था। वह एकटक बूढ़े का मुँह देख रही थी।

बुड्ढे ने फिर कहना आरंभ किया—हाँ तो नीरा चिल्ला रही थी। मैं उठकर देखता हूँ, तो मेरे वह परम सहायक महाशय इसी नीरा को दोनों हाथ से पकड़कर घसीट रहे थे और यह बेचारी छूटने का व्यर्थ प्रयत्न कर रही थी। मैंने अपने दोनों दुर्बल हाथों को उठाकर उस नीच उपकारी के ऊपर दे मारा। वह नीरा को छोड़कर 'पाजी, बदमाश, निकल मेरे घर से' कहता हुआ मेरा अकिंचन सामान बाहर फेंकने लगा। बाहर ओले-सी बूँदें पड़ रही थीं और बिजली कौंधती थी। मैं नीरा को लिए सर्दी से दाँत किटकिटाता हुआ एक ठूँठे वृक्ष के नीचे रात भर बैठा रहा। उस समय वह मेरा ऐश्वर्यशाली सहायक बिजली के लैंपों में मुलायम गद्दे पर सुख की नींद सो रहा था। यद्यपि मैं उसे लौटकर देखने नहीं गया, तो भी मैं निश्चयपूर्वक कहता हूँ कि उसके सुख में किसी प्रकार की बाधा उपस्थित करने का दंड देने के लिए भगवान् का न्याय अपने भीषण रूप में नहीं प्रकट हुआ। मैं रोता था—पुकारता था; किंतु वहाँ सुनता कौन है!

तुम्हारा बदला लेने के लिए भगवान् नहीं आए, इसीलिए तुम अविश्वास करने लगे! लेखकों की कल्पना का साहित्यिक न्याय तुम सर्वत्र प्रत्यक्ष देखना चाहते हो न! निवास ने तत्परता से कहा।

क्यों न मैं ऐसा चाहता? क्या मुझे इतना भी अधिकार न था?

तुम समाचार-पत्र पढ़ते हो न?

अवश्य!

तो उसमें कहानियाँ भी कहीं-कहीं पढ़ लेते होगे और उनकी आलोचनाएँ भी?

हाँ, तो फिर!

जैसे एक साधारण आलोचक प्रत्येक लेखक से अपने मन की कहानी कहलाया चाहता है और हठ करता है कि नहीं, यहाँ तो ऐसा न होना चाहिए था; ठीक उसी तरह तुम सृष्टिकर्ता से अपने जीवन की घटनावली अपने मनोनुकूल सही कराना चाहते हो। महाशय! मैं भी इसका अनुभव करता हूँ कि सर्वत्र यदि पापों का भीषण दंड तत्काल ही मिल जाया करता, तो यह सृष्टि पाप करना छोड़ देती। किंतु वैसा नहीं हुआ। उलटे यह एक व्यापक और भयानक मनोवृत्ति बन गई है कि मेरे कष्टों का कारण कोई दूसरा है। इस तरह मनुष्य अपने कर्मों को सरलता से भूल सकता है। क्या तुमने अपने अपराधों पर विचार किया है?

निवास बड़े वेग में बोल रहा था। बुड्ढा, न जाने क्यों काँप उठा। साइकिल का तीव्र आलोक उसके विकृत मुख पर पड़ रहा था। बुड्ढे का सिर धीरे-धीरे नीचे झुकने लगा। नीरा चौंककर उठी और एक फटा-सा कंबल उस बुड्ढे को ओढ़ाने लगी। सहसा बुड्ढे ने सिर उठाकर कहा—मैं इसे मान लेता हूँ कि आपके पास बड़ी अच्छी युक्तियाँ हैं और उनके द्वारा वर्तमान दशा का कारण आप मुझे ही प्रमाणित कर सकते हैं। किंतु वृक्ष के नीचे पुआल से ढँकी हुई मेरी झोंपड़ी को और उसमें पड़े हुए अनाहार, सर्दी और रोगों से जीर्ण मुझ अभागे को मेरा ही भ्रम बताकर आप किसी बड़े भारी सत्य का आविष्कार कर रहे हैं, तो कीजिए। जाइए, मुझे क्षमा कीजिए।

देवनिवास कुछ बोलने ही वाला था कि नीरा ने दृढ़ता से कहा—आप लोग क्यों बाबा को तंग कर रहे हैं? अब उन्हें सोने दीजिए।

निवास ने देखा कि नीरा के मुख पर आत्म-निर्भरता और संतोष की गंभीर

शांति है। स्त्रियों का हृदय अभिलाषाओं का, संसार के सुखों का, क्रीड़ास्थल है; किंतु नीरा का हृदय, नीरा का मस्तिष्क इस किशोर-अवस्था में ही कितना उदासीन और शांत है। वह मन-ही-मन नीरा के सामने प्रणत हुआ।

दोनों मित्र उस झोंपड़ी से निकले। रात अधिक बीत चली थी। वे कलकत्ता महानगरी की घनी बस्ती में धीरे-धीरे साइकिल चलाते हुए घुसे। दोनों का हृदय भारी था। वे चुप थे।

देवनिवास का मित्र कच्चा नागरिक नहीं था। उसको अपने आँकड़ों का और उनके उपयोग पर पूरा विश्वास था। वह सुख और दुःख, दरिद्रता और विभव, कटुता और मधुरता की परीक्षा करता। जो उसके काम के होते, उन्हें सम्हाल लेता; फिर अपने मार्ग पर चल देता। सार्वजनिक जीवन का ढोंग रचने में वह पूरा खिलाड़ी था। देवनिवास के आतिथ्य का उपभोग करके अपने लिए कुछ मसाला जुटाकर वह चला गया।

किंतु निवास की आँखों में, उस रात्रि में बूढ़े की झोंपड़ी का दृश्य, अपनी छाया ढालता ही रहा। एक सप्ताह बीतने पर वह फिर उसी ओर चला।

झोंपड़ी में बुड्ढा पुआल पर पड़ा था। उसकी आँखें कुछ बड़ी हो गई थीं, ज्वर से लाल थीं। निवास को देखते ही एक रुग्ण हँसी उसके मुँह पर दिखाई दी। उसने धीरे से पूछा—बाबू जी, आज फिर...।

नहीं, मैं वाद-विवाद करने नहीं आया हूँ। तुम क्या बीमार हो?

हाँ, बीमार हूँ बाबू जी, और यह आपकी कृपा है।

मेरी?

हाँ, उसी दिन से आपकी बातें मेरे सिर में चक्कर काटने लगी हैं। मैं ईश्वर पर विश्वास करने की बात सोचने लगा हूँ। बैठ जाइए, सुनिए।

निवास बैठ गया था। बुड्ढे ने फिर कहना आरंभ किया—मैं हिंदू हूँ। कुछ सामान्य पूजा-पाठ का प्रभाव मेरे हृदय पर पड़ा रहा, जिन्हें मैं बाल्यकाल में अपने घर पर्वों और उत्सवों पर देख चुका था। मुझे ईश्वर के बारे में कभी कुछ बताया नहीं गया। अच्छा, जाने दीजिए, वह मेरी लंबी कहानी है, मेरे जीवन की संसार से झगड़ते रहने की कथा है। अपनी घोर आवश्यकताओं से लड़ता-झगड़ता मैं कुली बनकर 'मोरिशस' पहुँचा। वहाँ 'कुलसम' से, नीरा की माँ से, मेरी भेंट हो गई। मेरा उसका ब्याह हो गया। आप हँसिए मत,

कुलियों के लिए वहाँ किसी काजी या पुरोहित की उतनी आवश्यकता नहीं। हम दोनों को एक दूसरे की आवश्यकता थी। 'कुलसम' ने मेरा घर बसाया। पहिले वह चाहे जैसी रही—किंतु मेरे साथ संबंध होने के बाद से आजीवन वह एक साध्वी गृहिणी बनी रही। कभी-कभी वह अपने ढंग पर ईश्वर का विचार करती और मुझे भी इसके लिए प्रेरित करती; किंतु मेरे मन में जितना 'कुलसम' के प्रति आकर्षण था, उतना ही उसके ईश्वर संबंधी-विचारों से विद्रोह। मैं 'कुलसम' के ईश्वर को तो कदापि नहीं समझ सका। मैं पुरुष होने की धारणा से यह तो सोचता था कि 'कुलसम' वैसा ही ईश्वर माने जैसा उसे मैं समझ सकूँ और वह मेरा ईश्वर हिंदू हो ! क्योंकि मैं सब छोड़ सकता था, लेकिन हिंदू होने का एक दंभपूर्ण विचार मेरे मन में दृढ़ता से जम गया था; तो भी समझदार 'कुलसम' के सामने ईश्वर की कल्पना अपने ढंग की उपस्थित करने का मेरे पास कोई साधन न था। मेरे मन ने ढोंग किया कि मैं नास्तिक हो जाऊँ। जब कभी ऐसा अवसर आता, मैं 'कुलसम' के विचारों की खिल्ली उड़ाता हुआ हँसकर कह देता—'मेरे लिए तो तुम्हीं ईश्वर हो, तुम्हीं खुदा हो, तुम्हीं सबकुछ हो।' वह मुझे चापलूसी करते हुए देखकर हँस तो देती थी, किंतु उसका रोआँ-रोआँ रोने लगता।

मैं अपनी गाढ़ी कमाई के रुपए को शराब के प्याले में गलाकर मस्त रहता। मेरे लिए वह भी कोई विशेष बात न थी, न तो मेरे लिए आस्तिक बनने में ही कोई विशेषता थी। धीरे-धीरे मैं उच्छृंखल हो गया। कुलसम रोती, बिलखती और मुझे समझाती; किंतु मुझे ये सब बातें व्यर्थ की-सी जान पड़तीं। मैं अधिक अविचारी हो उठा। मेरे जीवन का वह भयानक परिवर्तन बड़े वेग से आरंभ हुआ। कुलसम उस कष्ट को सहन करने के लिए जीवित न रह सकी। उस दिन जब गोली चली थी तब कुलसम के वहाँ जाने की आवश्यकता न थी। मैं सच कहता हूँ बाबू जी, वह आत्महत्या करने का उसका एक नया ढंग था। मुझे विश्वास होता है कि मैं ही इसका कारण था। इसके बाद मेरी वह सब उद्दंडता तो नष्ट हो ही गई, जीवन की पूँजी जो मेरा निज का अभिमान था—वह भी चूर-चूर हो गया। मैं नीरा को लेकर भारत के लिए चल पड़ा। तब तक तो मैं ईश्वर के संबंध में एक उदासीन नास्तिक था किंतु इस दुःख ने मुझे विद्रोही बना दिया। मैं अपने कष्टों का कारण ईश्वर को ही समझने लगा और मेरे मन में यह

बात जम गई कि यह मुझे दंड दिया गया है।

बुड्ढा उत्तेजित हो उठा था। उसका दम फूलने लगा, खाँसी आने लगी। नीरा मिट्टी के घड़े में जल लिए हुए झोंपड़ी में आई। उसने देवनिवास को और अपने पिता को अन्वेषक दृष्टि से देखा। यह समझ लेने पर कि दोनों में से किसी के मुख पर कटुता नहीं है, वह प्रकृतिस्थ हुई। धीरे-धीरे पिता का सिर सहलाते हुए उसने पूछा—बाबा, लावा ले आई हूँ, कुछ खा लो।

बुड्ढे ने कहा—ठहरो बेटी! फिर निवास की ओर देखकर कहने लगा—बाबू जी, उस दिन भी जब नीरा के लिए मैंने भगवान् को पुकारा था, तब उसी कटुता से। संभव है, इसीलिए वे न आए हों। आज कई दिनों से मैं भगवान् को समझने की चेष्टा कर रहा हूँ। नीरा के लिए मुझे चिंता हो रही है। वह क्या करेगी? किसी अत्याचारी के हाथ पड़कर नष्ट तो न हो जाएगी?

निवास कुछ बोलने ही को था कि नीरा कह उठी—बाबा, तुम मेरी चिंता न करो, भगवान् मेरी रक्षा करेंगे। निवास की अंतरात्मा पुलकित हो उठी। बुड्ढे ने कहा—करेंगे बेटी? उसके मुख पर एक व्याकुल प्रसन्नता झलक उठी।

निवास ने बूढ़े की ओर देखकर विनीत स्वर में कहा—मैं नीरा से ब्याह करने के लिए प्रस्तुत हूँ। यदि तुम्हें—

बूढ़े को अबकी खाँसी के साथ ढेर-सा रक्त गिरा, तो भी उसके मुँह पर संतोष और विश्वास की प्रसन्न-लीला खेलने लगी। उसने अपने दोनों हाथ निवास और नीरा पर फैलाकर रखते हुए कहा—हे मेरे भगवान्!

जहाँ समाज में अनैतिकता छाई हुई हो, वहाँ अपनी इज्जत बचाए रखना और स्वाभिमानी जिंदगी जीना बहुत कठिन है, विशेषतः स्त्री की इज्जत सरेआम लूटी जाती है और उसके रक्षक समझे जाने वाले ही नीरा जैसी लड़कियों के साथ ऐसा करते हैं। परंतु कुछ लोग ऐसे भी हैं जो नारी का सम्मान करते हैं। निवास नीरा से शादी करने को तैयार हो जाता है जिसका परिणाम यह होता है कि नीरा के बुड्ढे पिता का ईश्वर पर विश्वास दृढ़ होता जाता है। दुःखी दशा में ईश्वर को न माननेवाला बुड्ढा, निवास द्वारा नीरा से शादी के प्रस्ताव के बाद, कहता है—'हे मेरे भगवान'!

इंद्रजाल

गाँव के बाहर, एक छोटे-से बंजर में कंजरों का दल पड़ा था। उस परिवार में टट्टू, भैंसे और कुत्तों को मिलाकर इक्कीस प्राणी थे। उसका सरदार मैकू, लंबी-चौड़ी हड्डियोंवाला एक अधेड़ पुरुष था। दया-माया उसके पास फटकने नहीं पाती थी। उसकी घनी दाढ़ी और मूँछों के भीतर प्रसन्नता की हँसी छिपी ही रह जाती। गाँव में भीख माँगने के लिए जब कंजरों की स्त्रियाँ जातीं, तो उनके लिए मैकू की आज्ञा थी कि कुछ न मिलने पर अपने बच्चों को निर्दयता से गृहस्थ के द्वार पर जो स्त्री न पटक देगी, उसको भयानक दंड मिलेगा।

उस निर्दय झुंड में गानेवाली एक लड़की थी। और एक बाँसुरी बजानेवाला युवक। ये दोनों गा-बजाकर जो पाते, वह मैकू के चरणों में लाकर रख देते। फिर भी गोली और बेला की प्रसन्नता की सीमा न थी। उन दोनों का नित्य संपर्क ही उनके लिए स्वर्गीय सुख था। इन घुमक्कड़ों के दल में ये दोनों विभिन्न रुचि के प्राणी थे। बेला बेड़िन थी। माँ के मर जाने पर अपने शराबी और अकर्मण्य पिता के साथ वह कंजरों के हाथ लगी। अपनी माता के गाने-बजाने का संस्कार उसकी नस-नस में भरा था। वह बचपन से ही अपनी माता का अनुकरण करती हुई अलापती रहती थी।

शासन की कठोरता के कारण कंजरों का डाका और लड़कियों के चुराने का व्यापार बंद हो चला था। फिर भी मैकू अवसर से नहीं चूकता। अपने दल की उन्नति में बराबर लगा ही रहता। इस तरह गोली के बाप के मर जाने पर—जो एक चतुर नट था—मैकू ने उसकी खेल की पिटारी के साथ गोली पर भी अधिकार जमाया। गोली महुअर तो बजाता ही था, पर बेला का साथ होने पर उसने बाँसुरी बजाने में अभ्यास किया। पहले तो उसकी नट-विद्या में बेला भी मनोयोग से लगी; किंतु दोनों को भानुमती वाली पिटारी ढोकर दो-चार पैसे कमाना अच्छा न लगा। दोनों को मालूम हुआ कि दर्शक उस खेल से अधिक उसका गाना पसंद करते हैं। दोनों का झुकाव उसी ओर हुआ। पैसा भी मिलने लगा। इन नवागंतुक बाहरियों की कंजरों के दल में प्रतिष्ठा बढ़ी।

बेला साँवली थी। जैसे पावस की मेघमाला में छिपे हुए आलोकपिंड का प्रकाश निखरने की अदम्य चेष्टा कर रहा हो, वैसे ही उसका यौवन सुगठित

शरीर के भीतर उद्वेलित हो रहा था। गोली के स्नेह की मदिरा से उसकी कजरारी आँखें लाली से भरी रहतीं। वह चलती तो थिरकती हुई, बातें करती तो हँसती हुई। एक मिठास उसके चारों ओर बिखरी रहती। फिर भी गोली से अभी उसका ब्याह नहीं हुआ था।

गोली जब बाँसुरी बजाने लगता, तब बेला के साहित्यहीन गीत जैसे प्रेम के माधुर्य की व्याख्या करने लगते। गाँव के लोग उसके गीतों के लिए कंजरों को शीघ्र हटाने का उद्योग नहीं करते! जहाँ अपने अन्य सदस्यों के कारण कंजरों का वह दल घृणा और भय का पात्र था, वहाँ गोली और बेला का संगीत आकर्षण के लिए पर्याप्त था; किंतु इसी में एक व्यक्ति का अवांछनीय सहयोग भी आवश्यक था। वह था भूरे, छोटी-सी ढोल लेकर उसे भी बेला का साथ करना पड़ता।

भूरे सचमुच भूरा भेड़िया था। गोली अधरों से बाँसुरी लगाए अर्द्धनिमीलित आँखों के अंतराल से, बेला के मुख को देखता हुआ जब हृदय की फूँक से बाँस के टुकड़े को अनुप्राणित कर देता, तब विकट घृणा से ताड़ित होकर भूरे की भयानक थाप ढोल पर जाती। क्षण-भर के लिए जैसे दोनों चौंक उठते।

उस दिन ठाकुर के गढ़ में बेला का दल गाने के लिए गया था। पुरस्कार में कपड़े-रुपए तो मिले ही थे; बेला को एक अँगूठी भी मिली थी। मैकू उन सबको देखकर प्रसन्न हो रहा था। इतने में सिरकी के बाहर कुछ हल्ला सुनाई पड़ा। मैकू ने बाहर आकर देखा कि भूरे और गोली में लड़ाई हो रही थी। मैकू के कर्कश स्वर से दोनों भयभीत हो गए। गोली ने कहा–"मैं बैठा था, भूरे ने मुझको गालियाँ दीं। फिर भी मैं न बोला, इस पर उसने मुझे पैर से ठोकर लगा दी।"

"और यह समझता है कि मेरी बाँसुरी के बिना बेला गा ही नहीं सकती। मुझसे कहने लगा कि आज तुम ढोलक बेताल बजा रहे थे।" भूरे का कंठ क्रोध से भर्राया हुआ था।

मैकू हँस पड़ा। वह जानता था कि गोली युवक होने पर भी सुकुमार और अपने प्रेम की माधुरी में विह्वल, लजीला और निरीह था। अपने को प्रमाणित करने की चेष्टा उसमें थी ही नहीं। वह आज जो कुछ उग्र हो गया, इसका कारण है केवल भूरे की प्रतिद्वंद्विता।

बेला भी वहाँ आ गई थी। उसने घृणा से भूरे की ओर देखकर कहा–

"तो क्या तुम सचमुच बे-ताल नहीं बजा रहे थे?"

"मैं बे-ताल न बजाऊँगा, तो दूसरा कौन बजावेगा। अब तो तुमको नए यार मिले हैं। बेला! तुझको मालूम नहीं कि तेरा बाप मुझसे तेरा ब्याह ठीक करके मरा है। इसी बात पर मैंने उसे अपना नैपाली का दोगला टट्टू दे दिया था, जिस पर अब भी तू चढ़कर चलती है।" भूरे का मुँह क्रोध के झाग से भर गया था। वह और भी कुछ बकता; किंतु मैकू की डाँट पड़ी। सब चुप हो गए :

उस निर्जन प्रांत में जब अंधकार खुले आकाश के नीचे तारों से खेल रहा था, तब बेला बैठी कुछ गुनगुना रही थी।

कंजरों की झोपड़ियों के पास ही पलाश का छोटा-सा जंगल था। उनमें बेला के गीत गूँज रहे थे। जैसे कमल के पास मधुकर को जाने से कोई रोक नहीं सकता; उसी तरह गोली भी कब माननेवाला था। आज उसके निरीह हृदय में संघर्ष के कारण आत्मविश्वास का जन्म हो गया था। अपने प्रेम के लिए, अपने वास्तविक अधिकार के लिए झगड़ने की शक्ति उत्पन्न हो गई थी। उसका छुरा कमर में था। हाथ में बाँसुरी थी। बेला की गुनगुनाहट बंद होते ही बाँसुरी में गोली उसी तान को दुहराने लगा। दोनों वन-विहंगम की तरह उस अँधेरे कानन में किलकारने लगे। आज प्रेम के आवेश ने आवरण हटा दिया था, वे नाचने लगे। आज तारों की क्षीण ज्योति में हृदय-से-हृदय मिले, पूर्ण आवेग में। आज बेला के जीवन में यौवन का और गोली के हृदय में पौरुष का प्रथम उन्मेष था।

किंतु भूरा भी वहाँ आने से नहीं रुका। उसके हाथ में भी भयानक छुरा था। आलिंगन में आबद्ध बेला ने चीत्कार किया। गोली छटककर दूर जा खड़ा हुआ, किंतु घाव ओछा लगा।

बाघ की तरह झपटकर गोली ने दूसरा वार किया। भूरे सम्हाल न सका। फिर तीसरा वार चलाना ही चाहता था कि मैकू ने गोली का हाथ पकड़ लिया। वह नीचे सिर किए खड़ा रहा।

मैकू ने कड़ककर कहा—"बेला, भूरे से तुझे ब्याह करना ही होगा। यह खेल अच्छा नहीं।"

उसी क्षण सारी बातें गोली के मस्तक में छाया-चित्र-सी नाच उठीं। उसने छुरा धीरे से गिरा दिया। उसका हाथ छूट गया। जब बेला और मैकू भूरे का

हाथ पकड़कर ले चले, तब गोली कहाँ जा रहा है, इसका किसी को ध्यान न रहा।

कंजर-परिवार में बेला भूरे की स्त्री मानी जाने लगी। बेला ने भी सिर झुकाकर इसे स्वीकार कर लिया। परंतु उसे पलाश के जंगल में संध्या के समय जाने से कोई भी नहीं रोक सकता था। उसे जैसे सायंकाल में एक हल्का-सा उन्माद हो जाता। भूरे या मैकू भी उसे वहाँ जाने से रोकने में असमर्थ थे। उसकी दृढ़ता-भरी आँखों से घोर विरोध नाचने लगता।

बरसात का आरंभ था। गाँव की ओर से पुलिस के पास कोई विरोध की सूचना भी नहीं मिली थी। गाँववालों की छुरी-हँसिया और काठ-कबाड़ के कितने ही काम बनाकर वे लोग पैसे लेते थे। कुछ अन्न यों भी मिल जाता। चिड़ियाँ पकड़कर, पक्षियों का तेल बनाकर, जड़ी-बूटी की दवा तथा उत्तेजक औषधियों और मदिरा का व्यापार करके, कंजरों ने गाँव तथा गढ़ के लोगों से सद्भाव भी बना लिया था। सबके ऊपर आकर्षक बाँसुरी जब उसके साथ नहीं बजती थी, तब भी बेला के गले में एक ऐसी नई टीस उत्पन्न हो गई थी, जिसमें बाँसुरी का स्वर सुनाई पड़ता था।

अंतर में भरे हुए निष्फल प्रेम से युवती का सौंदर्य निखर आया था। उसके कटाक्ष अलस, गति मदिर और वाणी झंकार से भर गई थी। ठाकुर साहब के गढ़ में उसका गाना प्रायः हुआ करता था।

छींट का घाघरा और चोली, उस पर गोटे से ढँकी हुई ओढ़नी सहज ही खिसकती रहती। कहना न होगा कि आधा गाँव उसके लिए पागल था। बालक पास से, युवक ठीक-ठिकाने से और बूढ़े अपनी मर्यादा, आदर्शवादिता की रक्षा करते हुए दूर से उसकी तान सुनने के लिए, एक झलक देखने के लिए घात लगाए रहते।

गढ़ के चौक में जब उसका गाना जमता, तो दूसरा काम करते हुए अन्य-मनस्कता की आड़ में मनोयोग से और कनखियों से ठाकुर उसे देख लिया करते।

मैकू घाघ था। उसने ताड़ लिया। उस दिन संगीत बंद होने पर पुरस्कार मिल जाने पर और भूरे के साथ बेला के गढ़ के बाहर जाने पर भी मैकू वहीं थोड़ी देर तक खड़ा रहा। ठाकुर ने उसे देखकर पूछा—"क्या है?"

"सरकार ! कुछ कहना है ।"

"क्या ?"

"यह छोकरी इस गाँव से जाना नहीं चाहती । उधर पुलिस तंग कर रही है ।"

"जाना नहीं चाहती, क्यों ?"

"वह तो घूम-घामकर गढ़ में आ जाती है । खाने को मिल जाता है । ..."

मैकू आगे की बात चुप होकर कुछ-कुछ संकेत-भरी मुस्कराहट से कह देना चाहता था ।

ठाकुर के मन में हलचल होने लगी । उसे दबाकर प्रतिष्ठा का ध्यान करके ठाकुर ने कहा—

"तो मैं क्या करूँ ?"

"सरकार ! वह तो साँझ होते ही पलाश के जंगल में अकेली चली जाती है । वहीं बैठी हुई बड़ी रात तक गाया करती है ।"

"हूँ !"

"एक दिन सरकार धमका दें, तो हम लोग उसे ले-देकर आगे कहीं चले जाएँ ।"

"अच्छा ।"

मैकू जाल फैलाकर चला आया । एक हजार की बोहनी की कल्पना करते वह अपनी सिरकी में बैठकर हुक्का गुड़गुड़ाने लगा ।

बेला के सुंदर अंग की मेघ-माला प्रेमराशि की रजत-रेखा से उद्‌भासित हो उठी थी । उसके हृदय में यह विश्वास जम गया था कि भूरे के साथ घर बसाना गोली के प्रेम के साथ विश्वासघात करना है । उसका वास्तविक पति तो गोली ही है । बेला में यह उच्छृंखल भावना विकट तांडव करने लगी । उसके हृदय में वसंत का विकास था । उमंग में मलयानिल की गति थी । कंठ में वनस्थली की काकली थी । आँखों में कुसुमोत्सव था और प्रत्येक आंदोलन में परिमल का उद्‌गार था । उसकी मादकता बरसाती नदी की तरह वेगवती थी ।

आज उसने अपने जूड़े में जंगली करौंदे के फूलों की माला लपेटकर, भरी मस्ती में जंगल की ओर चलने के लिए पैर बढ़ाया, तो भूरे ने डाँटकर

कहा—"कहाँ चली ?"

'यार के पास।" उसने छूटते ही कहा। बेला के सहवास में आने पर अपनी लघुता को जानते हुए मसोसकर भूरे ने कहा—"तू खून कराए बिना चैन न लेगी।"

बेला की आँखों में गोली का और उसके परिवर्धमान प्रेमांकुर का चित्र था, जो उसके हट जाने पर विरह-जल से हरा-भरा हो उठा था। बेला पलाश के जंगल में अपने बिछुड़े हुए प्रियतम के उद्देश्य से दो-चार विरह-वेदना की तानों की प्रतिध्वनि छोड़ आने का काल्पनिक सुख नहीं छोड़ सकती थी।

उस एकांत संध्या में बरसाती झिल्लियों की झनकार से वायुमंडल गूँज रहा था। बेला अपने परिचित पलाश के नीचे बैठकर गाने लगी—

चीन्हत नाहीं बदल गए नैना···

ऐसा मालूम होता था कि सचमुच गोली उस अंधकार में अपरिचित की तरह मुँह फिराकर चला जा रहा है। बेला की मनोवेदना को पहचानने की क्षमता उसने खो दी है।

बेला का एकांत में विरह-निवेदन उसकी भाव-प्रवणता को और भी उत्तेजित करता था। पलाश का जंगल उसकी कातर कुहुक से गूँज रहा था। सहसा उस निस्तब्धता को भंग करते हुए घोड़े पर सवार ठाकुर साहब वहाँ आ पहुँचे।

"अरे बेला ! तू यहाँ क्या कर रही है ?"

बेला की स्वर-लहरी रुक गई थी। उसने देखा ठाकुर साहब ! महत्त्व का संपूर्ण चित्र कई बार जिसे उसने अपने मन की असंयत कल्पना में दुर्गम शैल-श्रृंग समझकर अपने भ्रम पर अपनी हँसी उड़ा चुकी थी। वह सकुचकर खड़ी हो रही। बोली नहीं, मन में सोच रही थी—"गोली को छोड़कर भूरे के साथ रहना क्या उचित है ? और नहीं तो फिर···"

ठाकुर ने कहा—"तो तुम्हारे साथ कोई नहीं है। कोई जानवर निकल आवे, तो ?"

बेला खिलखिलाकर हँस पड़ी। ठाकुर का प्रमाद बढ़ चला था। घोड़े से झुककर उसका कंधा पकड़ते हुए कहा, "चलो, तुमको पहुँचा दें।"

उसका शरीर काँप रहा था, और ठाकुर आवेश में भर रहे थे। उन्होंने

कहा–"बेला, मेरे यहाँ चलोगी ?"

"भूरे मेरा पति है !" बेला के इस कथन में भयानक व्यंग था। वह भूरे से छुटकारा पाने के लिए तरस रही थी। उसने धीरे-से अपना सिर ठाकुर की जाँघ से सटा दिया। एक क्षण के लिए दोनों चुप थे। फिर उसी समय अंधकार में दो मूर्तियों का प्रादुर्भाव हुआ। कठोर कंठ से भूरे ने पुकारा–"बेला !"

ठाकुर सावधान हो गए थे। उनका हाथ बगल की तलवार की मूठ पर जा पड़ा। भूरे ने कहा–"जंगल में किसलिए तू आती थी, यह मुझे आज मालूम हुआ। चल, तेरा खून पिए बिना न छोड़ूँगा।"

ठाकुर के अपराध का आरंभ तो उनके मन में हो ही चुका था। उन्होंने अपने को छिपाने का प्रयत्न छोड़ दिया। कड़ककर बोले–"खून करने के पहले अपनी बात भी सोच लो, तुम मुझ पर संदेह करते हो, तो यह तुम्हारा भ्रम है। मैं तो..."

अब मैकू आगे आया। उसने कहा–"सरकार ! बेला अब कंजरों के दल में नहीं रह सकेगी।"

"तो तुम क्या कहना चाहते हो ?" ठाकुर साहब अपने में आ रहे थे, फिर भी घटना-चक्र से विवश थे।

"अब यह आपके पास रह सकती है। भूरे इसे लेकर हम लोगों के संग नहीं रह सकता।" मैकू पूरा खिलाड़ी था। उसके सामने उस अंधकार में रुपए चमक रहे थे।

ठाकुर को अपने अहंकार का आश्रय मिला। थोड़ा-सा विवेक, जो उस अंधकार में झिलमिला रहा था, बुझ गया। उन्होंने कहा–

"तब तुम क्या चाहते हो ?"

"एक हजार।"

"चलो, मेरे साथ"–कहकर बेला का हाथ पकड़कर ठाकुर ने घोड़े को आगे बढ़ाया। भूरे कुछ भुनभुना रहा था; पर मैकू ने उसे दूसरी ओर भेजकर ठाकुर का संग पकड़ लिया। बेला रिकाब पकड़े चली जा रही थी।

दूसरे दिन कंजरों का दल उस गाँव से चला गया।

ऊपर की घटना को कई साल बीत गए। बेला ठाकुर साहब की एकमात्र प्रेमिका

समझी जाती है। अब उसकी प्रतिष्ठा अन्य कुल-वधुओं की तरह होने लगी है। नए उपकरणों से उसका घर सजाया गया है। उस्तादों से गाना सीखा है। गढ़ के भीतर ही उसकी छोटी-सी साफ-सुथरी हवेली है। ठाकुर साहब की उमंग की रातें वहीं कटती हैं। फिर भी ठाकुर कभी-कभी प्रत्यक्ष देख पाते कि बेला उनकी नहीं है। वह न जाने कैसे एक भ्रम में पड़ गए। बात निबाहने की आ पड़ी।

एक दिन एक नट आया। उसने अनेक तरह के खेल दिखलाए। उसके साथ उसकी स्त्री थी, वह घूँघट ऊँचा नहीं करती थी। खेल दिखलाकर जब अपनी पिटारी लेकर जाने लगा, तो कुछ मनचले लोगों ने पूछा–

''क्यों जी, तुम्हारी स्त्री कोई खेल नहीं करती क्या ?''

''करती तो है सरकार ! फिर किसी दिन दिखलाऊँगा।'' कहकर वह चला गया किंतु उसकी बाँसुरी की धुन बेला के कानों में उन्माद का आह्वान सुना रही थी। पिंजडे की वन-विहंगनी को वसंत की फूली हुई डाली का स्मरण हो आया था।

दूसरे दिन गढ़ में भारी जमघट लगा। गोली का खेल जम रहा था। सब लोग उसके हस्त कौशल में मुग्ध थे। सहसा उसने कहा–

''सरकार ! एक बड़ा भारी दैत्य आकाश में आ गया है, मैं उससे लड़ने जाता हूँ मेरी स्त्री की रक्षा आप लोग कीजिएगा।''

गोली ने एक डोरी निकालकर उसको ऊपर आकाश की ओर फेंका। वह सीधी तन गई। सबके देखते-देखते गोली उसी के सहारे आकाश में चढ़कर अदृश्य हो गया। सब लोग मुग्ध होकर भविष्य की प्रतीक्षा कर रहे थे। किसी को यह ध्यान नहीं रहा कि स्त्री अब कहाँ है।

गढ़ के फाटक की ओर सबकी दृष्टि फिर गई। गोली लहू से रँगा चला आ रहा था। उसने आकर ठाकुर को सलाम किया और कहा–''सरकार ! मैंने उस दैत्य को हरा दिया। अब मुझे इनाम मिलना चाहिए।''

सब लोग उस पर प्रसन्न होकर पैसों-रुपयों की बौछार करने लगे। उसने झोली भरकर इधर-उधर देखा, फिर कहा–

''सरकार, मेरी स्त्री भी अब मिलनी चाहिए, मैं भी···।'' किंतु यह क्या, वहाँ तो उसकी स्त्री का पता नहीं। गोली सिर पकड़कर शोक-मुद्रा में बैठ गया। जब खोजने पर उसकी स्त्री नहीं मिली, तो उसने चिल्लाकर कहा–''यह

अन्याय इस राज्य में नहीं होना चाहिए। मेरी सुंदरी स्त्री को ठाकुर साहब ने गढ़ के भीतर कहीं छिपा दिया। मेरी योगिनी कह रही है।" सब लोग हँसने लगे। लोगों ने समझा, यह कोई दूसरा खेल दिखलाने जा रहा है। ठाकुर ने कहा—"तो तू अपनी सुंदर स्त्री मेरे गढ़ में से खोज ला!" अंधकार होने लगा था। उसने जैसे घबड़ाकर चारों ओर देखने का अभिनय किया। फिर आँख मूँदकर सोचने लगा।

लोगों ने कहा—"खोजता क्यों नहीं? कहाँ है तेरी सुंदरी स्त्री?"

"तो जाऊँ न सरकार?"

"हाँ, हाँ, जाता क्यों नहीं"—ठाकुर ने भी हँसकर कहा।

गोली नई हवेली की ओर चला। वह निःशंक भीतर चला गया। बेला बैठी हुई तन्मय भाव से बाहर की भीड़ झरोखे से देख रही थी। जब उसने गोली को समीप आते देखा, तो वह काँप उठी। कोई दासी वहाँ न थी। सब खेल देखने में लगी थीं। गोली ने पोटली फेंककर कहा—"बेला! जल्द चलो।"

बेला के हृदय में तीव्र अनुभूति जाग उठी थी। एक क्षण में उस दीन भिखारी की तरह जो एक मुट्ठी भीख के बदले अपना समस्त संचित आशीर्वाद दे देना चाहता है वह वरदान देने के लिए प्रस्तुत हो गई। मंत्र-मुग्ध की तरह बेला ने उस ओढ़नी का घूँघट बनाया। वह धीरे-धीरे उसके पीछे भीड़ में आ गई। तालियाँ पिटीं। हँसी का ठहाका लगा। वही घूँघट, न खुलनेवाला घूँघट सायंकालीन समीर से हिलकर रह जाता था। ठाकुर साहब हँस रहे थे। गोली दोनों हाथों से सलाम कर रहा था।

रात हो चली थी। भीड़ के बीच में गोली बेला को लिए जब फाटक के बाहर पहुँचा, तब एक लड़के ने आकर कहा—"एक्का ठीक है।"

तीनों सीधे उस पर जाकर बैठ गए। एक्का वेग से चल पड़ा।

अभी ठाकुर साहब का दरबार जम रहा था और नट के खेलों की प्रशंसा हो रही थी।

छोटा जादूगर

कार्निवल के मैदान में बिजली जगमगा रही थी। हँसी और विनोद का कलनाद गूँज रहा था। मैं खड़ा था। उस छोटे फुहारे के पास, जहाँ एक लड़का चुपचाप शराब पीनेवालों को देख रहा था। उसके गले में फटे कुरते के ऊपर से एक मोटी-सी सूत की रस्सी पड़ी थी और जेब में कुछ ताश के पत्ते थे। उसके मुँह पर गंभीर विषाद के साथ धैर्य की रेखा थी। मैं उसकी ओर न जाने क्यों आकर्षित हुआ। उसके अभाव में भी संपूर्णता थी। मैंने पूछा–"क्यों जी, तुमने इसमें क्या देखा?"

"मैंने सब देखा है। यहाँ चूड़ी फेंकते हैं। खिलौनों पर निशाना लगाते हैं। तीर से नंबर छेदते हैं। मुझे तो खिलौनों पर निशाना लगाना अच्छा मालूम हुआ। जादूगर तो बिलकुल निकम्मा है। उससे अच्छा तो ताश का खेल मैं ही दिखा सकता हूँ।"–उसने बड़ी प्रगल्भता से कहा। उसकी वाणी में कहीं रुकावट न थी।

मैंने पूछा–"और उस परदे में क्या है? वहाँ तुम गए थे।"

"नहीं, वहाँ मैं नहीं जा सका। टिकट लगता है।"

मैंने कहा–"तो चल, मैं वहाँ पर तुमको लिवा चलूँ।" मैंने मन-ही मन कहा–"भाई! आज के तुम्हीं मित्र रहे।"

उसने कहा–"वहाँ जाकर क्या कीजिएगा? चलिए, निशाना लगाया जाए।"

मैंने उससे सहमत होकर कहा–" तो फिर चलो, पहिले शरबत पी लिया जाए।" उसने स्वीकार-सूचक सिर हिला दिया।

मनुष्यों की भीड़ से जाड़े की संध्या भी वहाँ गर्म हो रही थी। हम दोनों शरबत पीकर निशाना लगाने चले। राह में ही उससे पूछा–"तुम्हारे और कौन हैं?"

"माँ और बाबू जी।"

"उन्होंने तुमको यहाँ आने के लिए मना नहीं किया?"

"बाबू जी जेल में हैं।"

"क्यों ?"

"देश के लिए।"—वह गर्व से बोला।

"और तुम्हारी माँ ?"

"वह बीमार हैं।"

"और तुम तमाशा देख रहे हो ?"

उसके मुँह पर तिरस्कार की हँसी फूट पड़ी। उसने कहा—"तमाशा देखने नहीं दिखाने निकला हूँ। कुछ पैसे ले जाऊँगा, तो माँ को पथ्य दूँगा। मुझे शरबत न पिलाकर आपने मेरा खेल देखकर मुझे कुछ दे दिया होता, तो मुझे अधिक प्रसन्नता होती!"

मैं आश्चर्य से उस तेरह-चौदह वर्ष के लड़के को देखने लगा।

"हाँ, मैं सच कहता हूँ बाबू जी! माँ जी बीमार हैं; इसलिए मैं नहीं गया।"

"कहाँ ?"

"जेल में! जब कुछ लोग खेल-तमाशा देखते ही हैं, तो मैं क्यों न दिखाकर माँ की दवा करूँ और अपना पेट भरूँ।"

मैंने दीर्घ निश्वास लिया। चारों ओर बिजली के लट्टू नाच रहे थे। वह व्यग्र हो उठा। मैंने उससे कहा—"अच्छा चलो, निशाना लगाया जाए।"

हम दोनों उस जगह पर पहुँचे, जहाँ खिलौने को गेंद से गिराया जाता था। मैंने बारह टिकट खरीदकर उस लड़के को दिए।

वह निकला पक्का निशानेबाज। उसका कोई गेंद खाली नहीं गया। देखनेवाले दंग रह गए। उसने बारह खिलौनों को बटोर लिया; लेकिन उठाता कैसे? कुछ मेरी रूमाल में बँधे, कुछ जेब में रख लिए गए।

लड़के ने कहा—"बाबू जी, आपको तमाशा दिखाऊँगा। बाहर आइए, मैं चलता हूँ।" वह नौ-दो ग्यारह हो गया। मैंने मन-ही-मन कहा—"इतनी जल्दी आँख बदल गई।"

मैं घूमकर पान की दुकान पर आ गया। पान खाकर बड़ी देर तक इधर-उधर टहलता देखता रहा। झूले के पास लोगों का ऊपर-नीचे आना देखने लगा। अकस्मात किसी ने ऊपर के हिंडोले से पुकारा—"बाबू जी!"

मैंने पूछा—"कौन ?"

"मैं हूँ छोटा जादूगर।"

कलकत्ते के सुरम्य बोटानिकल-उद्यान में लाल कमलिनी से भरी हुई एक छोटी-सी झील के किनारे घने वृक्षों की छाया में अपनी मंडली के साथ बैठा हुआ मैं जलपान कर रहा था। बातें हो रही थीं। इतने में वही छोटा जादूगर दिखाई पड़ा। हाथ में चारखाने की खादी का झोला। साफ जाँघिया और आधी बाँहों का कुरता। सिर पर मेरी रूमाल सूत की रस्सी से बँधी हुई थी। मस्तानी चाल से झूमता हुआ आकर कहने लगा—

"बाबू जी, नमस्ते! आज कहिए, तो खेल दिखाऊँ।"

"नहीं जी, अभी हम लोग जलपान कर रहे हैं।"

"फिर इसके बाद क्या गाना-बजाना होगा, बाबू जी?"

"नहीं जी—तुमको...", क्रोध से मैं कुछ और कहने जा रहा था। श्रीमती ने कहा— "दिखलाओ जी, तुम तो अच्छे आए। भला, कुछ मन तो बहले।" मैं चुप हो गया, क्योंकि श्रीमती की वाणी में वह माँ की-सी मिठास थी, जिसके सामने किसी भी लड़के को रोका नहीं जा सकता। उसने खेल आरंभ किया।

उस दिन कार्निवल के सब खिलौने उसके खेल में अपना अभिनय करने लगे। भालू मनाने लगा। बिल्ली रूठने लगी। बंदर घुड़कने लगा।

गुड़िया का ब्याह हुआ। गुड्डा वर काना निकला। लड़के की वाचालता से ही अभिनय हो रहा था। सब हँसते-हँसते लोट-पोट हो गए।

मैं सोच रहा था। बालक को आवश्यकता ने कितना शीघ्र चतुर बना दिया। यही तो संसार है।

ताश के सब पत्ते लाल हो गए। फिर सब काले हो गए। गले की सूत की डोरी टुकड़े-टुकड़े होकर जुड़ गई। लट्टू अपने से नाच रहे थे। मैंने कहा—"अब हो चुका अपना खेल बटोर लो, हम लोग भी अब जाएँगे।"

श्रीमती जी ने धीरे से उसे एक रुपया दे दिया। वह उछल उठा।

मैंने कहा—"लड़के!"

"छोटा जादूगर कहिए। यही मेरा नाम है। इसी से मेरी जीविका है।"

मैं कुछ बोलना ही चाहता था कि श्रीमती ने कहा—"अच्छा, तुम इस रुपए से क्या करोगे?"

"पहले भर पेट पकौड़ी खाऊँगा। फिर एक सूती कंबल लूँगा।"

मेरा क्रोध अब लौट आया। मैं अपने पर बहुत क्रुद्ध होकर सोचने लगा—ओह! कितना स्वार्थी हूँ मैं। उसके एक रुप[illegible] पाने पर [illegible] ईर्ष्या करने

लगा था न!

वह नमस्कार करके चला गया। हम लोग लता-कुंज देखने के लिए चले।

उस छोटे से बनावटी जंगल में संध्या साँय-साँय करने लगी थी। अस्ताचलगामी सूर्य की अंतिम किरण वृक्षों की पत्तियों से बिदाई ले रही थी। एक शांत वातावरण था। हम लोग धीरे-धीरे मोटर से हबड़ा की ओर आ रहे थे।

रह-रहकर छोटा जादूगर स्मरण होता था। सचमुच वह एक झोंपड़ी के पास कंबल कंधे पर डाले खड़ा था। मैंने मोटर रोककर उससे पूछा—"तुम यहाँ कहाँ?"

"मेरी माँ यहीं है न। अब उसे अस्पतालवालों ने निकाल दिया है।" मैं उतर आया। उस झोंपड़ी में देखा, तो एक स्त्री चिथड़ों से लदी हुई काँप रही थी।

छोटे जादूगर ने कंबल ऊपर से डालकर उसके शरीर से चिमटते हुए कहा—"माँ।"

मेरी आँखों से आँसू निकल पड़े।

बड़े दिन की छुट्टी बीत चली थी। मुझे अपने आफिस में समय से पहुँचना था। कलकत्ते से मन ऊब गया था। फिर भी चलते-चलते एक बार उस उद्यान को देखने की इच्छा हुई। साथ-ही-साथ जादूगर भी दिखाई पड़ जाता, तो और भी...मैं उस दिन अकेले ही चल पड़ा। जल्द लौट आना था।

दस बज चुका था। मैंने देखा कि उस निर्मल धूप में सड़क के किनारे एक कपड़े पर छोटे जादूगर का रंगमंच सजा था। मोटर रोककर उतर पड़ा। वहाँ बिल्ली रूठ रही थी। भालू मनाने चला था। ब्याह की तैयारी थी; यह सब होते हुए भी जादूगर की वाणी में वह प्रसन्नता की तरी नहीं थी। जब वह औरों को हँसाने की चेष्टा कर रहा था, तब जैसे स्वयं कँप जाता था। मानो उसके रोएँ रो रहे थे। मैं आश्चर्य से देख रहा था। खेल हो जाने पर पैसा बटोरकर उसने भीड़ में मुझे देखा। वह जैसे क्षण-भर के लिए स्फूर्तिमान हो गया। मैंने उसकी पीठ थपथपाते हुए पूछा—"आज तुम्हारा खेल जमा क्यों नहीं?"

"माँ ने कहा है कि आज तुरंत चले आना। मेरी घड़ी समीप

है।"—अविचल भाव से उसने कहा।

"तब भी तुम खेल दिखलाने चले आए!" मैंने कुछ क्रोध से कहा। मनुष्य के सुख-दुख का माप अपना ही साधन तो है। उसी के अनुपात से वह तुलना करता है।

उसके मुँह पर वही परिचित तिरस्कार की रेखा फूट पड़ी।

उसने कहा—"क्यों न आता!"

और कुछ अधिक कहने में जैसे वह अपमान का अनुभव कर रहा था।

क्षण-भर में मुझे अपनी भूल मालूम हो गई। उसके झोले को गाड़ी में फेंककर उसे भी बैठाते हुए मैंने कहा—"जल्दी चलो।" मोटरवाला मेरे बताए हुए पथ पर चल पड़ा।

कुछ ही मिनटों में मैं झोंपड़े के पास पहुँचा। जादूगर दौड़कर झोंपड़े में माँ-माँ पुकारते हुए घुसा। मैं भी पीछे था; किंतु स्त्री के मुँह से, 'बे...' निकलकर रह गया। उसके दुर्बल हाथ उठकर गिर गए। जादूगर उससे लिपटा रो रहा था, मैं स्तब्ध था। उस उज्ज्वल धूप में समग्र संसार जैसे जादू-सा मेरे चारों ओर नृत्य करने लगा।

गुंडा

वह पचास वर्ष से ऊपर था। तब भी युवकों से अधिक बलिष्ठ और दृढ़ था। चमड़े पर झुर्रियाँ नहीं पड़ी थीं। वर्षा की झड़ी में, पूस की रातों की छाया में, कड़कती हुई जेठ की धूप में, नंगे शरीर घूमने में वह सुख मानता था। उसकी चढ़ी हुई मूँछ बिच्छू के डंक की तरह, देखनेवालों की आँखों में चुभती थीं। उसका साँवला रंग साँप की तरह चिकना और चमकीला था। उसकी नागपुरी धोती का लाल रेशमी किनारा दूर से ही ध्यान आकर्षित करता। कमर में बनारसी सेल्हे का फेंटा, जिसमें सीप की मूँठ का बिछुआ खुँसा रहता था। उसके घुँघराले बालों पर सुनहले पल्ले के साफे का छोर उसकी चौड़ी पीठ पर फैला

रहता। ऊँचे कंधे पर टिका हुआ चौड़ी धार का गँड़ासा, यह थी उसकी धज! पंजों के बल जब वह चलता, तो उसकी नसें चटाचट बोलती थीं। वह गुंडा था।

ईसा की अठारहवीं शताब्दी के अंतिम भाग में वही काशी नहीं रह गई थी, जिसमें उपनिषद के अजातशत्रु की परिषद् में ब्रह्मविद्या सीखने के लिए विद्वान् ब्रह्मचारी आते थे। गौतम बुद्ध और शंकराचार्य के धर्म-दर्शन के वाद-विवाद, कई शताब्दियों से लगातार मंदिरों और मठों के ध्वंस और तपस्वियों के वध के कारण, प्रायः बंद हो गए थे। यहाँ तक कि पवित्रता और छुआछूत में कट्टर वैष्णव-धर्म भी उस विश्रृंखलता में, नवागंतुक धर्मोन्माद में अपनी असफलता देखकर काशी में अघोर रूप धारण कर रहा था। उसी समय समस्त न्याय और बुद्धिवाद को शस्त्र-बल के सामने झुकते देखकर, काशी के विच्छिन्न और निराश नागरिक जीवन ने, एक नवीन संप्रदाय की सृष्टि की। वीरता जिसका धर्म था, अपनी बात पर मिटना, सिंह-वृत्ति जीविका ग्रहण करना, प्राण-भिक्षा माँगनेवाले कायरों तथा चोट खाकर गिरे हुए प्रतिद्वंद्वी पर शस्त्र न उठाना, सताए निर्बलों को सहायता देना और प्रत्येक क्षण प्राणों को हथेली पर लिए घूमना, उसका बाना था। उन्हें लोग काशी में गुंडा कहते थे।

जीवन की किसी अलभ्य अभिलाषा से वंचित होकर जैसे प्रायः लोग विरक्त हो जाते हैं ठीक उसी तरह किसी मानसिक चोट से घायल होकर, एक प्रतिष्ठित जमींदार का पुत्र होने पर भी, नन्हकूसिंह गुंडा हो गया था। दोनों हाथों से उसने अपनी संपत्ति लुटाई। नन्हकूसिंह ने बहुत-सा रुपया खर्च करके जैसा स्वाँग खेला था, उसे काशीवाले बहुत दिनों तक नहीं भूल सके। वसंत ऋतु में यह प्रहसनपूर्ण अभिनय खेलने के लिए उन दिनों प्रचुर धन, बल, निर्भीकता और उच्छृंखलता की आवश्यकता होती थी। एक बार नन्हकूसिंह ने भी एक पैर में नूपुर, एक हाथ में तोड़ा, एक आँख में काजल, एक कान में हजारों के मोती तथा दूसरे कान में फटे हुए जूते का तल्ला लटकाकर, एक में जड़ाऊ मूठ की तलवार, दूसरा हाथ आभूषणों से लदी हुई अभिनय करनेवाली प्रेमिका के कंधे पर रखकर गाया था—

"कहीं बैगनवाली मिले तो बुला देना।"

प्रायः बनारस के बाहर की हरियालियों में, अच्छे पानीवाले कुओं पर, गंगा की धारा में मचलती हुई डोंगी पर वह दिखलाई पड़ता था। कभी-कभी जूआखाने से निकलकर जब वह चौक में आ जाता, तो काशी की रँगीली वेश्याएँ

मुस्कराकर उसका स्वागत करतीं और उसके दृढ़ शरीर को सस्पृह देखतीं। वह तमोली की ही दुकान पर बैठकर उनके गीत सुनता, ऊपर कभी नहीं जाता था। जूए की जीत का रुपया मुट्ठियों में भर-भरकर, उनकी खिड़की में वह इस तरह उछालता कि कभी-कभी समाजी लोग अपना सिर सहलाने लगते, तब वह ठठाकर हँस देता। जब कभी लोग कोठे के ऊपर चलने के लिए कहते, तो वह उदासी की साँस खींचकर चुप हो जाता।

वह अभी वंशी के जूआखाने से निकला था। आज उसकी कौड़ी ने साथ न दिया। सोलह परियों के नृत्य में उसका मन न लगा। मन्नू तमोली की दुकान पर बैठते हुए उसने कहा—"आज सायत अच्छी नहीं रही, मन्नू!"

"क्यों मालिक! चिंता किस बात की है। हम लोग किस दिन के लिए हैं। सब आप ही का तो है।"

"अरे, बुद्धू ही रहे तुम! नन्हकूसिंह जिस दिन किसी से लेकर जूआ खेलने लगे उसी दिन समझना वह मर गए। तुम जानते नहीं कि मैं जूआ खेलने कब जाता हूँ। जब मेरे पास एक पैसा नहीं रहता; उसी दिन नाल पर पहुँचते ही जिधर बड़ी ढेरी रहती है, उसी को बदता हूँ और फिर वही दाँव आता भी है। बाबा कीनाराम का यह बरदान है!"

"तब आज क्यों, मालिक?"

"पहला दाँव तो आया ही, फिर दो-चार हाथ बदने पर सब निकल गया। तब भी लो, यह पाँच रुपए बचे हैं। एक रुपया तो पान के लिए रख लो और चार दे दो मलूकी कथक को, कह दो कि दुलारी से गाने के लिए कह दे। हाँ, वही एक गीत—

"विलमि विदेश रहे।"

नन्हकूसिंह की बात सुनते ही मलूकी, जो अभी गाँजे की चिलम पर रखने के लिए अँगारा चूर कर रहा था, घबराकर उठ खड़ा हुआ। वह सीढ़ियों पर दौड़ता हुआ चढ़ गया। चिलम को देखता ही ऊपर चढ़ा, इसलिए उसे चोट भी लगी; पर नन्हकूसिंह की भृकुटी देखने की शक्ति उसमें कहाँ। उसे नन्हकूसिंह की वह मूर्ति न भूली थी, जब इसी पान की दुकान पर जूएखाने से जीता हुआ, रुपए से भरा तोड़ा लिए वह बैठा था। दूर से बोधीसिंह की बारात का बाजा बजता हुआ आ रहा था। नन्हकू ने पूछा—"यह किसकी बारात है?"

"ठाकुर बोधीसिंह के लड़के की।"—मन्नू के इतना कहते ही नन्हकू के

ओंठ पड़कने लगे। उसने कहा–"मन्नू! यह नहीं हो सकता। आज इधर से बारात न जाएगी। बोधीसिंह हमसे निपटकर तब बारात इधर से ले जा सकेंगे।"

मन्नू ने कहा–"तब मालिक, मैं क्या करूँ?"

नन्हकू गँड़ासा कंधे पर से और ऊँचा करके मलूकी से बोला–"मलुकिया देखता है, अभी जा ठाकुर से कह दे, कि बाबू नन्हकूसिंह आज यहीं लगाने के लिए खड़े हैं। समझकर आवें, लड़के की बारात है।" मलुकिया काँपता हुआ ठाकुर बोधीसिंह के पास गया। बोधीसिंह और नन्हकू में पाँच वर्ष से सामना नहीं हुआ है। किसी दिन नाल पर कुछ बातों में ही कहा-सुनी होकर, बीच-बचाव हो गया था। फिर सामना नहीं हो सका। आज नन्हकू जान पर खेलकर अकेले खड़ा है। बोधीसिंह भी उस आन को समझते थे। उन्होंने मलूकी से कहा–"जा बे, कह दे कि हमको क्या मालूम कि बाबू साहब वहाँ खड़े हैं। जब वह हैं ही, तो दो समधी जाने का क्या काम है।" बोधीसिंह लौट गए और मलूकी के कंधे पर तोड़ा लादकर बाजे के आगे नन्हकूसिंह बारात लेकर गए। ब्याह में जो कुछ लगा, खर्च किया। ब्याह कराकर तब, दूसरे दिन इसी दुकान तक आकर रुक गए। लड़के को और उसकी बारात को उसके घर भेज दिया।

मलूकी को भी दस रुपया मिला था उस दिन। फिर नन्हकूसिंह की बात सुनकर बैठे रहना और यम को न्योता देना एक ही बात थी। उसने जाकर दुलारी से कहा–"हम ठेका लगा रहे हैं, तुम गाओ, तब तक बल्लू सारंगीवाला पानी पीकर आता है।" "बाप रे, कोई आफत आई है क्या बाबू साहब? सलाम।"–कहकर दुलारी ने खिड़की से मुस्कराकर झाँका था कि नन्हकूसिंह उसके सलाम का जवाब देकर, दूसरे एक आनेवाले को देखने लगे।

हाथ में हरौती की पतली-सी छड़ी, आँखों में सुरमा, मुँह में पान, मेहँदी लगी हुई लाल दाढ़ी, जिसकी सफेद जड़ दिखलाई पड़ रही थी, कुव्वेदार टोपी; छकलिया अँगरखा और साथ में लैसदार परतवाले दो सिपाही! कोई मौलवी साहब हैं। नन्हकू हँस पड़ा। नन्हकू की ओर बिना देखे ही मौलवी ने एक सिपाही से कहा–"जाओ, दुलारी से कह दो कि आज रेजिडेंट साहब की कोठी पर मुजरा करना होगा. अभी चले, देखो तब तक हम जानअली से कुछ इत्र ले रहे हैं।" सिपाही सीढ़ी चढ़ रहा था और मौलवी दूसरी ओर चले थे कि नन्हकू

ने ललकारकर कहा—"दुलारी ! हम कब तक यहाँ बैठे रहें। क्या अभी सरंगिया नहीं आया ?"

दुलारी ने कहा—"वाह बाबू साहब ! आपही के लिए तो मैं यहाँ आ बैठी हूँ, सुनिए न। आप तो कभी ऊपर..." मौलवी जल उठा। उसने कड़ककर कहा—चोबदार ! अभी वह सूअर की बच्ची उतरी नहीं। जाओ, कोतवाल के पास मेरा नाम लेकर कहो कि मौलवी अलाउद्दीन कुबरा ने बुलाया है। आकर उसकी मरम्मत करें। देखता हूँ तो जब से नवाबी गई, इन काफिरों की मस्ती बढ़ गई है।"

कुबरा मौली ! बाप रे—तमोली अपनी दुकान सम्हालने लगा। पास ही एक दुकान पर बैठकर ऊँघता हुआ बजाज चौंककर सिर में चोट खा गया ! इसी मौलवी ने तो महाराज चेतसिंह से साढ़े तीन सेर चींटी के सिर का तेल माँगा था। मौलवी अलाउद्दीन कुबरा ! बाजार में हलचल मच गई। नन्हकूसिंह ने मन्नू से कहा—"क्यों चुपचाप बैठोगे नहीं !" दुलारी से कहा—"वहीं से बाई जी ! इधर-उधर हिलने का काम नहीं। तुम गाओ। हमने ऐसे घसियारे बहुत-से देखे हैं। अभी कल रमल के पासे फेंककर अधेला-अधेला माँगता था, आज चला है रोब गाँठने।"

अब कुबरा ने घूमकर उसकी ओर देखकर कहा—"कौन है यह पाजी !"

"तुम्हारे चाचा बाबू नन्हकूसिंह !"—के साथ ही पूरा बनारसी झापड़ पड़ा। कुबरा का सिर घूम गया। लैस के परतले वाले सिपाही दूसरी ओर भाग चले और मौलवी साहब चौंधियाकर जानअली की दुकान पर लड़खड़ाते, गिरते-पड़ते किसी तरह पहुँच गए।

जानअली ने मौलवी से कहा— "मौलवी साहब ! भला आप भी उस गुंडे के मुँह लगने गए। यह तो कहिए कि उसने गँड़ासा नहीं तौल दिया।" कुबरा के मुँह से बोली नहीं निकल रही थी। उधर दुलारी गा रही थी "...विलमि विदेस रहे..." गाना पूरा हुआ, कोई आया-गया नहीं। तब नन्हकूसिंह धीरे-धीरे टहलता हुआ, दूसरी ओर चला गया। थोड़ी देर में एक डोली रेशमी परदे से ढँकी हुई आई। साथ में एक चोबदार था। उसने दुलारी को राजमाता पन्ना की आज्ञा सनाई।

दुलारी चुपचाप डोली पर जा बैठी। डोली धूल और संध्याकाल के धुएँ से भरी हुई बनारस की तंग गलियों से होकर शिवालय घाट की ओर चली।

श्रावण का अंतिम सोमवार था। राजमाता पन्ना शिवालय में बैठकर पूजा कर रही थीं। दुलारी बाहर बैठी कुछ अन्य गानेवालियों के साथ भजन गा रही थी। आरती हो जाने पर, फूलों की अंजलि बिखेरकर पन्ना ने भक्तिभाव से देवता के चरणों में प्रणाम किया। फिर प्रसाद लेकर बाहर आते ही उन्होंने दुलारी को देखा। उसने खड़ी होकर हाथ जोड़ते हुए कहा—"मैं पहले ही पहुँच जाती। क्या करूँ, वह कुबरा मौलवी निगोड़ा आकर रेजिडेंट की कोठी पर ले जाने लगा। घंटों इसी झंझट में बीत गया, सरकार!"

"कुबरा मौलवी! जहाँ सुनती हूँ, उसी का नाम। सुना है कि उसने यहाँ भी आकर कुछ···"—फिर न जाने क्या सोचकर बात बदलते हुए पन्ना ने कहा—"हाँ, तब फिर क्या हुआ? तुम कैसे यहाँ आ सकीं?"

"बाबू नन्हकूसिंह उधर से आ गए।" मैंने कहा—"सरकार की पूजा पर मुझे भजन गाने को जाना है। और यह जाने नहीं दे रहा है। उन्होंने मौलवी को ऐसा झापड़ लगाया कि उसकी हेकड़ी भूल गई। और तब जाकर मुझे किसी तरह यहाँ आने की छुट्टी मिली।"

"कौन बाबू नन्हकूसिंह!"

दुलारी ने सिर नीचा करके कहा—"अरे, क्या सरकार को नहीं मालूम? बाबू निरंजन सिंह के लड़के! उस दिन, जब मैं बहुत छोटी थी, आपकी बारी में झूला झूल रही थी, जब नवाब का हाथी बिगड़कर आ गया था, बाबू निरंजनसिंह के कुँवर ने ही तो उस दिन हम लोगों की रक्षा की थी।"

राजमाता का मुख उस प्राचीन घटना को स्मरण करके न जाने क्यों विवर्ण हो गया, फिर अपने को सँभालकर उन्होंने पूछा—"तो बाबू नन्हकूसिंह उधर कैसे आ गए।"

दुलारी ने मुस्कराकर सिर नीचा कर लिया! दुलारी राजमाता पन्ना के पिता की जमींदारी में रहनेवाली वेश्या की लड़की थी। उसके साथ कितनी ही बार झूले-हिंडोले अपने बचपन में पन्ना झूल चुकी थी। वह बचपन से ही गाने में सुरीली थी। सुंदरी होने पर चंचल भी थी। पन्ना जब काशीराज की माता थी, तब दुलारी काशी की प्रसिद्ध गानेवाली थी। राजमहल में उसका गाना-बजाना हुआ ही करता। महाराज बलवंतसिंह के समय से ही संगीत पन्ना के जीवन का आवश्यक अंश था। हाँ, अब प्रेम-दुःख और दर्द-भरी विरह-कल्पना के गीत

की ओर अधिक रुचि न थी। अब सात्विक भावपूर्ण भजन होता था। राजमाता पन्ना का वैधव्य से दीप्त शांत मुखमंडल कुछ मलिन हो गया।

बड़ी रानी की सापत्न्य ज्वाला बलवंतसिंह के मर जाने पर भी नहीं बुझी। अंतःपुर कलह का रंगमंच बना रहता, इसी से प्रायः पन्ना काशी के राजमंदिर में आकर पूजापाठ में अपना मन लगाती। रामनगर में उसको चैन नहीं मिलता। नई रानी होने के कारण बलवंतसिंह की प्रेयसी होने का गौरव तो उसे था ही, साथ में पुत्र उत्पन्न करने का सौभाग्य भी मिला, फिर भी असवर्णता का सामाजिक दोष उसके हृदय को व्यथित किया करता। उसे अपने ब्याह की आरंभिक चर्चा का स्मरण हो आया।

छोटे से मंच पर बैठी, गंगा की उमड़ती हुई धारा को पन्ना अन्यमनस्क होकर देखने लगी। उस बात को, जो अतीत में एक बार, हाथ से अनजाने में खिसक जानेवाली वस्तु की तरह लुप्त हो गई हो; सोचने का कोई कारण नहीं। उससे कुछ बनता-बिगड़ता भी नहीं; परंतु मानव-स्वभाव हिसाब रखने की प्रथानुसार कभी-कभी कह बैठता है, "कि यदि वह बात हो गई होती तो?" ठीक उसी तरह पन्ना भी राजा बलवंतसिंह द्वारा बलपूर्वक रानी बनाई जाने के पहले की एक संभावना को सोचने लगी थी। सो भी बाबू नन्हकूसिंह का नाम सुन लेने पर। गेंदा मुँहलगी दासी थी। वह पन्ना के साथ उसी दिन से है, जिस दिन से पन्ना बलवंतसिंह की प्रेयसी हुई। राज्य-भर का अनुसंधान उसी के द्वारा मिला करता। और उसे न जाने कितनी जानकारी भी थी। उसने दुलारी का रंग उखाड़ने के लिए कुछ कहना आवश्यक समझा।

"महारानी! नन्हकूसिंह अपनी सब जमींदारी स्वाँग, भैंसों की लड़ाई, घुड़दौड़ और गाने-बजाने में उड़ाकर अब डाकू हो गया है। जितने खून होते हैं, सब में उसी का हाथ रहता है। जितनी···" उसे रोककर दुलारी ने कहा–"यह झूठ है। बाबू साहब के ऐसा धर्मात्मा तो कोई है ही नहीं। कितनी विधवाएँ उनकी दी हुई धोती से अपना तन ढँकती हैं। कितनी लड़कियों की ब्याह-शादी होती है। कितने सताए हुए लोगों की उनके द्वारा रक्षा होती है।"

रानी पन्ना के हृदय में एक तरलता उद्वेलित हुई। उन्होंने हँसकर कहा–"दुलारी, वे तेरे यहाँ आते हैं न? इसी से तू उनकी बड़ाई···।"

"नहीं सरकार! शपथ खाकर कह सकती हूँ कि बाबू नन्हकूसिंह ने आज तक कभी मेरे कोठे पर पैर भी नहीं रखा।"

राजमाता न जाने क्यों इस अद्भुत व्यक्ति को समझने के लिए चंचल हो उठी थीं। तब भी उन्होंने दुलारी को आगे कुछ न कहने के लिए तीखी दृष्टि से देखा। वह चुप हो गई। पहले पहर की शहनाई बजने लगी। दुलारी छुट्टी माँगकर डोली पर बैठ गई। तब गेंदा ने कहा--"सरकार! आजकल नगर की दशा बड़ी बुरी है। दिन दहाड़े लोग लूट लिए जाते हैं। सैकड़ों जगह नाला पर जुए में लोग अपना सर्वस्व गँवाते हैं। बच्चे फुसलाए जाते हैं। गलियों में लाठियाँ और छुरा चलने के लिए टेढ़ी भौंहें कारण बन जाती हैं। उधर रेजीडेंट साहब से महाराजा की अनबन चल रही है।" राजमाता चुप रहीं।

दूसरे दिन राजा चेतसिंह के पास रेजिडेंट मार्कहेम की चिट्ठी आई, जिसमें नगर की दुर्व्यवस्था की कड़ी आलोचना थी। डाकुओं और गुंडों को पकड़ने के लिए उन पर कड़ा नियंत्रण रखने की सम्मति भी थी। कुबरा मौलवीवाली घटना का भी उल्लेख था। उधर हेस्टिंग्स के आने की भी सूचना थी। शिवालयघाट और रामनगर में हलचल मच गई। कोतवाल हिम्मतसिंह, पागल की तरह, जिसके हाथ में लाठी लोहाँगी, गड़ाँसा, बिछुआ और करौली देखते, उसी को पकड़ने लगे।

एक दिन नन्हकूसिंह सुंभा के नाले के संगम पर, ऊँचे-से टीले की हरियाली में अपने चुने हुए साथियों के साथ दूधिया छान रहे थे। गंगा में, उनकी पतली डोंगी बड़ की जटा से बँधी थी। कथकों का गाना हो रहा था। चार उलाँकी इक्के कसे-कसाए खड़े थे।

नन्हकूसिंह ने अकस्मात् कहा--"मलूकी! गाना जमता नहीं है। उलाँकी पर बैठकर जाओ, दुलारी को बुला लाओ।" मलूकी वहाँ मजीरा बजा रहा था। दौड़कर इक्के पर जा बैठा। आज नन्हकूसिंह का मन उखड़ा था। बूटी कई बार छानने पर भी नशा नहीं। एक घंटे में दुलारी सामने आ गई। उसने मुस्कराकर कहा--"क्या हुक्म है बाबू साहब?"

"दुलारी! आज गाना सुनने का मन कर रहा है।"

"इस जंगल में क्यों?"--उसने सशंक हँसकर कुछ अभिप्राय से पूछा।

"तुम किसी तरह का खटका न करो।"--नन्हकूसिंह ने हँसकर कहा।

"यह तो मैं उस दिन महारानी से भी कह आई हूँ।"

"क्या, किससे?"

''राजमाता पन्नादेवी से''–फिर उस दिन गाना नहीं जमा। दुलारी ने आश्चर्य से देखा कि तानों में नन्हकू की आँखें तर हो जाती हैं। गाना-बजाना समाप्त हो गया था। वर्षा की रात में झिल्लियों का स्वर उस झुरमुट में गूँज रहा था। मंदिर के समीप ही छोटे-से कमरे में नन्हकूसिंह चिंता में निमग्न बैठा था। आँखों में नींद नहीं। और सब लोग तो सोने लगे थे, दुलारी जाग रही थी। वह भी कुछ सोच रही थी। आज उसे अपने को रोकने के लिए कठिन प्रयत्न करना पड़ रहा था; किंतु असफल होकर वह उठी और नन्हकू के समीप धीरे-धीरे चली आई। कुछ आहट पाते ही दौड़कर नन्हकूसिंह ने पास ही पड़ी हुई तलवार उठा ली। तब तक हँसकर दुलारी के कहा–''बाबू साहब, यह क्या? स्त्रियों पर भी तलवार चलाई जाती है!''

छोटे-से दीपक के प्रकाश में वासना-भरी रमणी का मुख देखकर नन्हकू हँस पड़ा। उसने कहा–''क्यों बाई जी! क्या इसी समय जाने की पड़ी है। मौलवी ने फिर बुलाया है क्या?'' दुलारी नन्हकू के पास बैठ गई। नन्हकू ने कहा–''क्या तुमको डर लग रहा है?''

''नहीं, मैं कुछ पूछने आई हूँ।''

''क्या?''

''क्या···यही कि···कभी तुम्हारे हृदय में···''

''उसे न पूछो दुलारी! हृदय को बेकार ही समझ कर तो उसे हाथ में लिए फिर रहा हूँ। कोई कुछ कर देता–कुचलता–चीरता–उछालता! मर जाने के लिए सबकुछ तो करता हूँ, पर मरने नहीं पाता।''

''मरने के लिए भी कहीं खोजने जाना पड़ता है। आपको काशी का हाल क्या मालूम। न जाने घड़ी भर में क्या हो जाए। उलट-पलट होनेवाला है क्या, बनारस की गलियाँ जैसे काटने दौड़ती हैं।''

''कोई नई बात इधर हुई है क्या?''

''कोई हेंसिटग्ज़ आया है। सुना है उसने शिवालयघाट पर तिलंगों की कंपनी का पहरा बैठा दिया है। राजा चेतसिंह और राजमाता पन्ना वहीं हैं। कोई-कोई कहता है कि उनको पकड़कर कलकत्ता भेजने···''

''क्या पन्ना भी···रनिवास भी वहीं है''–नन्हकू अधीर हो उठा था।

''क्यों बाबू साहब, आज रानी पन्ना का नाम सुनकर आपकी आँखों में आँसू क्यों आ गए?''

सहसा नन्हकू का मुख भयानक हो उठा! उसने कहा—"चुप रहो, तुम उसको जानकर क्या करोगी?" वह उठ खड़ा हुआ। उद्विग्न की तरह न जाने क्या खोजने लगा। फिर स्थिर होकर उसने कहा—"दुलारी! जीवन में आज यह पहला ही दिन है कि एकांत रात में एक स्त्री मेरे पलँग पर आकर बैठ गई है, मैं चिरकुमार! अपनी एक प्रतिज्ञा का निर्वाह करने के लिए सैकड़ों असत्य, अपराध करता फिर रहा हूँ। क्यों? तुम जानती हो? मैं स्त्रियों का घोर विद्रोही हूँ और पन्ना!... किंतु उसका क्या अपराध! अत्याचारी बलवंतसिंह के कलेजे में बिछुआ मैं न उतार सका। किंतु पन्ना! उसे पकड़कर गोरे कलकत्ते भेज देंगे! वही...।"

नन्हकूसिंह उन्मत्त हो उठा था। दुलारी ने देखा, नन्हकू अंधकार में ही वट वृक्ष के नीचे पहुँचा और गंगा की उमड़ती हुई धारा में डोंगी खोल दी—उसी घने अंधकार में। दुलारी का हृदय काँप उठा।

16 अगस्त सन् 1781 को काशी डाँवाडोल हो रही थी। शिवालयघाट में राजा चेतसिंह लेफ्टिनेंट इस्टाकर के पहरे में थे। नगर में आतंक था। दुकानें बंद थीं। घरों में बच्चे अपनी माँ से पूछते थे—'माँ, आज हलुए वाला नहीं आया।' वह कहती—'चुप बेटे!...' सड़कें सूनी पड़ी थीं। तिलंगों की कंपनी के आगे-आगे कुबरा मौलवी कभी-कभी, आता-जाता दिखाई पड़ता था। उस समय खुली हुई खिड़कियाँ बंद हो जाती थीं। भय और सन्नाटे का राज्य था। चौक में चिथरूसिंह की हवेली अपने भीतर काशी की वीरता को बंद किए कोतवाल का अभिनय कर रही थी। उसी समय किसी ने पुकारा—"हिम्मतसिंह!"

खिड़की में से सिर निकालकर हिम्मतसिंह ने पूछा—"कौन?"

"बाबू नन्हकूसिंह!"

"अच्छा, तुम अब तक बाहर ही हो?"

"पागल! राजा कैद हो गए हैं। छोड़ दो इन सब बहादुरों को! हम एक बार इनको लेकर शिवालयघाट पर जाएँ।"

"ठहरो"—कहकर हिम्मतसिंह ने कुछ आज्ञा दी, सिपाही बाहर निकले। नन्हकू की तलवार चमक उठी। सिपाही भीतर भागे। नन्हकू ने कहा—

"नमकहरामो चूड़ियाँ पहन लो।" लोगों के देखते-देखते नन्हकूसिंह चला गया। कोतवाली के सामने फिर सन्नाटा हो गया।

नन्हकू उन्मत्त था। उसके थोड़े-से साथी उसकी आज्ञा पर जान देने के लिए तुले थे। वह नहीं जानता था कि राजा चेतसिंह का क्या राजनैतिक अपराध है। उसने कुछ सोचकर अपने थोड़े-से साथियों को फाटक पर गड़बड़ मचाने के लिए भेज दिया। इधर अपनी डोंगी लेकर शिवालय की खिड़की के नीचे धारा काटता हुआ पहुँचा। किसी तरह निकले हुए पत्थर में रस्सी अटकाकर, उस चंचल डोंगी को उसने स्थिर किया और बंदर की तरह उछलकर खिड़की के भीतर हो रहा। उस समय वहाँ राजमाता पन्ना और राजा चेतसिंह से बाबू मनिहार सिंह कह रहे थे—"आपके यहाँ रहने से हम लोग क्या करें, यह समझ में नहीं आता। पूजा-पाठ समाप्त करके आप रामनगर चली गई होतीं, तो यह..."

तेजस्विनी पन्ना ने कहा—"अब मैं रामनगर कैसे चली जाऊँ?"

मनिहार सिंह दुखी होकर बोले—"कैसे बताएँ? मेरे सिपाही तो बंदी हैं।"

इतने में फाटक पर कोलाहल मचा। राज-परिवार अपनी मंत्रणा में डूबा था कि नन्हकूसिंह का आना उन्हें मालूम हुआ। सामने का द्वार बंद था। नन्हकूसिंह ने एक बार गंगा की धारा को देखा—उसमें एक नाव घाट पर लगने के लिए लहरों से लड़ रही थी। वह प्रसन्न हो उठा। इसी की प्रतीक्षा में वह रुका था। उसने जैसे सबको सचेत करते हुए कहा—"महारानी कहाँ हैं?"

सबने घूमकर देखा—एक अपरिचित वीर मूर्ति! शस्त्रों से लदा हुआ पूरा देव!

चेतसिंह ने पूछा—"तुम कौन हो?"

"राज-परिवार का एक-बिना दाम का सेवक!"

पन्ना के मुँह से हलकी-सी एक साँस निकलकर रह गई। उसने पहचान लिया। इतने वर्षों के बाद! वही नन्हकूसिंह।

मनिहार सिंह ने पूछा—"तुम क्या कर सकते हो?"

"मैं मर सकता हूँ। पहले महारानी को डोंगी पर बिठाइए। नीचे दूसरी डोंगी पर अच्छे मल्लाह हैं। फिर बात कीजिए।"—मनिहार सिंह ने देखा, जनानी ड्योढ़ी का दारोगा राज की एक डोंगी पर चार मल्लाहों के साथ खिड़की से नाव सटाकर प्रतीक्षा में है। उन्होंने पन्ना से कहा—"चलिए, मैं साथ चलता हूँ।"

"और…" चेतसिंह को देखकर, पुत्रवत्सला ने संकेत से एक प्रश्न किया, उसका उत्तर किसी के पास न था। मनिहारसिंह ने कहा—"तब मैं यहीं ?" नन्हकू ने हँसकर कहा—"मेरे मालिक, आप नाव पर बैठें। जब तक राजा भी नाव पर न बैठ जाएँगे, तब तक सत्रह गोली खाकर भी नन्हकूसिंह जीवित रहने की प्रतिज्ञा करता है।

पन्ना ने नन्हकू को देखा। एक क्षण के लिए चारों आँखें मिलीं, जिनमें जन्म-जन्म का विश्वास ज्योति की तरह जल रहा था। फाटक बलपूर्वक खोला जा रहा था। नन्हकू ने उन्मत्त होकर कहा—"मालिक! जल्दी कीजिए।"

दूसरे क्षण पन्ना डोंगी पर थी और नन्हकूसिंह फाटक पर इस्टाकर के साथ। चेतराम ने आकर चिट्ठी मनिहारसिंह को हाथ में दी। लेफ्टिनेंट ने कहा—"आप के आदमी गड़बड़ मचा रहे हैं। अब मैं अपने सिपाहियों को गोली चलाने से नहीं रोक सकता।"

"मेरे सिपाही यहाँ कहाँ हैं, साहब ?"—मनिहारसिंह ने हँसकर कहा। बाहर कोलाहल बढ़ने लगा

चेतराम ने कहा—"पहले चेतसिंह को कैद कीजिए।"

"कौन ऐसी हिम्मत करता है ?" कड़ककर कहते हुए बाबू मनिहार सिंह ने तलवार खींच ली। अभी बात पूरी न हो सकी थी कि कुबरा मौलवी वहाँ पहुँचा। यहाँ मौलवी साहब की कलम नहीं चल सकती थी, और न ये बाहर ही जा सकते थे। उन्होंने कहा—"देखते क्या हो चेतराम !"

चेतराम ने राजा के ऊपर हाथ रखा ही था कि नन्हकू के सधे हुए हाथ ने उसकी भुजा उड़ा दी। इस्टाकर आगे बढ़े, मौलवी साहब चिल्लाने लगे। नन्हकू सिंह ने देखते-देखते इस्टाकर और उसके कई साथियों को धराशायी किया। फिर मौलवी साहब कैसे बचते !

नन्हकूसिंह ने कहा—"क्यों, उस दिन के झापड़ ने तुमको समझाया नहीं ? पाजी !"—कहकर ऐसा साफ जनेवा मारा कि कुबरा ढेर हो गया। कुछ ही क्षणों में यह भीषण घटना हो गई, जिसके लिए अभी कोई प्रस्तुत न था।

नन्हकूसिंह ने ललकारकर चेतसिंह से कहा—"आप क्या देखते हैं ? उतरिए डोंगी पर !"—उसके घावों से रक्त के फुहारे छूट रहे थे। उधर फाटक से तिलंगे भीतर आने लगे थे। चेतसिंह ने खिड़की से उतरते हुए देखा कि बीसों तिलंगों, की संगीनों में वह अविचल खड़ा होकर तलवार चला रहा है

सदृश शरीर से गैरिक की तरह रक्त की धारा बह रही है। गुंडे का एक-एक अंग कटकर वहीं गिरने लगा। वह काशी का गुंडा था!

विराम-चिह्न

देव मंदिर के सिंहद्वार से कुछ दूर हटकर वह छोटी-सी दुकान थी। सुपारी के घने कुंज के नीचे एक मैले कपड़े के टुकड़े पर सूखी हुई धार में तीन-चार केले, चार कच्चे पपीते, दो हरे नारियल और छह अंडे थे। मंदिर से दर्शन करके लौटते हुए भक्त लोग दोनों पट्टी में सजी हुई हरी-भरी दुकानों को देखकर उसकी ओर ध्यान देने की आवश्यकता ही नहीं समझते थे।

अर्द्धनग्न वृद्धा दुकानवाली भी किसी को अपनी वस्तु लेने के लिए नहीं बुलाती थी। वह चुपचाप अपने केलों और पपीतों को देख लेती। मध्याह्न बीत चला। उसकी कोई वस्तु न बिकी। मुँह की ही नहीं, उसके शरीर पर की भी झुर्रियाँ रूखी होकर ऐंठी जा रही थीं। मूल्य देकर भात-दाल की हाँड़ियाँ लिए लोग चले जा रहे थे। मंदिर में भगवान के विश्राम का समय हो गया था। उन हाँड़ियों को देखकर उसकी भूखी आँखों में लालच की चमक बढ़ी, किंतु पैसे कहाँ थे? आज तीसरा दिन था, उसे दो-एक केले खाकर बिताते हुए। उसने एक बार भूख से भगवान् की भेंट कराकर क्षणभर के लिए विश्राम पाया; किंतु भूख की वह पतली लहर अभी दबाने पर पूरी तरह समर्थ न हो सकी थी, कि राधे आकर उसे गुरेरने लगा। उसने भरपेट ताड़ी पी ली थी। आँखें लाल, मुँह से बात करने में झाग निकल रहा था। हाथ नचाकर वह कहने लगा—

"सब लोग जाकर खा-पीकर सो रहे हैं। तू यहाँ बैठी हुई देवता का दर्शन कर रही है। अच्छा, तो आज भी कुछ खाने को नहीं?"

"बेटा! एक पैसे का भी नहीं बिका, क्या करूँ? अरे, तो भी तू कितनी ताड़ी पी आया है।"

"वह सामने तेरे ठाकुर दिखाई पड़ रहे हैं। तू भी पीकर देख न!"

उस समय सिंहद्वार के सामने की विस्तृत भूमि निर्जन हो रही थी। केवल जलती हुई धूप उस पर किलोल कर रही थी। बाजार बंद था। राधे ने देखा, दो-चार कौए काँव-काँव करते हुए सामने नारियल-कुंज की हरियाली में घुस रहे थे। उसे अपना ताड़ीखाना स्मरण हो आया। उसने अंडों को बटोर लिया।

बुढ़िया 'हाँ, हाँ' करती ही रह गई, वह चला गया। दुकानवाली ने अँगूठे से दोनों आँखों का कीचड़ साफ किया, और फिर मिट्टी के पात्र से जल लेकर मुँह धोया।

बहुत सोच-विचार कर अधिक उतरा हुआ एक केला उसने छीलकर अपनी अंजलि में रख उसे मंदिर की ओर नैवेद्य लगाने के लिए बढ़ाकर आँख बंद कर लीं। भगवान् ने उस अछूत का नैवेद्य ग्रहण किया या नहीं, कौन जाने; किंतु बुढ़िया ने उसे प्रसाद समझकर ही ग्रहण किया।

अपनी दुकान झोली में समेटे हुए, जिस कुंज में कौए घुसे थे, उसी में वह आ घुसी। पुआल से छाई हुई टट्टरों की झोंपड़ी में विश्राम लिया।

उसकी स्थावर संपत्ति में वही नारियल का कुंज, चार पेड़ पपीते और छोटी-सी पोखरी के किनारे पर के कुछ केले के वृक्ष थे। उसकी पोखरी में एक छोटा-सा झुंड बत्तखों का भी था, जो अंडे देकर बुढ़िया की आय में वृद्धि करता। राधे अत्यंत मद्यप था। उसकी स्त्री ने उसे बहुत दिन हुए छोड़ दिया था।

बुढ़िया को भगवान का भरोसा था, उसी देव-मंदिर के भगवान् का, जिसमें वह कभी नहीं जाने पाई थी!

अभी वह विश्राम की झपकी ही लेती थी कि महंत जी के जमादार कुंज ने कड़े स्वर में पुकारा—"राधे, अरे रधवा, बोलता क्यों नहीं रे!"

बुढ़िया ने आकर हाथ जोड़ते हुए कहा—"क्या है महाराज?"

"सुना है कि कल तेरा लड़का कुछ अछूतों के साथ मंदिर में घुसकर दर्शन करने जाएगा?"

"नहीं, नहीं, कौन कहता है महाराज! वह शराबी, भला मंदिर में उसे कब से भक्ति हुई है?"

"नहीं, मैं तुझसे कहे देता हूँ, अपनी खोपड़ी सँभालकर रखने के लिए उसे समझा देना। नहीं तो तेरी और उसकी: दोनों की दुर्दशा हो जाएगी।"

राधे ने पीछे से आते हुए क्रूर स्वर में कहा—"जाऊँगा, तब तेरे बाप के भगवान् हैं! तू होता कौन है रे!"

"अरे, चुप रे राधे! ऐसा भी कोई कहता है रे। अरे, तू जाएगा, मंदिर में। भगवान् का कोप कैसे रोकेगा, रे?" बुढ़िया गिड़गिड़ाकर कहने लगी। कुंजबिहारी जमादार ने राधे की लाठी देखते ही ढीली बोल दी। उसने कहा—"जाना राधे कल, देखा जाएगा।"—जमादार धीरे-धीरे खिसकने लगा।

"अकेले-अकेले बैठकर भोग-प्रसाद खाते-खाते बच्चू लोगों को चरबी चढ़ गई है। दरशन नहीं रे—तेरा भात छीनकर खाऊँगा। देखूँगा, कौन रोकता है।"—राधे गुर्राने लगा। कुंज तो चला गया, बुढ़िया ने कहा—"राधे बेटा, आज तक तूने कौन-से अच्छे काम किए हैं, जिनके बल पर मंदिर में जाने का साहस करता है? ना बेटा, यह काम कभी मत करना। अरे, ऐसा भी कोई करता है।"

"तूने भात बनाया है आज?"

"नहीं बेटा! आज तीन दिन से पैसे नहीं मिले। चावल हैं नहीं।"

"इन मंदिरवालों ने अपनी जूठन भी तुझे दी?"

"मैं क्यों लेती, उन्होंने दी भी नहीं।"

तब भी तू कहती है कि मंदिर में हम लोग न जाएँ! जाएँगे; सब अछूत जाएँगे।"

"न, बेटा, किसी ने तुझको बहका दिया है। भगवान् के पवित्र मंदिर में हम लोग आज तक कभी नहीं गए। वहाँ जाने के लिए तपस्या करनी चाहिए।"

"हम लोग तो जाएँगे।"

"ना ऐसा कभी न होगा।"

"होगा, फिर होगा। जाता हूँ ताड़ीखाने, वहीं पर सबकी राय से कल क्या होगा, यह देखना।"—राधे ऐंठता हुआ चला गया। बुढ़िया एकटक मंदिर की ओर विचारने लगी—

"भगवान क्या होनेवाला है!"

दूसरे दिन मंदिर के द्वार पर भारी जमघट था। आस्तिक भक्तों का झुंड

अपवित्रता से भगवान की रक्षा करने के लिए दृढ़ होकर खड़ा था। उधर सैकड़ों अछूतो के साथ राधे मंदिर में प्रवेश करने के लिए तत्पर था।

लट्ठ चले, सिर फूटे। राधे आगे बढ़ ही रहा था। कुंजबिहारी ने बगल से घूमकर राधे के सिर पर करारी चोट दी। वह लहू से लथपथ वहीं लोटने लगा। प्रवेशार्थी भागे। उनका सरदार गिर गया था। पुलिस भी पहुँच गई थी। राधे के अंतरंग मित्र गिनती में 10-12 थे। वे ही रह गए।

क्षण भर के लिए वहाँ शिथिलता छा गई थी। सहसा बुढ़िया भीड़ चीरकर वहीं पहुँच गई। उसने राधे को रक्त में सना हुआ देखा। उसकी आँखें लहू से भर गईं। उसने कहा–"राधे की लोथ मंदिर में जाएगी।" वह अपने निर्बल हाथों से राधे को उठाने लगी।

उसके साथी बढ़े। मंदिर का दल भी हुंकार करने लगा; किंतु बुढ़िया की आँखों के सामने ठहरने का किसी को साहस न रहा। वह आगे बढ़ी; पर सिंहद्वार की देहलीज पर सहसा रुक गई। उसकी आँखों की पुतली में जो मूर्ति-भंजक छाया-चित्र था, वहीं गलकर बहने लगा।

राधे का शव देहली के समीप रख दिया गया। बुढ़िया ने देहली पर सिर झुकाया पर वह सिर उठा न सकी। मंदिर में घुसनेवाले अछूतों के आगे बुढ़िया विराम चिह्न-सी पड़ी थी।

● ● ●